나쁜
제안

A Bad
Proposal

1

나쁜 제안 1

초판 1쇄 발행 2021년 2월 19일

지은이 | 황한영

발행인 | 김성룡
기획, 편집 | (주)스마트빅(쉼표)
교정 | 김은희
표지디자인 | 우물
출판등록 | 제2014-000017호 (2011년 6월 30일)

펴낸곳 | 도서출판 가연
주 소 | 서울시 마포구 월드컵북로 4길 77, 3층 (동교동 ANT빌딩)
전 화 | 02-858-2217
팩 스 | 02-858-2219
ISBN | 978-89-6897-085-6 03810

나쁜

제안

A Bad
Proposal

1

황한영 장편소설

차 례

- 작가만의 글맛과 표현을 살리는 쪽으로 문장을 편집했습니다.

Prologue

하아, 하아…….

꽉 다물린 잇새를 비집고 흘러나오는 뜨거운 숨소리가 방 안 공기를 어지럽혔다. 살결이 쉴 새 없이 뒤엉키는 소리와 굵은 땀방울이 새하얀 침대 시트 위로 거칠게 흩어졌다. 그는 여자의 가는 허리를 붙잡은 채, 제 아래로 부드럽게 감기는 젖은 살결을 한껏 음미했다. 애타게 흐느끼며 잘게 떨리는 가냘픈 몸은, 머리부터 발끝까지 핥고 싶을 만큼 매혹적이었다. 열에 달뜬 여체를 내려다보는 새카만 눈동자. 그 안에 담긴 짙은 욕망은 영원히 식지 않을 것처럼 뜨겁게 들끓고 있었다.

"서희수."

침대 위로 기울어지듯 웅크린 몸을 추켜세우며 작고 앙증맞은 귓불에 입술을 내렸다.

"하아……. 희수야."

혀끝에서 달콤하게 녹아내리는 살점을 아릿하게 깨물며 애원하 듯 속삭였다. 하지만 여자에게선 끝내 대답이 없었다. 절정을 향 해 내달리던 허리 짓이 점점 속도를 잃어갔다. 이윽고 뚝, 고장 난 기계처럼 멈췄다. 주위를 부유하는 공기가 어쩐지 평소와 다르게 느껴지는 탓이었다.

"서희수."

젖은 입술을 비집고 흘러나온 탁한 음성이 바닥에 낮게 깔렸다. 그는 내내 다른 곳을 향해 있던 그녀의 얼굴을 고압적으로 붙들 어 제게로 돌려놓았다. 동시에 절정에 허덕이는 줄 알았던 여자 의 얼굴이 제대로 눈에 들어온다.

"……너."

또르륵, 투명한 눈물 줄기가 발갛게 상기된 뺨을 타고 처량하게 흘러내렸다. 결코 절정을 느낀 여자의 눈물이 아니었다.

"뭐야, 왜……."

당혹감에 머릿속이 텅 비는 듯했다. 그는 손을 들어 그녀의 보 드라운 뺨을 느리게 쓸었다. 눈물이 닿은 자리가 덴 듯이 뜨거웠 다. 그리고 딱 그만큼, 짙은 욕망에 들끓던 새카만 눈동자는 차 게 식었다.

"희수야."

"미안해요……."

새빨간 입술이 가냘프게 달싹이던 그 순간, 그는 본능적으로 직감했다.

"정말…… 미안해요."

어쩌면 이 밤이 우리의 마지막인 걸지도 모르겠다고.

1. 악몽

……또, 그 꿈이었다.

깊은 곳에서부터 뭉근하게 피어오르는 열감에 석현은 감은 눈을 느릿하게 떴다. 천천히 확장되는 시야 너머로 익숙한 방의 풍경이 눈에 들어온다. 탁한 숨을 내뱉으며 상체를 일으켰다. 아직 해가 뜨기 전인지 사위가 어두웠다.

새벽 5시. 탁상시계를 확인한 그는 거칠게 마른세수를 했다. 젖어 있는 손바닥 위로 식은땀이 흥건히 묻어난다. 악몽이었다. 그 어떤 것보다도 지독하고 끔찍한 악몽. 한동안 잠잠해지는가 싶더니 한국에 들어온 이후로. 정확하게는 그녀의 소식을 들은 이후로 병이 재발하듯 다시금 반복되고 있었다.

"젠장할."

그는 주먹을 꽈악 그러쥐었다. 하얗게 질린 손끝이 미약하게 떨려 온다. 분명 좋은 날이 더 많았건만. 뇌리에 박혀 그를 오래도록 괴롭히는 건, 하필이면 최악이었던 마지막 밤이었다. 그 밤은 이렇듯 꿈속에서 지겹도록 반복되었고, 그때마다 그는 다시금 애써 벗어났던 그날로 돌아가야만 했다. 그날의 날씨, 그녀가 풍기던 달큰한 향, 그녀를 향해 뛰던 제 심장 박동 하나까지도 생생하게 떠오르는 그날로. 그러면 다시금 속에서 들끓는 것이다. 뜨거운 분노와 뜨거운 욕망. 완전히 모순되는 두 가지의 감정이, 마치 단 한 번도 식은 적 없었던 것처럼 뜨겁게.

"후……."

길게 내뱉은 더운 숨이 어둑한 방 안으로 흩어졌다. 참을 수 없는 갈증이 일었다. 그는 불을 켜지 않고 곧장 주방으로 향했다. 냉수 한 컵을 가득 채워 단번에 들이켜자 그제야 뜨겁게 달아오른 속이 차분해지는 느낌이 들었다. 하지만 뻐근한 아랫배에 뭉근히 남아 있는 미열까지는 깨끗하게 지워 낼 수 없었다. 당연한 일이었다. 제가 느낀 갈증은 물로 해결될 문제가 아니었으니까.

탁. 빈 잔을 식탁 위에 내려놓고 부엌을 나서던 그의 걸음이 문득 멈춰졌다. 시선이 자연스레 거실 베란다를 향했다. 하늘거리는 커튼 틈새로 푸른빛이 미약하게 흘러들고 있었다. 도시 불빛인지, 달빛인지. 알 수 없는 그것을 말가니 응시하던 그의 입술이 제멋대로 달싹였다.

"서희수."

꿈속에서 내내 저를 괴롭히던 여자의 이름이었다. 아니, 그보다 더 오랜 시간을 괴롭히던 여자의 이름이었다.

……희수야. 서희수.

혀끝에서 맴도는 이름을 몇 번이고 느릿하게 곱씹던 그의 입매가 문득 비스듬히 기운다. 과연 너는 어떤 얼굴을 할까. 내내 무감하던 새카만 눈동자가 이채를 띠었다. 비틀린 기대감이었다.

커피숍의 한쪽 벽면을 가득 채우고 있는 커다란 유리창. 그 너머에서 따스한 햇살 조각들이 쏟아지듯 흘러들어왔다. 가게 오픈 준비에 여념이 없는 희수의 기다란 머리카락이 햇빛을 받아 꼭 염색한 것처럼 예쁘게 반짝였다.

마른 수건으로 테이블을 닦다 말고 고개를 들어 창밖을 바라보았다. 짧은 가을의 끝자락. 날씨는 서서히 추워지고 있었지만, 여전히 하늘은 높고 구름 한 점 없이 푸르렀다. 쨍한 날씨를 보고 있자니 입가에 미소가 절로 걸린다.

"오늘따라 날씨 참 좋네."

아이라인과 마스카라 없이도 크고 또렷한 눈. 굳이 피부 화장을 하지 않아도 될 만큼 잡티 하나 없는 뽀얀 피부. 오똑한 코. 꽃물 머금은 듯 붉은 입술. 화장기가 거의 없는 그녀의 얼굴은 푸른 하늘만큼이나 깨끗하고 맑은 느낌이었다. 저를 닮은 창밖 풍경을 말가니 바라보던 희수는 다시금 마른 수건을 움직였다.

홀 정리를 끝낸 후 큼직한 통을 들고 곧장 창고로 향했다. 오늘 사용할 원두를 미리 챙겨 두려는데 휴대폰이 울렸다. 친구 동은의 전화였다.

"응. 동은아."

들고 있던 통을 바닥에 살며시 내려놓으며 친근하게 전화를 받았다. 동은은 인간관계가 좁디좁은 그녀의 몇 안 되는 친구 중 하나였다.

─ 뭐 하고 있어?

"출근했지."

─ 아, 그럼 바쁘겠네?

"아직 오픈 전이라 괜찮아. 왜. 무슨 일 있어?"

─ 아니, 무슨 일이 있는 건 아닌데. 너한테 물어볼 게 있어서…….

동은은 잠깐 머뭇거리더니 이내 말했다.

─ 이번 연말에 우리 과 동문회 있다고 내가 얘기했었나?

"응. 들었던 것 같아."

─ 그래. 내가 얘기했었지……?

평소 직설적이던 동은답지 않게 말끝을 흐리는 게 영 이상했다. 도대체 무슨 얘기를 하려고. 희수는 휴대폰을 고쳐 들었다.

"그런데, 그건 왜?"

─ 아니, 그냥……. 혹시 너도 올 수 있나 해서…….

순간 희수의 눈이 살짝 커졌다. 전혀 예상치 못했던, 의외의 말이었다.

"내가 거길 왜? 졸업도 못 했는데."

― 그래도 다니긴 했잖아.

과연 그걸 다녔다고 표현해도 되는 걸까. 희수는 황당하다는 듯하, 낮게 숨을 터뜨렸다.

"동은아, 나 고작 1년 다녔어. 거기 갈 입장 아닌 거 너도 잘 알잖아."

말 그대로였다. 희수의 대학 생활은 딱 1년뿐이었다. 1학년 2학기를 끝내고 개인 사정으로 인해 휴학을 해야만 했었다. 말이 휴학이지, 결국 돌아가지 못했으니 자퇴나 마찬가지였다.

고작 1년뿐이었던 짧디짧은 대학 생활. 찰나처럼 스쳐 지나갔던 그 시간은, 희수의 인생에서 가장 찬란했으며 또 가장 잊고 싶은 기억으로 남아 있었다.

― 그렇긴 한데…….

동은은 이해한다는 듯 작게 대답했다. 애초에 본인도 억지를 부린다는 것을 알고 있었던 것이다. 그래서 더 의아해졌다. 혹시 무슨 일이 있는 걸까. 황당함 다음엔 슬그머니 걱정이 든다. 뒤늦게 희수는 조심스럽게 되물었다.

"근데 갑자기 동문회는 왜? 지금까지 이런 거 물은 적 없었잖아."

― 사실…… 내가 너한테 말은 못 했는데. 선배들이고, 동기들이고 매번 너 찾았었어.

"나를 찾았다고?"

― 네가 학교 다닐 때 워낙 유명했잖아.

짤막하게 한숨을 내쉰 동은이 지금까지 차마 하지 못했던 말을 하소연처럼 쏟아 내기 시작했다.

– 경영학과 퀸 서희수가 도대체 어떻게 지내는지, 휴학은 왜 했는지, 왜 안 돌아왔는지, 아직도 다들 궁금해 죽겠나 봐.

"……."

– 내가 너랑 연락하는 거 알고 난 뒤로는, 심심하면 네 얘기를 나한테 해. 너도 제발 좀 불러 달라고. 아주 지긋지긋해 죽겠어.

경영학과 퀸 서희수.

오글거리는 저 말이, 한때는 그녀의 별명이었던 적이 있었다. 신입생 환영회 때부터 눈에 띄게 예쁜 얼굴 때문에 수많은 관심이 늘 희수의 뒤를 따라붙었었다. 사실, 비단 대학교에서만 겪은 일은 아니었다. 초등학교, 중학교, 고등학교. 학창 시절 내도록 그랬다. 예쁜 데다가 공부까지 잘하던 그녀는 언제 어디서나 눈에 띄는 존재였다. 그래도 설마, 지금까지 제 얘기를 하고 있었을 줄이야. 대학 생활이 워낙 짧았었기에 상상도 하지 못했었다.

"동은아. 나는……."

– 아니야. 됐어. 못들은 걸로 해. 내가 괜한 소릴 했다.

수화기 너머에서 들려오는 긴 한숨 소리에 희수는 습관처럼 입술을 달싹였다.

"미안해."

– 또 그런다, 또! 내가 너 그 소리 좀 그만하라 그랬지! 도대체 네가 미안하긴 뭐가 미안해? 괜한 얘기 꺼내서 너 곤란하게 만든 건 난데.

답답하다는 듯 정색한 동은이 말을 이었다.

– 그냥 모일 때마다 네 얘기로 시달리다 보니까 답답하기도 하고, 혹시나 해서 물어봤어. 아무리 그래도 이런 얘기 너한테 하는

게 아니었는데…….

뒤늦은 후회에 목소리 끝이 축 처진다. 동은은 한숨처럼 말을 뱉었다.

— 미안해. 내가 생각이 너무 짧았다.

"난 괜찮아. 신경 쓰지 마."

진심 어린 사과의 말에 희수 역시 진심으로 괜찮다 말했다. 동은은, 그녀가 유일하게 제 속마음을 털어놓을 수 있는 친구였다. 직설적인 성격 탓에 오해를 받는 일도 허다했지만, 속으론 정이 많고 여린 편이었다.

"그나저나 잘 지내고 있는 거지?"

갑자기 다운된 분위기를 환기하기 위해 희수가 먼저 말을 돌렸다. 그렇게 두 사람은 간단하게 서로의 근황에 대해 이야기를 나눴다. 스케줄이 맞지 않아 자주 보지 못하는 탓에 이렇게 한번 통화를 하면 필수 코스였다. 오늘도 역시 딱히 특별한 근황 같은 건 없었다. 그저 회사 일이 힘드네 마네, 살이 쪘네 마네. 언젠가 했던 대화를 지겨운 줄 모르고 반복하고 있던 때였다.

— 참.

문득 떠올랐다는 듯 동은이 운을 뗐다.

— 한국 들어왔다더라.

생뚱맞은 말에 희수가 응? 하고 되묻자 동은이 말을 덧붙였다.

— 석현 선배 말이야.

순간 흠칫, 휴대폰을 쥔 손이 떨렸다. 조금 전까지만 해도 선명하던 시야가 갑자기 뿌옇게 흐려지는 것도 같았다.

최석현. 잊고 있던 이름이었다. 아니, 잊었다고 생각했다. 하지만

16

그건 완전히 제 착각이었음을 지금 이 순간 여실히 깨달아 버렸다. 정말로 잊은 거였다면, 고작 이름 한 번 들었다고 이렇게 온몸의 세포 하나하나가 반응하진 않았을 테니까.

— 사실 얘기 들은 건 며칠 됐는데…… 말을 해야 할지 말아야 할지 알 수가 없어서 못 했어. 그런데 아무리 생각해 봐도 역시 네가 알고 있긴 해야 할 것 같아서.

"……."

— 혹시 또 모르잖아. 서울 땅 워낙 좁으니까.

"……."

이럴 땐 도대체 무슨 말을 해야 하는 걸까. 적당한 말이 떠오르지가 않아 선뜻 입을 열지 못했다. 그런 희수의 반응에 동은은 낮게 한숨을 내쉬었다. 그럴 줄 알았다는 듯.

— 너, 아직도야?

앞뒤 다 잘라먹은 질문이었지만 무슨 말을 하는 건지 알 수 있었다. 그제야 정신을 차린 희수는 입꼬리를 한껏 올리며 최대한 가볍게 대답했다.

"아니야. 그런 거."

— 그래, 그럼 다행인데…….

말과 달리 동은은 전혀 믿지 않는 눈치였다. 잠깐 동안 흐르는 정적. 그것을 깬 건 수화기 너머에서 들리는 낯선 이의 목소리였다.

— 이 대리, 잠깐 이리 와 봐요.

— 네, 과장님!

빠릿하게 대답한 동은이 수화기에 대고 말했다.

— 미안. 나 이제 끊어야겠다.

"그래. 수고해."

— 또 연락할게.

동은의 인사를 마지막으로 통화가 끝이 났다. 그와 동시에 스 륵, 귀에 가져다 대고 있던 휴대폰이 무거운 팔과 함께 아래로 떨 어졌다. 검게 변한 액정 위로 멍한 얼굴이 비친다. 애써 끌어 올렸 던 입꼬리는 어느덧 다시 아래로 처져 있었다.

"후……."

입술을 비집고 한숨이 절로 흘렀다. 그저 짧게 몇 분 통화를 했 을 뿐인데 마치 마라톤이라도 한 것처럼 기가 다 빨렸다. 어쩐지 서 있을 힘이 없어 쓰러지듯 비좁은 바닥에 주저앉았다. 그러곤 한참 동안 그 자리에서 굳어 있었다. 당장 해야 할 일이 있음에도 좀처럼 움직일 수가 없었다. 멍하니 허공을 바라보았다. 초점 없 는 연갈색 눈동자에 창고 안을 부유하는 희뿌연 먼지들이 어지럽 게 흐트러지는 게 보인다.

'한국 들어왔다더라.'
'석현 선배 말이야.'

동은의 목소리가 이명처럼 귓가를 맴돌았다. 마치 멀미라도 하 는 듯 머리가 어지럽고 속이 메스꺼웠다. 그러고 보니 곧 그 계 절이었다. 몸도 마음도 모두 얼어붙게 만든, 그 계절. 아랫입술 을 짓이기듯 깨문 희수가 두 눈을 질끈 감았다. 도대체 언제쯤이 면…….

차는 한적한 주택가 골목에서 정차했다.

"바로 앞에 보이는 이 건물입니다."

차창 밖을 물끄러미 응시하던 석현의 시선이 정면을 향했다. 가장 먼저 눈에 들어온 건 건물 입구에 크게 붙어 있는 간판이었다.

[그리움]

커피숍 이름이 '그리움'이라니. 퍽이나 서정적인 상호명이었다.

"5년 전에 지어진 건물인데도 외관이 엄청 세련됐죠?"

그의 시선이 낮게 가라앉는 것을 보며 운전석의 여성이 생글생글 웃는 얼굴로 얼른 말을 덧붙였다.

"이게 그해에 건축상을 받은 디자이너가 설계에 직접 참여한 건물이거든요. 미적 감각이 남다르신 건물주분이 신경을 많이 쓰셨어요. 물론 외관만큼이나 내부도 굉장히 잘 지어져 있구요."

여자의 말대로였다. 통유리로 된 회색빛 2층 건물은 꽤나 세련된 외관을 자랑하고 있었다. 그러나 빨갛고 파란 지붕들이 질서 없이 늘어져 있는 주택가에 덩그러니 솟아 있는 모양새가 가히 좋아 보이지는 않았다.

"상권이 아주 좋다고는 할 수 없지만, 그래도 단골 장사가 꽤 잘되는 곳 중 하나예요. 동네 장사는 입소문이 가장 중요한 거 아시죠?"

"……."

"가게 오픈 때부터 5년째 쭉 일하고 있는 직원이 하나 있는데, 그 친구가 워낙에 일을 잘해요. 친절한 데다가 커피 맛까지 좋다고. 동네에선 아주 평판이 좋답니다."

긴 설명에도 석현의 얼굴에서 표정 변화가 거의 없자 다급해졌는지 여자는 과장되게 목소리를 높였다.

"이 정도 권리금이면 아주 거저 가져가는 거나 마찬가지예요. 건물주분 사정이 급해서 그렇지, 아니었으면 이 가격엔 절대 안 내놓으셨을 거예요."

이 세상에 '거저'라는 건 절대 존재하지 않는다. 그가 태어나 가장 먼저 깨닫고, 또 뼈저리게 피부로 체감한 삶의 진리였다.

권리금이 많을 수 없는 이유는 너무도 뻔했다. 부동산업자 입에서도 차마 '아주 좋다'고 말할 수 없는 다 죽어 있는 상권. 게다가 프랜차이즈도 아닌 개인 커피숍이라니. 투자금까지 생각해 보면, 아마 잘돼 봐야 이제 막 적자를 겨우 벗어난 수준일 것이다. 아니면 아직도 적자를 면치 못했거나.

전망조차도 불투명했다. 그렇다고 건물을 아예 밀어 버리고 새로운 걸 짓기에도 입지 자체가 너무 별로였다. 굳이 모험을 할 필요성조차 느껴지지 않는 조건. 생각이 있는 사람이라면, 아니, 생각이 조금 부족하더라도 결코 덥석 물지 않을 최악의 매물이 분명했다.

"……저어, 사장님?"

석현이 대꾸 없이 건물만 빤히 바라보고 있자 여자가 초조한 낯으로 그를 바라봤다.

"내려서 내부도 구경해 보시겠어요?"

"됐습니다."

단호한 거절에 여자의 눈빛이 여지없이 흔들렸다.

"어머, 벌써 결정하셨어요?"

"네. 결정했습니다."

"아, 그러시구나……."

여자는 어색한 얼굴로 중얼거리며 자신의 손톱을 뜯었다. 월세나 전세가 아닌, 무려 상가 매매 계약이었다. 최근 경기가 급격하게 나빠진 탓에 거래 자체가 별로 없는 상황에서 뜬금없이 나타난 이 귀한 손님을 쉽게 놓칠 순 없는 노릇이었다.

"그래도 기왕 여기까지 왔는데 내부도 한번 보시는 게 어떨까요? 인테리어가 워낙 잘돼 있어서 겉으로 보이는 것보다……."

"그럴 거 없습니다."

애써 영업용 미소를 유지하고 있는 입가가 바르르 떨리는 걸 보며 석현은 무뚝뚝한 음성을 뱉어 냈다.

"하죠, 계약."

"네……? 계약하시겠다고요? 정말요?"

마치 뒤통수라도 맞은 듯 여자의 눈이 둥그렇게 커졌다. 좀처럼 믿어지지 않는 눈치였다.

"가게 이름이 마음에 드는군요."

덤덤한 대꾸에도 여자는 그가 농담을 하는지, 진담을 하는지 전혀 모르겠다는 얼굴이었다. 그런 여자를 무심히 외면하며 석현은 다시금 정면을 바라보았다. 일순 깊은 눈매가 가늘어졌다. 회색 건물 위로 쏟아지는 햇살이 유난히 눈부시게 느껴지는 탓이었다.

퇴근길. 버스 맨 뒷자리에 앉은 희수는 그들의 얼굴을 무감한 시선으로 바라보았다. 다들 저마다의 즐거운 약속으로 한껏 들뜬 얼굴들이었다. 피곤함에 절어 있는 건 자신뿐인 것 같았다. 그럴 수밖에 없었다. 유난히 길게 느껴지는 하루였으니까. 온종일 머릿속에서 잡생각이 끊이질 않아 하루가 꼭 영원처럼 길게 느껴졌다. 물론 지금도 마찬가지였다. 조금이라도 방심하면 쓸데없는 생각이 비집고 들어오는 탓에 의도적으로 다른 생각을 해야만 했다. 그러는 사이 버스가 목적지에 도착했다.

버스에서 내리자마자 눈앞에 보이는 건물 안으로 자연스럽게 들어섰다. 2층으로 올라가자 번쩍이는 네온사인 간판이 그녀를 맞는다.

[파라다이스]

매일 보는 간판이지만 여전히 낯설게만 느껴지는 건, 어쩌면 당연할지도 몰랐다. 제게 이곳은 '파라다이스'와는 정반대의 의미였으니까 말이다.

"파라다이스라……."

이질적으로 느껴지는 단어를 입 안에서 낮게 굴려 본 희수는 이내 문을 열었다.

딸랑. 입구에 달린 풍경이 가게 분위기와는 어울리지 않는 맑은 소리를 냈다. 가게 안엔 화려한 네온사인 대신 톤 다운된 푸른 조명 빛이 전체적으로 은은하게 감돌고 있었다. 이곳은 대부분 돈이 넘쳐나는 남자들을 상대하는 비즈니스 바(bar)였다. 희수는 1년째 평일 밤마다 출근하고 있었다.

낮에는 커피숍 매니저, 밤에는 bar 직원. 투잡을 소화하기엔 빠듯한 일정이었지만, 그래도 낮에 하는 일이 장사가 잘 안 되는 동네 커피숍인지라 다행히 아직은 체력이 버텨 주고 있었다.

"어. 희수 씨 왔어?"

대기실로 들어서자 먼저 와 있던 맏언니이자 가게 매니저인 자영이 알은 척을 해 왔다. 그녀는 고데기로 긴 머리에 웨이브를 주고 있는 중이었다. 희수는 가볍게 꾸벅, 고개를 숙이는 것으로 인사를 대신했다. 그러곤 라커룸을 열어 가게에서 입는 유니폼을 꺼내 들었다.

일을 시작하기에 앞서 옷을 갈아입고 화장을 진하게 덧칠해야 했다. 청바지와 후드티를 벗고, 스타킹을 신고 검은 원피스를 입었다. 타이트한 재질의 원단이 몸매의 굴곡을 고스란히 드러내 주었다. 네크라인은 숙이면 가슴이 보일 정도로 깊게 파여 있었고, 치마는 허리를 숙이면 팬티가 보일락 말락 할 정도로 짧다. 평소에 입는 옷과는 너무도 달랐던지라, 처음 일을 시작했을 때는 발가벗고 있는 기분이 들 정도로 민망했었다. 시간이 지난 지금은 제법 익숙해졌지만 말이다. 물론, 그때도 지금도 가게에서는 그녀의 옷이 가장 얌전한 축에 속했다.

"희수 씨."

거울 앞에 앉아 머리 고무줄을 푸는데 옆에 있던 자영이 말을 건넸다.

"오늘은 준비를 좀 빠르게 해야 할 것 같아."

"벌써 손님이 왔어요?"

"아니. 30분 뒤에 예약."

"누군데요?"

"진상."

한마디면 충분했다. 곧바로 떠오르는 얼굴이 있었다. 혀를 차는 자영을 따라 희수 역시 낮게 한숨을 내쉬었다. 직원들 사이에서 공공연하게 '진상'으로 통하는 손님은, 가게의 최고 VIP 손님이 었다. 개인 사업을 한다는 그는 돈을 도대체 얼마나 많이 버는 건지, 한 번 술을 마실 때마다 어마어마한 술값을 지불하곤 했다.

값비싼 술을 마시는 것까진 좋았다. 다 까진 대머리인 주제에 본인 외모에 자신감이 과하게 넘치는 것도, 입만 열면 지겨울 정도로 자기 자랑을 해 대는 것도, 그럭저럭 참을 만했다. 그러나 도저히 참아 주기 어려운 것이 하나 있었으니, 바로 손버릇이 매우 나쁘다는 점이었다.

가게 직원들은 술을 함께 마시며 고객의 이야기를 들어 주는 사람이지 매춘부 취급을 받을 존재가 아니라는 것이, 이 가게의 규칙이었다. 대부분의 손님들은 그 규칙을 존중해 주는 편이었지만 간혹 규칙 따위 신경 쓰지 않고 제멋대로 하는 사람들이 있긴 했다. 그들에겐 주의를 줘서 고치게 만들거나, 그래도 안 될 때 아예 가게 출입 금지를 시키는 걸로 해결을 봤다. 그러나 '진상'만큼은 그러지 못했다. 워낙에 가게 매출에 영향력을 끼치는 사람이기에 사장의 입장에서는 놓칠 수 없는 큰 고객이었기 때문이었다.

상황을 다 알면서도 모르는 체하는 사장이 야속하게 느껴졌지만 어쩌겠는가. 본디 절이 싫으면 중이 떠나야 하는 법이었다. 때문에 이곳을 떠나지 못한 직원들은 그가 온다고 했을 땐 다들 각오를 다잡곤 했다. 말이 통하지 않는 상대와 끝이 보이지 않는 실랑이를 할 마음의 준비를 하거나, 아니면 아예 포기하고 가슴 한쪽 정도는 내어 주거나.

오늘은 정말 마음대로 되는 게 하나도 없네…….

늘 그래 왔던 것처럼 전자를 선택한 희수는 비장한 얼굴로 화장을 시작했다. 다른 직원들 역시 이미 만반의 준비를 끝마친 얼굴이었다.

현관에 들어선 석현은 걸음을 뚝 멈췄다. 그의 시야에 가지런히 놓여 있는 여성용 구두 한 켤레가 들어온다. 훤하게 켜져 있는 거실 등까지. 그제야 그는 아직 현관 비밀번호를 변경하지 않았다는 사실을 떠올리고 미간을 찌푸렸다. 하긴. 이런 사소한 것에 신경 쓸 정신이 어디 있었나. 귀국 후 일주일. 시차 적응을 걱정할 겨를도 없이 밤이고 낮이고 정신없이 바빴는데.

"이제 오니?"

실내화로 갈아 신고 안으로 들어서자 익숙한 목소리가 들려왔다. 그의 어머니인 고윤희 여사였다. 거실 테이블 위로 들고 있던 커피 잔을 우아하게 내려놓는 모습이, 집주인인 자신보다도 훨씬 더 자연스럽게 보인다. 그럴 수밖에 없었다. 계약부터 시작해 아주 사소한 인테리어 하나까지 전부 어머니의 손을 탄 집이었으니까.

"연락도 없이 어쩐 일이세요."

"어차피 연락했어도 안 받았을 거잖아. 안 그러니?"

어머니의 콧방귀에 석현은 입을 다물었다.

"이젠 부정도 안 하는구나."

윤희가 섭섭하다는 듯 눈을 샐쭉 흘겼지만 석현은 무심한 낯으로 제가 할 말만 내뱉었다.

"그래도 앞으론 미리 연락하고 오세요. 현관 비밀번호 바꿀 겁니다."

"오지 말란 말을 참 길게도 한다."

"그래 주시면 감사하고요."

이게 제 배 속에서 나온 아들인 건지, 공장에서 찍어 낸 로봇인 건지. 기다렸다는 듯 튀어나온 말에 윤희의 고운 이마가 결국 찌푸려진다. 오랜만에 보는 얼굴이라 웬만하면 오늘은 싫은 소리 않으려고 했는데, 역시 안 되겠다.

"오랜만에 보는 엄마한테 좀 살갑게 굴어 줄 수는 없어?"

그녀는 아들을 샐쭉하게 노려보며 붉은 입술을 달싹였다.

"내가 많은 걸 바라는 것도 아니고 고작 그거 하나 부탁하는데. 도대체가 한 번을 들어 주질 않아. 어쩜 애가 그렇게 무심해? 이 세상에 내가 기댈 구석이라곤 너 하나밖에 없는 거 뻔히 알면서……."

또 시작이었다. 어머니의 신세 한탄. 아주 어릴 때부터 질리도록 들어왔던 레퍼토리였다. 심지어 지구 반대편에서조차 벗어날 수 없었던.

금세 촉촉해지는 윤희의 눈가를 확인한 석현은 속으로 길게 한숨을 내쉬었다. 세뇌라도 하려는 듯 수도 없이 반복되는 이 얘기를 들을 때마다 제 어머니가 안쓰러워서 울컥했던 시절도 있었다. 그런 어머니에게 만족스러운 아들이 되지 못하는 것에 대한 죄책감에 어깨가 짓눌리곤 했었다. 하지만 그건 뭘 모르던 어린 시절에나 있었던 이야기일 뿐. 머리가 크면서 자연스럽게 깨닫게 되었다. 이 또한 부모가 자식에게 휘두르는 폭력의 또 다른 이름이었음을.

"오늘은 거기까지만 하세요. 저 정말 피곤해요."

윤희의 말이 길어지기 전에 먼저 완곡하게 부탁하며 석현은 말을 돌렸다.

"근데 정말 무슨 일로 오신 거예요?"

"아들 집에 무슨 일이 있어야만 오니? 그냥 얼굴 보러 왔지."

"……."

"한국 들어온 지가 언젠데, 아들 녀석이 얼굴 한 번 비출 생각이 없는 것 같으니 어떡해? 더 아쉬운 사람이 직접 움직일 수밖에."

기분이 상했지만 차마 화를 내진 못하고 새침하게 눈을 흘겼다.

윤희 역시 자신의 레퍼토리가 너무 자주 반복되고 있다는 걸 인지하고 있었다. 아들이 이 얘기를 못 견디게 끔찍해 한다는 것 역시도.

"안 그래도 조만간 연락드리려고 했어요."

"어느 세월에? 나 죽고 나면?"

윤희는 콧방귀를 뀌었다. 오늘 이렇게 멋대로 들이닥치지 않았다면, 분명히 앞으로도 몇 달은 더 아들의 얼굴을 보지 못했을 테다.

"도대체 뭐 하고 다니느라 그렇게 바쁜 거야?"

"이것저것 정리할 게 많아요. 오랜만에 들어왔잖아요."

"그러게 누가 이렇게 오래……. 아니야, 됐어."

윤희는 습관처럼 흘러나오는 잔소리를 애써 집어삼켰다. 자그마치 2년이었다. 아들에게 이제 그만 한국으로 돌아오라고 부탁하고 애원한 것이. 그러나 매정한 아들은 재고의 여지도 없다는 듯 단호하게 거절했었다. 이러다 정말 하나뿐인 아들과 생이별하게 될까 봐 얼마나 걱정했는지 모른다. 이도 저도 안 된다면 강제로 끌고 오는 방법이라도 선택해야겠다고, 최근 진지하게 생각했다. 그런 찰나, 갑자기 아들에게서 희소식이 들려온 것이었다.

'저 한국 들어갑니다.'

대체 갑자기 무슨 이유로 변덕을 부리는지는 모르겠지만, 어쨌든 그녀에게는 앓던 이가 빠진 것처럼 다행인 일이었다. 그러니 굳이 오랜만에 만난 귀한 아들에게 더 이상 귀찮은 어미가 될 필요는 없었다. 제가 이럴수록 아들은 분명 더 삐딱하게 어긋날 테니까.

"그나저나 밥은 잘 먹고 다니는 거야? 얼굴이 핼쑥한데."

윤희가 해사하게 웃으며 말을 돌렸다. 석현은 흐트러진 머리카락을 가볍게 쓸어 넘기며 대답했다.

"시차 적응 때문에 피곤해서 그래요."

"그럴 때일수록 잘 챙겨 먹어야 해. 아줌마한테 부탁해서 네가 좋아하는 밑반찬들로만 챙겨 왔어. 냉장고에 정리해서 넣어 뒀으니까 바쁘다고 끼니 거르지 말고 잘 챙겨 먹어. 타지에서 생활하느라 한국 음식 그리웠을 텐데."

그때였다. 그의 재킷 주머니 안쪽에서 진동이 작게 느껴진 것은.

휴대폰을 꺼내 액정을 확인했다. 문자였다. 주소가 짤막하게 적힌. 그것을 내려다보는 석현의 눈빛이 짙어진다.

"더 있다 가실 거예요?"

"여기까지 왔는데 저녁은 먹고 가야지. 맛있는 거로 사 줘."

옆에 두었던 가방을 챙겨 드는 어머니를 향해 그가 단호한 음성을 뱉었다.

"선약 있어요."

멈칫. 반쯤 들었던 엉덩이를 도로 자리에 내려놓은 윤희가 눈을 치떴다.

"선약이라고?"

"네."

"누구랑?"

"……."

"혹시 나정이?"

석현은 대답 대신 들고 있던 휴대폰을 주머니에 도로 집어넣었다. 그러자 조금 전까지만 해도 섭섭한 기색이 역력하던 윤희의 눈동자에 일순 이채가 돈다. 대답할 가치가 없다고 생각해서 침묵한 건데 아무래도 뭔가 오해를 한 모양이었다.

"정말이니? 나정이 만나려는 거야?"

반가운 소식을 들었다는 듯 윤희가 자리에서 벌떡 일어났다.

"그런 거 아니에요."

과한 어머니의 반응에 석현은 눈썹을 찌푸렸다.

"그리고 제발 그만 좀 엮으세요. 문나정이랑 저 아무 사이 아닙니다. 앞으로도 그럴 거고요."

"그렇게 확언할 건 또 뭐 있니? 사람 일은 모르는 법인데."

"다른 건 몰라도 그것만큼은 확언할 수 있어요. 그럴 일 절대로 없습니다."

바늘로 찌를 틈조차 없을 만큼 완강한 아들의 대꾸에 윤희는 낮게 혀를 찼다.

"여자가 그 정도까지 하면 못 이기는 척 넘어가 주기도 하고 그래야지……."

석현을 향한 나정의 애정 공세는 꽤 오래됐다. 주위에선 이제 모르는 사람이 없을 정도였다. 게다가 그 마음이 어찌나 지고지순한지 옆에서 지켜보는 이가 더 안쓰럽게 느껴지기까지 했다. 두 사람을 아는 주변인들은 어느 순간이 되면 석현이 못 이기는 척 나정을 받아 주겠거니 생각했다. 그런데 정작 당사자인 석현은 전혀 그렇게 생각이 되지 않는지 늘 이렇게 매정하게 밀어내기만 했다.

외모, 집안, 학벌, 성격. 그 어느 것 하나 빠지지 않는 나정의 어디가 마음에 들지 않는다는 건지. 윤희로서는 도무지 알 수가 없었다. 물론 이 문제가 아니어도 제 아들의 속내는 정말이지 알 수가 없긴 했지만 말이다.

"혹시, 따로 만나는 여자라도 있는 거니?"

"다 알면서 뭘 물으세요."

더없이 확실한 부정이었다. 동시에 지난 7년 동안 아들을 몰래 감시했던 어미의 과한 모정을 타박하는 것이기도 했다.

"글쎄다. 내가 아는 게 전부라는 법은 없으니까."

윤희는 미안한 기색이라곤 눈곱만큼도 없는 담담한 얼굴로 아들의 눈총을 맞받아쳤다. 그러나 얼굴에 만연하게 피어오르는 실망감까지는 숨기지 못했다. 그녀가 생각하기에 멀쩡하다 못해 뭐 하나 빠지는 게 없는 아들에게 부족한 건 딱 하나였다.

바로, 여자.

석현의 말대로 그가 미국에서 생활하는 7년 동안 사람까지 붙여 지켜봤지만, 여자를 만난다는 소리는 듣지 못했다. 그러잖아도 슬슬 걱정이 되고 있던 참이었다.

서른하나. 한참의 나이에 여자에게 일절 관심이 없는 남자는, 누가 봐도 이상하지 않은가.

"너 혹시……."

문득 떠오르는 생각에 무의식적으로 입을 뗀 윤희는 이내 고개를 내저었다. 아니, 말도 안 된다. 시간이 얼마나 지났는데. 분명 제가 쓸데없는 걱정을 하는 걸 테다.

"알았다. 오늘은 이만 물러가마."

머릿속에 드는 불안감을 애써 떨쳐 내며 윤희는 깔끔하게 자리에서 일어났다. 이제 와서 괜한 얘기로 긁어 부스럼을 만들 필욘 없을 것이다.

"그래도 회장님껜 먼저 찾아뵙고 인사드리도록 해. 기다리고 계시니까."

석현은 대답하지 않았다. 윤희 역시 대답을 바란 건 아니었는지 미련 없이 아들의 집을 나섰다.

쾅. 닫히는 현관문을 물끄러미 바라보던 석현은 휴대폰을 다시금 꺼내 들었다. 액정에 떠 있는 메시지를 재확인하는 그의 눈빛이 형광등 불빛 아래에서 날카롭게 빛났다.

2. 빛

각오는 했지만, 그럼에도 짜증이 치미는 건 어쩔 수 없다. 어쩜 이렇게 보고 또 봐도 적응이 되지 않을 수가 있을까. 술자리가 시작된 지 고작 20분밖에 되지 않았다. 그런데 남자의 손은 벌써 바로 옆자리에 앉아 있던 막내의 가슴속으로 파고 들어가 있었다. 막내의 나이는 이제 고작 스물하나. 본인 딸뻘 되는 나이건만, 그런 막내를 희롱하는 남자의 얼굴에선 죄책감이나 부끄러움 따위는 전혀 찾을 수가 없었다.

아무래도 자리가 정해지는 순간부터 막내는 포기하는 쪽으로 마음을 굳힌 모양이었다. 보는 이의 눈살이 찌푸려질 정도로 과하게 가슴을 주물러 대는데도 막내는 체념한 얼굴로 빈 잔에 술을 따를 뿐이었다. 룸에 있는 직원은 희수를 포함해서 다섯이었지만 그 누구도 제지하는 이는 없었다. 괜히 막내를 위한 답시고 나서 봐야 해결되는 건 없고 오히려 자신에게까지 불똥이 튀는, 최악의 상황이 닥칠 게 뻔했기 때문이었다. 다들 제 코가 석 자인 사람들이었다. 도울 수 없다면 외면하는 수밖에. 희수는 시선을 내리깔고 제 앞에 놓인 술잔에 각 얼음을 퐁당퐁당 집어넣었다.

얼음이 들어가자 짙은 밤갈색이었던 액체는 금방 금빛으로 변했다. 영롱하고 아름다운 자태였다. 독한 술이 아니라 마치 마법의 음료라도 되는 듯이. 하긴. 어찌 보면 마법의 음료가 맞을지도 모르겠다. 술이 아니었으면 제 딸뻘 여자아이의 가슴을 사람들 다 보는 앞에서 주무를 수나 있겠는가. 얼음이 더 빨리 녹을 수 있도록 술잔을 빙글빙글 돌리며 희수는 속으로 피식, 조소를 흘렸다.

누가 억지로 시켜서 하는 일이 아니라 돈 때문에 스스로 택한 일이었다. 가게에 빚을 진 것도 아니라 그만두려면 지금이라도 당장 뛰쳐나갈 수 있었다. 하지만 돈을 생각하면 차마 그럴 수가 없었다. 그래서 이럴 때는 짙은 자괴감이 들곤 했다. 도대체 언제까지 이 짓을 계속해야 하는 걸까……. 습관처럼 캄캄한 미래를 떠올리자 숨이 턱 막혀 와 희수는 술잔을 입으로 가져갔다. 그때였다. 똑똑. 노크 소리가 들리더니 이내 룸의 문이 열리고 자영이 얼굴을 빼꼼 내밀었다.

"희수 씨, 지명 손님 왔어요."

"저요?"

희수는 손으로 자신을 짚었다. 자영이 고개를 끄덕였다.

"손님께 인사드리고 얼른 나와요."

말을 끝낸 자영은 진상을 향해 눈인사를 하고는 그대로 룸을 나
갔다. 탁, 문이 닫히는 소리와 동시에 룸 안에 있던 직원들의 시
선이 일제히 희수를 향한다. 그 눈빛 속에 담긴 뜻은 한 가지였
다. 부러움.

한 번 앉은 이상 이 지옥 같은 자리에서 빠져나갈 수 있는 방법
은 지금처럼 다른 손님의 지명뿐이었기 때문이다. 희수는 다른 사
람들의 부러움을 한 몸에 받으며 자리에서 쭈뼛거리며 일어났다.
손님을 향해 다음에 뵐게요, 아쉬운 척 인사를 건넨 후 룸을 나
섰다. 문을 닫자마자 입가가 절로 느슨해졌다. 안에서는 미안한
마음에 애써 덤덤한 척했지만, 사실은 기쁨의 환호성이라도 지르
고 싶은 심정이었다.

"희수 씨, 오늘 복 터진 줄 알아."

복도에서 기다리고 있던 자영이 희수의 옆구리를 쿡 찌르며 장
난스레 웃는다.

"복이요?"

"그래. 희수 씨 지명한 손님, 장난 아니거든."

"누군데 그래요?"

"기존 고객이 아니라 뉴페이스야."

"……처음 온 사람이라구요?"

"응. 그런데 엄청 잘생겼어. 그냥 하는 말이 아니라 웬만한 배우

들 뺨 왕복으로 때리고도 남겠던데?"

자영은 조금 전 봤던 남자의 얼굴을 떠올리며 신이 나서 말했다. 그러나 희수는 따라 웃지 못했다. 앞에 들은 말이 걸려 뒷말은 귓속으로 들어오지도 않았다.

"언니."

"왜?"

"처음 온 손님이라면서요."

"맞아."

"그런데 어떻게 알고 절 지명해요?"

물론 가게가 처음이라도 지명 손님이 있을 수는 있다. 다른 가게에서 일하던 직원이 가게를 옮겨 오면서 자신의 손님을 데려오는 건, 이 바닥에서 흔한 일이었으니까. 그러나 희수가 이쪽 업계에 발을 들인 건 이 가게가 처음이었다. 말이 안 되는 상황인 것이다.

도대체 나를 어떻게 알고?

의아해하는 희수의 낯빛에 자영도 뭔가를 생각하는가 싶더니 이내 고개를 갸웃한다.

"어, 그러네?"

"……."

"이상하다. 언제 한 번 왔었나?"

"……."

"아닌데. 저 정도 얼굴이면 내가 기억 못 할 리가 없는데……."

저도 헷갈린다는 듯 중얼거리는 자영을 보며 희수는 저도 모르게 마른침을 꼴깍 삼켰다. 하루 종일 예민했던 탓일까. 최악의 자리에서 벗어나게 됐음에도 불구하고, 어쩐지 기쁨보다는 불안감이 더 크게 느껴진다.

✳

　평소 감이 좋은 편은 아니었다. 그런데 어째서 불길한 예감은 늘 들어맞는 건지. 자영의 뒤를 따라 룸으로 들어선 희수는, 저 끝에 앉아 있는 남자의 얼굴을 확인한 순간 저도 모르게 두 눈을 질끈 감았다.

　도대체 이게 무슨 일인 걸까. 꿈……? 허상……? 아니, 정신병이라고 해도 상관없었다. 이게 지금 제 앞에 닥친 현실만 아니라면.

　"뭐해? 얼른 인사드리지 않고."

　제 마음을 알 리 없는 자영의 재촉에 희수는 어쩔 수 없이 느릿하게 눈을 떴다.

　혹시 잘못 본 건 아니었을까, 꿈을 꾸고 있는 건 아닐까. 간절히 바랐던 마음을 비웃기라도 하듯 눈앞에 보이는 풍경은 그대로였다. 반듯하게 넘긴 포마드헤어, 매끈한 이마, 가로로 길게 찢어진 날카로운 눈, 오뚝한 콧날, 흰 피부와 대조되는 붉은 입술, 베일 듯 날렵한 턱선까지. 긴 다리를 꼬고 앉아 오만한 시선으로 희수를 바라보고 있는 남자는, 자영의 말대로 웬만한 배우들하고 비교해도 꿀리지 않을 정도로 완벽한 외모였다. ……여전히.

　"……."

　희수는 아랫입술을 질끈 깨물었다. 숨이 턱 막혀 온 탓이었다. 분명 눈을 뜨고 있는데도 눈앞이 캄캄했다.

　어째서 당신이 여기에 있는 걸까. 세상 사람 모두를 마주친다고 해도 당신만큼은 마주치고 싶지 않았는데. 도대체 왜. 하필이면 이곳에, 하필이면 당신이…….

머릿속에선 당장이라도 뛰쳐나가라고 아우성이었다. 망설일 게 뭐 있냐고. 어서 도망치라고. 하지만 머리와 달리 몸은, 도망은커 녕 손끝 하나도 제대로 움직여지지 않았다. 마치 온몸에 시멘트 가 끼얹어지기라도 한 것처럼 그대로 굳어 버린 느낌이었다.

"희수 씨?"

평소와 다른 행동에 자영이 그녀의 어깨를 가볍게 툭, 친다. 그 제야 희수는 느릿하게 입술을 달싹이며 정해진 인사말을 기계처 럼 읊조렸다.

"……처음 뵙겠습니다. 희수입니다."

그런 그녀를 바라보는 남자의 얼굴엔 표정이랄 게 없었다. 그저 감정 따위는 조금도 섞이지 않은 건조한 시선으로 빤히 바라보 고만 있을 뿐.

"아까 설명해 드렸던 것처럼 저희 가게는 술과 웃음만 파는 건 전업소입니다. 불필요한 신체접촉을 시도할 시엔 어쩔 수 없이 퇴 장당하시게 됩니다. 그 점 꼭 명심해 주시구요, 그 외에 불편한 게 있으시면 언제든 말씀해 주세요."

초행인 손님과 직원 사이에 불편한 공기가 감도는 건 너무도 자 연스러운 현상이었다. 자영은 딱히 두 사람 사이에 감도는 묘한 긴장감에 대해 의문을 품지 못했다.

"그럼 즐거운 시간 보내세요."

자신이 할 일을 끝낸 자영은 상큼하게 웃으며 룸을 떠났다. 탁. 문 닫히는 소리가 꼭 거대한 철문이 닫히는 것처럼 크게 귓가를 울린다. 사방이 꽉 막힌 룸 안에는 무거운 정적이 감돌았다.

"……."

"……."

희수뿐만 아니라 상대방 역시 아무런 반응을 보이지 않았다. 그저 서로 마주 보고 있을 뿐이었다. 어찌나 고요한지 미미한 숨소리마저 크게 느껴질 정도였다.

"계속 그렇게 서 있을 생각이야?"

숨 막힐 듯한 분위기를 먼저 깬 건 그 남자, 최석현이었다. 그는 턱 끝으로 까닥 제 옆자리를 가리켰다.

"앉아."

"……."

"누구 올려다보는 취미 없어."

주위의 공기를 울리는 듯한 낮은 목소리에는 힘이 있었다. 당장 그의 말을 따라야 할 것만 같은 묘한 힘. 다른 사람이었다면 얼떨결에 그의 말에 따랐을지도 몰랐다. 하지만 희수는 꼿꼿이 자세를 유지했다. 아니, 움직일 수가 없었다고 하는 것이 정답이리라. 흔들리는 시선을 애써 다잡으며 희수는 겨우 입술을 천천히 달싹였다.

"……어떻게 알고 온 거예요?"

일순 남자의 새카만 두 눈에 이채가 감돌았다. 마치 오래도록 굶주린 짐승처럼 위험하게 보이는 눈빛이었다.

"설마, 내가 정말 너 하나를 못 찾아서 지금껏 그냥 뒀을까 봐."

붉은 입술을 비집고 피식, 가벼운 웃음이 흐른다. 마치 쓸데없는 질문을 한다는 듯.

지극히 건방진 말투와 눈빛이었지만 위화감은 느껴지지 않았다. 최석현은 그런 남자였다. 건방짐마저 자연스럽게 소화하는, 그래서 그래도 되는. 기억 속의 그와 한 치도 변하지 않은 모습이었다. 그 덕분일까. 발끝까지 굳게 만들었던 긴장이 조금은 느슨하게 풀리는 듯했다.

"그러게요. 워낙 오랜만이라 잠깐 깜박했어요. 선배한텐 어려울 게 없다는 거."

긴장이 풀린 새빨간 입술을 비집고 흘러나온 건 자조적인 웃음이었다. 그러자 마주한 석현의 눈빛이 날카롭게 번쩍인다.

"진심으로 그렇게 생각해?"

삐딱한 되물음에 희수는 입을 다물었다. 석현은 그런 그녀를 똑바로 바라보며 입술을 달싹였다.

"나도 있어."

"……."

"너무 어려워서 몇 년을 쥐고 있어도 도저히 안 풀리는 문제."

여전히 시선은 똑바로 마주한 채로 석현이 스윽, 자리에서 일어났다.

"서희수는 왜 갑자기 나를 떠났던 걸까."

한 걸음.

"자존심 빼면 시체라고까지 불리던 서희수가 그 돈은 왜 받았을까."

또 한 걸음.

"당장 그 몇 푼보단 차라리 너란 여자에게 미쳐 있던 날 붙들고 있는 게 더 이득이라는 걸, 똑똑한 네가 모를 리가 없었을 텐데."

네가 오지 않겠다면 기꺼이 내가 가 주겠다는 듯. 그녀가 도저히 좁힐 수 없었던 거리를 그는 망설임 따위 없이 성큼성큼 좁혀 왔다. 언젠가 그랬던 것처럼, 또 그렇게.

"그게 뭐 하나 어려울 게 없었던 내 인생에서 지난 7년간 풀리지 않은 유일한 숙제였다고."

그의 걸음은 희수의 바로 코앞에서 뚝 멈췄다. 잊고 있던, 아니, 결코 잊을 수 없었던 그만의 청량한 향기가 코끝을 흠뻑 적셔 온다. 독한 향수 냄새가 아닌 그의 체향일 뿐인데도 순간적으로 머리가 아찔해졌다. 갑자기 좁혀진 거리에 당황한 듯 얼어 있는 그녀를 내려다보는 그의 한쪽 입매가 삐딱하게 올라갔다. 그가 허리를 살짝 숙여 그녀의 귓가에 대고 속삭이듯 말했다.

"희수야."

나른한 숨과 함께 흘러나온 제 이름에 희수는 순간 심장이 철렁했다. 숨이 닿은 귓불이 화상이라도 입은 듯 화끈거린다. 평생 지겹도록 들어온 이름이었다. 그런데 이상하게도 그가 희수야, 하고 부를 땐, 애칭이라도 되는 것처럼 특별하게 들렸었다. 마치 내가 특별한 사람이라도 된 듯한 기분. 꽤 오랜 시간이 지난 지금도 여전히 그의 입에서 나오는 제 이름은 특별하게 들린다. 물론 그때와는 전혀 다른 느낌이지만.

"네가 한번 말해 봐. 어떻게 해야 그 문제가 풀릴 것 같은지."

저를 바라보는 그의 새카만 눈동자에 소름 끼칠 정도로 서늘한 냉기가 돌았다. 그 시선은 푹 파진 네크라인 사이로 훤히 드러난 가슴골을 타고 흘렀다.

"어떻게 해야, 내가 이 거지 같은 악몽에서 벗어날 수 있을지."

그저 시선이 닿았을 뿐인데 마치 손으로 희롱당하는 듯한 느낌이 들었다. 괜스레 아랫배가 뻐근해져 왔다.

"7년 만에 널 마주한 지금도."

희수는 저도 모르게 주춤 뒷걸음질을 쳤다. 그러나 거리는 그대로였다. 석현이 딱 그만큼 거리를 좁혀 왔기 때문이다.

"고작 이 꼴로 살겠다고 날 버렸던 널 마주하고 있자니, 꼭지가 돌 것 같은데 말이야."

지금 당장이라도 잡아먹을 듯 바라보는 짙은 눈빛이었다. 어깨가 흠칫 떨려 왔다. 꼭 굶주린 호랑이 앞에 선 토끼가 된 것만 같았다. 곧 잡아먹혀 버릴 것 같은 공포가 온몸을 휘감는다. 척추를 타고 소름이 오소소 돋아났다. 조금씩 밀려나던 그녀의 등이 결국 벽에 닿았다. 더는 피할 곳이 없었다. 그제야 그의 걸음도 멈춰졌다.

"뭐라고 말 좀 해 봐. 응?"

숨결이 느껴질 정도로 가까운 거리였다.

석현이 한쪽 팔을 들어 그녀의 뒤쪽 벽을 턱, 짚었다. 꼼짝없이 그의 품에 가둬진 꼴이 되었다.

쿵쿵, 심장이 크게 뛰기 시작했다. 그 소리가 입 밖으로 튀어나와 버릴까 싶어 희수는 입을 꾹 다문 채 숨을 참아야만 했다. 남자는 그런 그녀를 그저 가만히 지켜보기만 했다. 숨통을 조여 오는 듯한 압박에 결국 먼저 백기를 든 건, 그녀였다.

"……인정해요."

한참 만에야 입술을 떼며 느릿하게 시선을 들어 올렸다. 남자의 눈동자가 흥미롭다는 듯 반짝였다. 희수는 그와 시선을 똑바로 마주한 채로 최대한 덤덤한 목소리를 뱉어 냈다.

"이별에도 예의가 있는 법인데, 그땐 내가 너무 일방적이었어요. 사과할게요."

"뭐?"

그가 하, 차갑게 실소했다. 제가 지금 무슨 소리를 들은 건지 모르겠다는 듯. 그러나 희수는 여전히 그의 시선을 피하지 않고 말했다.

"돈은, 갚을 생각이었어요."

"서히수."

"보시다시피 상황이 이래서 당장은 힘들어요. 아마 오래 걸릴 거예요. 그래도 죽기 전에 꼭 갚을게요. 약속해요. 그러니까……."

탁. 말을 채 끝마치기도 전에 그녀의 턱이 그의 손아귀에 가볍게 붙들렸다.

"지금, 할 말이 고작 그것뿐이야?"

끊어 말하는 음성이 귓속을 아프게 파고든다. 지금껏 여유 만만하던 그의 눈동자가 미약하게 흔들리는 것이 시야에 선명하게 들어왔다. 그 속에 담긴 감정은, 분명 분노만은 아니었다.

마음 귀퉁이가 하릴없이 녹아내리는 느낌이다. 희수는 입 속의 여린 살을 깨물었다. 그러곤 덩달아 흔들리려는 눈빛을 애써 다잡으며 천천히 말을 뱉어 냈다.

"……우리 사이에 남은 게, 내가 진 빚 외에 또 있어요?"

순식간에 험악해지는 낯빛에 등줄기를 타고 소름이 쫙 돋아났지만, 눈도 깜빡할 수 없었다. 그의 얼굴이 단숨에 가까워진 탓이었다. 마치 키스를 하기라도 할 듯 가까워진 붉은 입술에 희수는 저도 모르게 두 눈을 질끈 감았다. 그리고 그 순간.

"이 와중에 눈을 감으면 어떡해?"

피식, 낮게 흘러나온 서늘한 실소가 그녀의 입술 위로 스며들었다.

"네가 이러면 내가 착각하게 되잖아."

"……."

"우리 사이에 네가 진 빚 외에도, 또 다른 게 남았을지도 모르겠다고."

그의 얼굴이 멀어지는 게 느껴졌다. 희수는 그제야 느릿하게 감은 눈을 떴다. 기다란 속눈썹이 바르르 떨려 온다.

"참 지독한 착각이지. 안 그래?"

남자가 싱긋 웃으며 그녀의 어깨를 다정하게 붙들었다. 서늘한 눈빛과는 전혀 다른 뜨거운 온기가 맞닿은 피부를 타고 고스란히 전해진다.

"아무튼, 우리 사이에 남았다는 그건 앞으로 천천히 정리해 보자고."

다시 여유를 찾은 것 같은 남자와 달리 희수는 눈앞이 캄캄해지는 듯했다.

"시간은 많으니까."

분명 제 실수였다.

새벽 3시.

짙게 덧칠했던 화장을 대충 지워 내고 출근할 때의 복장으로 갈아입은 희수가 bar를 나섰다. 가게의 마감 시간은 새벽 5시. 파라다이스는 여전히 성황리에 영업 중이었지만, 끝까지 일하면 다음 날 출근에 지장을 주는 탓에 희수는 늘 남들보다 이르게 퇴근을 했다. 시급으로 계산을 하므로 그만큼 월급이 줄어드는 건 아까웠지만 어쩔 수 없었다. 초반에 한 달은 돈 욕심에 마감까지 일을 했었다. 그런데 몸이 버티질 못하고 결국 응급실 신세를 졌었다. 병원비가 더 들겠다는 생각이 들어 과감하게 두 시간을 포기했다.

터벅터벅. 계단을 내려가며 희수는 치렁거리는 머리카락을 질끈 묶었다. 움직일 때마다 머리카락에 밴 담배 냄새가 코끝을 찔러 댔기 때문이다. 벌써 1년째였지만 독하게 배는 담배 냄새는 여전히 적응이 되질 않는다. 마지막 계단을 밟을 때였다. 잘못 발을 디딘 건지 몸이 살짝 휘청였다. 다행히도 금세 균형을 잡아서 넘어지는 불상사를 맞지는 않았다.

"후우."

정신을 차리기 위해 눈에 힘을 주고 숨을 크게 내뱉었다. 독한 알코올 냄새가 공기 중으로 흩어졌다. 그럼에도 여전히 술기운은 그대로 남아 있었다.

가게 앞에서 바로 택시를 잡아탔다. 시간이 시간인지라 집에 갈 땐 대중교통을 이용할 수가 없었다. 다행히도 bar의 사장이 퇴근 시 택시비는 지원해 주고 있었다. 평소엔 그마저도 아끼려고 절반쯤 걷다 택시를 타곤 했지만, 오늘은 도저히 찬바람을 맞으며 밤거리를 걸어갈 자신이 없었다.

워낙에 술을 잘하지 못하는 편이었다. 술집에서 일하면서도 술을 많이 마실 수 없었다. 다행히도 술 강요가 있는 곳은 아니었기에 가게 일에 적응을 한 이후부터는 대부분의 날을 멀쩡한 정신으로 돌아가곤 했다. 그런데 오늘은 조절을 하지 못했다. 아니, 조절할 생각을 못했다. 맨정신으로는 도저히 버틸 수가 없을 것 같아서 일부러 독한 술을 들이부었다. 엉망으로 취해 버리고 싶은 날이었다.

멍하니 바라보고 있던 차창 밖으로 익숙한 풍경이 나타났다. 그제야 희수는 반쯤 놓고 있던 정신을 번쩍 차리고 기사님을 불렀다.

"저기서 세워 주세요!"

택시는 주택가가 아닌 큰 도롯가에 멈춰 섰다. 만 원권 지폐 한 장을 내어 주고 거스름돈을 100원 단위까지 야무지게 챙긴 후 택시에서 내렸다.

"으. 추워."

집에 가까워져 가자 찬바람이 거세게 불어왔다. 바람을 고스란히 맞으며 다 무너져 가는 빌라 건물 안으로 들어섰다. 지어진 지 20년이 훌쩍 넘은 건물의 외관은 엉망이었다. 외벽엔 페인트 칠이 거의 다 벗겨지고 금이 간 곳도 심심찮게 보였다. 가벼운 지진이라도 온다면 바로 무너져 버리지 않을까. 그래도 다행히 지금까지는 지진을 겪은 적은 없었고, 비가 오는 날에도 물이 샌다거나 하는 일도 없었다. 딱히 포근한 보금자리라는 생각은 들지 않지만 잘 수 있는 공간으로서는 그리 나쁘지 않았다. 무엇보다도 서울 시내에서 그녀가 가진 돈으로는 구할 수 있는 집은, 이곳이 최선이었다.

　녹이 슨 열쇠 구멍에 열쇠를 넣고 조심스럽게 돌렸다. 방음이 거의 되지 않는 데다가 그녀의 동생 연수는 잠귀가 밝은 편이기 때문에 더욱더 조심해야 했다. 현관문이 열리고 자연스럽게 까치발을 드는 순간이었다. 문득 이상하다는 생각이 든다. 캄캄해야 할 거실에 훤히 불이 켜져 있었다.

　"뭐지⋯⋯?"

　저보다 더 짠순이인 동생이 불을 켜 놓고 자는 실수를 할 리가 없는데. 불길한 예감이 등허리를 스치고 지나갔다. 습관처럼 몸이 통과할 수 있을 만큼의 공간만 확보했던 현관문을 활짝 열어젖혔다.

　거실이라고 부르기도 민망할 정도로 조그마한 공간이 한눈에 들어온다. 책꽂이에 꽂혀 있던 책과 여러 잡동사니가 바닥에서 한데 뒤엉켜 아무렇게나 나뒹굴고 있었다. 귀퉁이에 세워져 있던 빨래 건조대도 무너져 아직 덜 마른 옷가지들이 바닥에 흩어져 있다. 엉망이 된 거실을 확인하고 빠르게 고개를 돌렸다. 역시나 예상대로 주방의 상황 또한 별반 다르지 않았다. 깨진 유리 파편들이 형광등 불빛 아래에서 값비싼 보석처럼 반짝였다.

　"하⋯⋯."

　꽉 다물려 있던 입술을 비집고 숨이 터져 나왔다. 술기운이 단번에 달아났다. 앞의 상황을 보지 않았음에도 훤히 눈앞에 그려진다. 또 그 사람 짓이겠지. 이제는 별로 놀랍지도 않았다. 혹시 몰라서 신발을 신은 채로 거실로 들어섰다. 그때 방문이 열리더니 잠옷 차림의 연수가 나왔다. 양손에 빗자루와 쓰레받기를 각

각 든 채였다.

"왔어?"

덤덤한 인사말이었다. 희수와 마찬가지로 연수에게도 너무도 익숙한 상황이었던 것이다.

"언제 왔었는데?"

"한 시간쯤 전에."

"왜 전화를 안 했어? 이런 일 생기면 바로 전화하라고 했잖아."

"언니한테 전화한다고 달라질 건 없잖아."

다그치는 희수를 향해 이번에도 역시 덤덤하게 대답한 연수는 거실을 훑더니 이내 작게 한숨을 내쉬었다.

"언니 오기 전에 다 치우려고 했는데 방 정리하다 보니까 시간이 다 갔네."

거실과 주방에 이어 방까지. 손바닥만 한 집을 아주 꼼꼼하게도 뒤엎은 모양이었다.

"다친 데는 없어?"

"언니도 잘 알잖아. 삼촌이 몸은 절대 안 건드리는 거."

"……불행 중 다행이지."

한숨처럼 뱉어진 희수의 말에 연수가 피식, 작게 웃었다. 넌 지금 이 상황에서 웃음이 나와? 물으려다 말았다. 우는 것보단 이편이 훨씬 더 나을 테니까.

"그거 이리 주고 들어가서 자."

부엌으로 들어가는 동생의 뒤통수에 대고 말했다. 연수가 걸음을 멈추고 돌아본다.

"언니 혼자 다 치우겠다고?"

"그래. 그러니까 들어가서 자."

"혼자서는 무리야. 같이 해. 내가 부엌 맡을게. 언니가 거실 맡아."

하여튼. 언니 말을 고분고분 듣는 법이 없다. 누굴 닮아서 이렇게 고집이 센 건지. 그러나 고집이라면 희수도 절대 뒤지지 않았다. 그녀는 성큼성큼 걸어가 연수의 앞을 막아섰다.

"서연수, 네 나이 땐 밤에 꼭 자야 한다고 했지. 그래야 세포가 성장한다고."

"키는 이미 언니보다 내가 더 크거든?"

"뇌세포는 아직 아닌 것 같던데."

열일곱, 고등학교 1학년생인 연수는 이번 모의고사 성적에서 2등급을 하나 받았다. 그리고 연수는, 자신의 언니가 학창 시절 단 한 번도 2등급을 받아 본 적이 없다는 사실도 잘 알고 있었다. 5센티 차이 나는 키로 기세등등하던 연수는 성적 앞에서 금세 시무룩해졌다. 반박의 말 대신 입을 비죽이고 있는 동생을 향해 희수가 다시 한 번 등을 떠밀었다.

"얼른 들어가서 자."

연수가 들고 있던 청소 도구를 내밀었다. 희수가 받아 들자 고분고분하게 방으로 향한다.

"유리 조심해, 언니."

마지막까지 당부의 말도 잊지 않았다. 희수는 희미하게 웃으며 고개를 끄덕였다.

탁. 방문이 닫히는 것을 본 후 희수는 본격적으로 팔을 걷어붙였다. 청소는 부엌부터 시작했다. 커다란 유리 조각들은 손으로 주워서 버리고 비질을 했다.

　삼촌, 경식은 어머니의 동생으로 자매에겐 유일하게 남은 혈육이었다. 일찍이 사고로 부모님 두 분을 동시에 잃었을 때, 그는 오갈 데 없어진 자매의 보호자를 자처했었다. 아무것도 모르는 7살 어린아이와 한창 사춘기를 겪고 있던 예민한 17살 여자아이는, 총각인 삼촌에겐 버거운 짐이 분명했음에도. 겁도 없이.

　'삼촌이랑 살자. 이젠 내가 너희들 아빠고, 엄마야.'

　경식은 외모뿐만 아니라 성격도 돌아가신 어머니를 많이 닮아 있었다. 정이 많고 다정다감한 사람이었다. 서툴렀지만 최선을 다해 자매의 보호자 역할을 해 주었다. 덕분에 부모님의 빈자리가 크게 느껴지지 않았을 정도였다. 자매에게 그는 아버지였고, 또한 어머니였다. 그랬던 경식이 180도 다른 사람이 되어 버린 건, 지금으로부터 딱 7년 전이었다.

　경식은 원래 친구와 함께 꽤 잘나가는 사업을 하고 있었다. 엄청난 부자는 아니었지만 그래도 먹고살기엔 충분히 여유로운 생활을 이어 나가고 있었다. 평생 장밋빛일 것 같던 생활이 무참히 깨어진 건 한순간이었다. 어느 날 갑자기 믿었던 친구가 투자금을 모두 들고 나른 것이다. 땅으로 꺼졌는지, 하늘로 솟았는지. 샅샅이 뒤져 봐도 흔적도 찾을 수가 없었다. 경찰도 별 도움이 되지 못했다. 결국 모든 것은 경식이 홀로 뒤집어써야만 했다.

　졸지에 엄청난 액수의 빚쟁이가 되어 버린 경식은 그때부터 급격하게 무너지기 시작했다. 유약한 성격이 문제였다. 배신감과 충

격을 버텨 내질 못했다. 어느 순간부터 술을 먹는 날이 늘어나는
가 싶더니 급기야 도박에까지 빠져 버렸다.

 '희수야, 연수야. 삼촌이 얼른 한 방 크게 터뜨려서 내 새끼들 고
생하지 않게 해 줄게. 삼촌 믿지? 응?'

 도대체 어디서 구했는지도 모를 돈을 도박으로 날리고 돌아올
때마다, 술에 잔뜩 전 경식이 늘 입버릇처럼 했던 말이었다.
 마음이 정리되면 금방 멈출 거라 생각했던 경식의 방황은 계속
됐다. 그럼에도 희수는 좀처럼 포기하지 못했다. 언젠간 정신을
차릴 거라고. 그땐 예전의 성실하고 다정다감했던 삼촌으로 돌
아와 줄 거라고 믿었다. 그러다 1년 전, 희수는 길고 길었던 미련
을 드디어 깔끔하게 포기하게 됐다. 도박으로 날려 버렸던 금액
중 일부의 출처가, 다름 아닌 제 이름으로 진 사채 빚이었음을 알
게 된 것이다.

 '삼촌! 거짓말이지? 응? 거짓말이라고 해 줘, 제발!'
 '……미안하다.'
 '어떻게 그럴 수가 있어! 나한테 어떻게 이래……! 어떻게……!'

 희수는 절규했다. 끝까지 믿었던 결과가 고작 이따위라니. 세상
이 무너지는 것만 같았다. 경식에 대한 배신감과 충격은 말로는
표현할 수가 없을 정도였다. 하지만 신세 한탄을 하며 시간을 허
비할 여유조차 그녀에겐 허락되지 않았다. 빚쟁이들은 하루가 멀

다 하고 찾아와 쓰지도 않은 돈을 내놓으라며 괴롭혀 댔다. 그녀의 명의로 빌린 돈이었으니, 책임 역시 그녀의 몫이었던 것이다. 어린 동생에겐 차마 말도 못 하고 혼자 앓았다. 아니, 앓을 시간이 없었다고 하는 게 더 정답이리라.

단 한 번도 생각해 보지 않았던 bar라는 곳에 제 발로 찾아간 것은, 그 때문이었다. 갑자기 생겨 버린 빚. 마치 밑 빠진 독처럼 갚아도 끝이 없이 불어나는 액수. 그런 와중에도 잊을 만하면 찾아와서 집과 속을 뒤집는 경식. 누군가 양손으로 제 목을 콰악 그러쥐고 있는 것처럼, 죽으라고 점점 더 힘을 주고 있는 것처럼, 하루하루가 숨 막힐 듯 고통스러운 나날의 연속이었다.

어느 날엔 그냥 경식 몰래 멀리 도망을 갈까, 진지하게 고민했던 적도 있었다. 그러나 차마 그럴 수 없었던 건, 오갈 데 없었던 자매에게 망설임 없이 내밀었던 경식의 손을 기억하기 때문이었다. 든든했던 그 손을, 따뜻했던 그 기억들을…… 도저히 외면할 수가 없었다. 당장 길바닥에 앉게 됐을 때도, 자매가 걱정할까 봐 혼자 끙끙 앓던 삼촌이었다. 발이 부르트도록 이리저리 뛰어다니면서도 자매의 앞에선 끝까지 억지웃음을 지어 보이던 삼촌이었다. 그러니 이런 말도 안 되는 일을 저지른 건, 결코 삼촌의 의지가 아니었을 거라고. 상황이 삼촌을 그렇게 몰고 간 걸 거라고. 어쩔 수 없었던 걸 거라고. 하루에도 수십 번씩 울컥하고 치미는 감정을 꾹 눌러 삼키며 그리 위안했다. 그러지 않으면 버틸 수가 없었기 때문에.

"후……."

거실까지 말끔하게 정리를 끝낸 뒤 희수는 바닥에 주저앉았다.

곧게 세운 무릎에 얼굴을 파묻고서 눈을 감았다. 캄캄해진 시야 위로 조각 같은 남자의 얼굴이 떠오른다. 너무도 잘나서 오만하고, 그래서 더 빛나던 그 얼굴이……. 그는 예전에도 그랬었다. 언제 어디서나 반짝반짝 빛나던 사람이었다. 그를 처음 봤던 날, 그녀는 처음으로 후광이라는 게 실제로 존재한다는 걸 깨달았었다. 그 눈빛에 매료되었다. 속절없이 끌렸다. 위험하다는 걸, 언젠간 후회하게 될 거라는 걸, 알았으면서도.

"……아!"

별안간, 희수는 감았던 눈을 번쩍 떴다. 기어 속 매력적이었던 눈빛이, 갑자기 조금 전 저를 경멸의 시선으로 훑어보던 눈빛으로 변해 버린 탓이었다.

'7년 만에 널 마주한 지금도.'
'고작 이 꼴로 살겠다고 날 버렸던 널 마주하고 있자니, 꼭지가 돌 것 같은데 말이야.'

이 일을 선택한 건 분명 제 의지였다. 그래도 몸을 파는 건 아니지 않느냐며 자위했었다. 그런데 오늘 그의 앞에서 눈을 가리고 있던 안대가 툭 벗겨져 버렸다. 애써 외면하려던 현실에 맞닥뜨린 것이다. 처음으로 이 일을 시작한 게 너무도 후회가 됐다. 부끄럽고 수치스러웠다. 진작 돈에 다 팔아 버렸다고 생각했는데 아니었던 모양이다. 남아 있는 줄도 몰랐던 자존심이 꿈틀거렸다. 주제도 모르고.

'이따위 꼴'이라…….

그의 말을 찬찬히 곱씹던 희수의 메마른 입술을 비집고 쓴웃음
이 흘러나온다.

"꼴좋다, 서희수."

자조하며 그녀는 다시금 눈을 감았다. 눈앞이 캄캄해진다. 마
치 제 앞날처럼.

3. 변동

점심 장사를 끝내고 희수는 엉망이 된 매장을 바라보며 한숨을 길게 내쉬었다. 주택가에 있는 커피숍이라 가게는 늘 조용한 편이었다. 적자는 아니지만 그렇다고 엄청난 흑자도 보지 않는, 딱 그 정도.

그런데 잡생각을 떨쳐 내라는 하늘의 계시였던 걸까. 오늘따라 이상하게 점심 장사에 많은 손님이 몰려들었다. 흔히 있는 일이 아니었던지라, 도대체 무슨 정신으로 그 많은 손님을 상대했는지 기억나지 않을 정도였다.

간밤에 잠을 설쳤던 탓에 유독 더 정신이 없었다. 영혼이 빠져나간 기분에다가 몸도 힘들었지만, 사실 딱히 나쁘지는 않았다. 덕분에 '최석현'의 '최' 자도 떠올리지 않을 수 있었으니까 말이다.

밀물처럼 밀려들어 온 손님들이 썰물처럼 빠져나간 매장 안을, 희수만큼이나 혼이 빠진 직원 은성과 함께 하나둘 정리하고 있을 때였다. 딸랑. 가게 문 위에 달아 놓은 풍경이 울리는 소리가 들려왔다. 풍경 소리에 가장 먼저 반응한 건 희수였다. 재빠르게 숙이고 있던 허리를 들어 문 쪽을 바라보았다. 상대를 확인한 그녀의 눈이 둥그렇게 커졌다. 당연히 손님일 줄 알았는데 의외의 인물이었다.

"사장님, 연락도 없이 어쩐 일이세요?"

사장이 자신의 가게를 찾아오는 일은 특이할 것 없는 일이었지만, 희수는 놀랄 수밖에 없었다. 그도 그럴 것이 워낙에 가게 일에는 관심이 없는 인물이었기 때문이다.

60대의 대머리인 사장은, 요즘 하느님보다도 더 높은 존재라 불린다는 '빌딩 건물주님'이었다. 처음 면접을 보던 날 그는 희수에게 심심해서 차린 커피숍이라 자신은 아무것도 모른다며, 그렇기 때문에 제 가게처럼 열심히 해 줄 경력자 직원을 원한다고 했었다. 처음엔 농담인 줄 알았다. 그러나 얼마 가지 않아 사장의 모든 말은 순도 백 퍼센트 진심이었음을 깨달을 수 있었다.

오픈 멤버로 시작한 희수는 지금까지 모든 매장 일을 도맡아 하고 있었다. 장사는 물론이고 물건 발주와 직원 채용, 그 밖에 사소한 것들 모두 그녀의 몫이었다. 직책은 매니저였지만 실상 하는 일은 사장과 다를 바 없었다. 전에 다니던 곳보다 할 일은 두 배,

아니, 세 배쯤 늘었지만, 불만은 딱히 없었다. 일이 많은 만큼 월급은 확실히 다른 곳보다 높게 받고 있었으니까 말이다. 오히려 참견하고 눈치 주는 사장보단 무심한 사장이 훨씬 나았다. 그 덕분에 희수는 큰 불만 없이 5년째 일을 할 수가 있었다.

"전할 말이 있어서 잠깐 들렀어요."

"전할 말이요?"

"희수 씨, 잠깐 나 좀 볼까요?"

사장은 허허, 사람 좋은 미소를 지으며 희수에게 눈짓을 줬다. 할 얘기가 있으면 보통 전화로 해결을 하는 타입이었다. 전화로 못 할 얘기가 있더라도 퇴근 시간에 찾아왔다. 한창 업무 시간인 지금 찾아와서 면담을 요청하는 건 처음이었다. 은성도 이상하다 싶었는지 희수에게 무슨 일이래요? 눈짓을 줬다. 희수는 모르겠다는 듯 어깨를 으쓱해 보인 후, 뒷정리를 은성에게 맡기고 사장을 따라 2층으로 올라갔다.

커피숍 2층은 사장이 개인 사무실로 사용하고 있었다. 사실 말이 좋아 사무실이지, 2층까지 오픈해야 할 정도로 장사가 잘되는 가게가 아니기 때문에 그냥 비워 두는 것이었다. 사장이 가게를 찾는 일이 드물어서 그만큼 사무실을 사용하는 일도 극히 드물었다.

계단을 올라오면 곧바로 유리문이 있다. 문을 열고 안으로 들어서자 구색을 갖추기 위해 있는 책상과 의자, 가끔 사장이 개인 손님을 접대할 때 모시는 소파, 그리고 의미를 알 수 없는 잡다한 조각품들이 질서 없이 놓여 있는 게 보인다. 사장이 오는 날이 아니면, 대청소할 때를 제외하고 이곳에 오는 일이 극히 드물었다. 사장은 어색하게 서 있는 희수에게 소파 자리를 권했다.

"희수 씨."

마주 보고 앉자 사장이 손수건으로 반질거리는 머리를 닦으며 조심스레 운을 뗐다.

"갑자기 이런 말을 전하게 돼서 참 미안한데……."

경험상 서두가 '미안하다'는 말로 시작되는 경우엔 좋은 말이 나오는 법이 없었다. 그리고 그건, 이번에도 마찬가지였다.

"……실은 내가 얼마 전에 가게를 팔았어요."

"네?"

청천벽력 같은 소리였다. 뒤통수라도 한 대 맞은 듯 희수는 안 그래도 왕방울만 한 눈을 한층 더 크게 뜨고 사장을 바라보았다.

"그게…… 무슨 말씀이세요? 가게를 파셨다고요?"

"좀 더 정확하게 말하자면 건물을 팔았다고 해야 맞겠네요. 이 가게를 포함한 건물 전체를."

"그게 대체……."

"희수 씨도 알고 있죠? 요즘 건물 매매 자체가 워낙 어렵다는 거."

"……."

"그런데 갑자기 좋은 조건으로 건물을 사고, 가게까지 인수하고 싶다는 사람이 나타났어요. 만약 희수 씨가 내 입장이라면 어떻게 하겠어요?"

지금 사장의 말이 전혀 이해가 안 되는 건 아니었다. 사장은 애초에 가게에 별다른 애정이 없는 사람이었다. 그렇다고 가게가 장사가 잘되는 것도 아니었고. 그러니 좋은 조건에 팔 수 있는 기회가 생긴다면 팔아넘기는 게 당연한 일이기는 했다. 사장의 말대로 자신이었어도 그렇게 했을 테니까 말이다. 희수는 잠깐 숨을 골랐다. 머리로는 이해를 하지만 충격은 쉬이 가시질 않는다.

"……언제부터 넘어가나요?"

"내일 당장."

"네? 내일이라구요?"

마른하늘에 날벼락을 맞는다면 이런 기분이지 않을까. 5년 동안 내 가게와 마찬가지라는 애정을 갖고 성실하게 일해 왔는데, 하루아침에 백수가 되게 생겼다. 황망하지 않을 수가 없었다.

"사장님, 이건 너무 갑작스러운 거 아닌가요?"

"미리 말 못 해서 미안해요. 그런데 나도 정말 이렇게까지 빠르게 일이 진행될 줄은 미처 몰랐어요."

"아무리 그래도……."

아무리 그래도 이건 너무한 거 아니냐고. 5년 동안 내 가게처럼 열심히 일한 대가가 이런 거냐고. 밀려드는 억울함에 희수가 입술을 달싹였을 때였다.

"아! 내가 이 얘길 아직 안 했네요."

뒤늦게 뭔가가 떠올랐다는 듯 사장이 희수의 말허리를 자르며 제 할 말을 이었다.

"걱정 말아요, 희수 씨. 가게도, 직원들도, 지금 있는 그대로 가기로 했으니까."

"그대로요?"

"네. 하다못해 간판조차 바뀌는 것 없이 그대로."

이걸 듣고 과연 좋아해야 하는 걸까.

"그러니 복잡하게 생각하지 말아요. 그냥 돈 주는 사람만 바뀐다고 생각하면 돼요. 편하게."

그리 말하며 또다시 허허허, 사람 좋은 미소를 짓는 사장을 보며 희수는 생각했다. 웃는 얼굴에 침 못 뱉는다는 속담은 아마도 엉터리이지 않을까, 하고.

대한민국에서 손에 꼽힐 정도로 큰 기업인 태광그룹. 그 안에서도 가장 높은 곳에 있는 이곳은, 회장실이었다.

굳게 닫혀 있는 문마저도 어쩐지 엄청난 위압감을 뿜어내고 있었다. 석현은 닫힌 문을 물끄러미 바라보았다. 비서의 안내를 받아 이곳에 선 지 벌써 수분이 흘렀다. 한 시간 전 갑자기 아버지의 비서에게서 호출을 받았다. 급한 일이 있으니 회사로 나와 달라는 내용이었다. 늘 그래 왔듯 핑계를 대고 빠져나갈까, 싶은 마음이 잠깐 들었지만 이내 마음을 고쳐먹었다. 한국에 돌아오고 첫 연락이었다. 아마도 당신 딴에는 많이 봐준 것이리라.

한국에서 살기로 한 이상 아버지를 계속 피할 수 없으리라는 걸, 그는 너무도 잘 알고 있었다. 그럼에도 발걸음이 차마 떨어지지 않는 건, 이 문을 열고 들어가는 그 순간부터 결코 원치 않는 방향으로 제 인생이 흘러갈 것임이 분명했기에……

"그래. 너무도 분명하지."

석현은 낮은 한숨과 함께 노크를 했다.

똑똑.

"들어와."

기다렸단 듯이 안에서 흘러나온 음성이 노크 소리와 겹쳐졌다. 이젠 엎질러진 물이었다. 석현은 굳게 닫혀 있던 문을 천천히 열고 안으로 들어섰다. 더운 공기가 그를 반겼다. 아직 겨울이 시작되지도 않았건만 벌써부터 난방을 튼 모양이었다. 실내를 가득 메우고 있는 훈기가 따뜻하다기보단 답답하게 느껴져 미간이 절로 좁혀졌다.

"부르셨다고요."

"앉아라."

상석에 앉아 있던 최 회장이 맞은편 자리를 향해 가볍게 턱짓했다. 오랜만에 보는 얼굴임에도 잘 지냈느냐는 그 흔한 인사조차 나오지 않았다. 부자지간의 상봉이라기엔 너무도 삭막한 분위기였지만, 석현은 전혀 개의치 않는 얼굴로 최 회장의 앞으로 향했다.

"회사로 들어와."

그가 자리에 채 앉기도 전에 본론이 튀어나왔다. 꼭대기의 자리에서 평생을 명령만 내려온 최 회장의 대화법은 늘 이런 식이었다. 이미 예상했던 내용이었고 각오 또한 했지만, 그럼에도 짜증스러운 건 어쩔 수 없다. 자리에 반듯하게 앉으며 석현이 불퉁한 목소리를 내뱉었다.

"급한 일이 있다더니, 그게 이겁니까?"

"그렇게 말하지 않았으면 네가 얼굴이나 비췄겠어?"

그는 못마땅해 죽겠다는 듯 쯧, 하고 크게 혀를 차는 최 회장을 바라보았다. 숱 많은 머리카락이 군데군데 희끗희끗했다. 눈가뿐만 아니라 무릎 위에 올려놓은 두툼한 손등에도 주름이 자글자글했다. 마지막으로 봤을 때보다 한층 더 노쇠한 모습이었지만 조금도 쉽게 느껴지지 않는 건, 눈빛 때문일 테다. 아무리 나이를 먹는다 해도 맹수는 끝까지 맹수인 법이었다. 그를 바라보는 최 회장의 눈빛은 여전히 섬뜩할 만큼 날카로웠다.

"대답은 이미 드렸던 것 같은데요."

"그건 2년 전이고."

"10년이 더 지난다 해도 제 대답은 같을 겁니다."

재고의 여지도 없다는 듯 단호한 대답에 최 회장의 두터운 눈썹이 씰룩였다.

"그럼 한국엔 왜 들어왔어? 죽을 때까지 미국에서 살 것처럼 굴더니?"

"생각이 바뀌었습니다."

"2년 동안 제 어미 속을 그렇게 썩여 가면서까지 고집을 부리더니, 이렇게 갑자기 생각이 바뀌었다고? 그렇게 가벼운 놈이 회사 들어오지 않겠다는 생각은 왜 못 바꿔?"

석현은 노기 어린 부친의 음성을 눈 하나 깜빡하지 않고 차분하게 받아쳤다.

"회장님도 잘 아시잖아요. 회사 일엔 전혀 관심 없다는 거."

"회사 일에 관심 없다는 놈이 미국에서 그렇게 커리어를 쌓았어? 그것도 하필이면 태광이랑 같은 업종에?"

"……배운 게 도둑질뿐이라고. 보고 배운 게 그것밖에 없어 선택한 길이었을 뿐입니다."

꼬박꼬박 돌아오는 아들의 대답 중 어느 것 하나 마음에 드는 것이 없었다. 오랜만에 보는 아들이라 차분하게 말하려고 했건만. 결국 최 회장은 불같은 성질을 참지 못하고 목청을 키웠다.

"다른 회사는 실컷 배를 불려 줘 놓고 내 회사는 왜 싫다는 거야? 내가 이런 말은 끝까지 않으려 했다만, 네가 지금 이렇게 번듯하게 클 수 있었던 게 누구 덕분이라고 생각해! 네가 혼자 컸어? 너 키우는데 들어간 돈이 다 어디서 나왔는지 정녕 몰라서 이렇게 배은망덕하게 굴어!"

부모가 이렇게 말할 때 반박할 수 있는 자식이 몇이나 될까. 특히나 석현은, 적어도 금전적인 부분에 있어서만큼은 세상 부러울 것 없는 지원을 받고 컸다. 할 말이 있을 리가 없었다.

"회장님도 나이를 드셨나 봅니다. 이렇게까지 유치하게 나오실 줄은 몰랐는데."

"네가 못나서 아비를 이렇게 만들었다는 생각은 왜 못해."

"……."

말싸움이라면 어디 가서 절대 밀리지 않는 그였지만, 이런 성격을 물려준 게 바로 부친인 최 회장이었다. 원래 뭐든 원조를 이기는 건 어려운 법. 말문이 막힌 석현이 입을 다물고 있자 최 회장이 승리를 예감한 듯 기세등등한 미소를 지으며 말했다.

"알아들었으면 그만 객기 부리고 들어와서 일해. 번듯한 자리 하나 마련해 줄 테니까."

"회장님."

"당장 시작하라는 거 아니야. 일단은 푹 쉬고 1월부터 해. 회사 차원에서도 그게 깔끔하고."

결국 처음부터 정해져 있던 답이 나왔다. 석현은 낮게 한숨을 내쉬었다. 반항 아닌 반항을 해 보긴 했지만 애초에 최 회장을 이길 수 있을 거란 생각을 한 건 아니었다. 한국에 돌아오라는 압박은 오 여사가 타계한 이후로 쭉 이어져 왔었다. 사실 2년이면 오래 버틴 거긴 했다.

"내가 지금 너더러 바닥부터 시작하라는 것도 아니고. 남들은 앉고 싶어도 못 앉을 자리에 떡하니 올려 주겠다잖아. 그런데 넌 대체 뭐가 그렇게 불만이야?"

그럼 원하는 사람에게 주면 되는 거 아니냐고. 원하지 않는 제가 앉는 것보다 원하는 이에게 넘기는 편이 훨씬 더 효율적이지 않겠느냐고. 그의 속마음이 얼굴에 고스란히 드러난 모양이었다. 최 회장이 눈을 날카롭게 번뜩이며 말을 덧붙였다.

"너희 할아버지 때부터 지금까지 최씨 가문이 피땀 흘려 세운 회사다. 그런 태광을 이제 와서 생판 남한테 뺏길 순 없는 노릇 아니더냐."

아직 일선에서 버티고 있기는 했지만, 언제까지고 이 자리를 유지할 수 있는 건 아니었다. 사람은 나이를 먹으면 외향만 늙는 것이 아니었다. 젊을 땐 비상하게 돌아가던 머리 역시 녹슨 것처럼 삐걱거리게 된다. 최 회장은 최근 자신의 판단력이 많이 흐려졌음을 인지하고 있었다. 눈치 빠른 하이에나들 역시 피 냄새를 맡은 듯 슬슬 몰려들기 시작했다. 세습이 당연하던 시대는 지났다. 누구도 감히 반박 못할 제대로 된 후계자가 필요했다.

"형이 잘하고 있는 걸로 아는데요."

"본디 독과점은 좋지 않아. 성장을 위해선 선의의 경쟁이라는 게 꼭 필요한 법이지."

그의 예상보다 훨씬 더 단호한 음성이었다. 석현은 조금 놀란 눈으로 최 회장을 바라보았다.

"여사님이 들으시면 무덤에서 박차고 나오시겠는데요?"

눈앞으로 꼬장꼬장한 얼굴이 스쳐 지나간다. 저를 잡아먹을 듯 노려보던 그 눈빛은 아직도 생생했다. 사실 2년 전, 바다 건너편에서 조모가 타계했다는 소식을 전해 들었을 때도 좀처럼 믿어지지 않았다. 이제 와 생각해 보면, 아마도 자신은 조모를 어느 동화 속에 나오는 불멸의 존재쯤으로 생각했던 걸지도 모르겠다. 평생 제 목을 옥죌 줄 알았는데……. 쓰게 웃는 석현의 표정을 읽은 듯 최 회장의 눈빛이 한층 어두워졌다.

"어머니도 지금쯤 후회하고 계실지도 모르지. 그 녀석만 감싸고 돈 대가가 어떤 건지, 위에서 내려다보면 아주 잘 보이지 않겠어?"

혀를 낮게 차는 최 회장의 이마에 주름이 짙게 새겨졌다. 깊게 팬 주름 틈새엔 큰아들에 대한 못마땅함이 그득 담겨 있었다. 조금 전 그를 대할 때와는 결이 다른 감정이었다. 짐작 가는 부분이 있었지만, 석현은 짐짓 아무것도 모른다는 듯 침묵을 유지했다. 최 회장은 뻔뻔한 그의 태도가 영 마음에 들지 않는 눈치였다. 그러나 대놓고 그 부분을 지적하지는 못했다.

"저녁 같이하자고 해도 거절할 테지?"

예의상 하는 질문이 분명했다. 지금까지 살아오면서 아버지와 단둘이 식사를 한 적은 단 한 번도 없었다. 그것은 곧, 둘 중 누구도 그런 자리를 원하지 않았다는 뜻이기도 했다.

"이해해 주셔서 감사합니다."

석현은 덤덤한 얼굴로 아버지의 기대에 부응했다.

✳

캄캄해진 창밖을 바라보는 희수의 얼굴이 초췌했다. 오늘따라 하루가 너무도 길게 느껴지는 건, 어쩌면 기분 탓이 아닐지도 모른다.

낮에 사장이 가게를 떠나가기가 무섭게 또 손님들이 몰려들었다. 평소 같았으면 조용했을 시간까지도 바쁘게 보낸 탓에 은성에게는 마감 시간이 다 되어 가서야 사장에게서 들은 이야기를 전하게 됐다. 이것도 원래는 사장이 전해야 할 말이었지만 어쩌다 보니 떠맡아 버린 것이다.

"정말로 사장이 바뀐다고요?"

역시 이번 사안은 사장의 말처럼 '편하게'만은 생각할 수 없는 문제였던 모양이다.

"아니, 이게 말이 돼요?"

이야기를 다 들은 은성이 황당하다는 듯 눈을 동그랗게 뜨고 되묻는 걸 보니.

"직원들한텐 한마디 말도 없이 갑자기 사장이 바뀌는 게?"

은성은 뭔가 속 시원한 대답을 원하는 듯했다. 그러나 안타깝게도 희수가 해 줄 수 있는 말은 없었다. 오히려 은성보다 자신이 더 황당한 상황이었으니까 말이다.

"와, 해도 해도 너무하네!"

멍한 희수의 얼굴을 보고 마땅한 대답을 얻을 수 없다는 결론을 내린 듯 은성이 빼액 열을 냈다.

"이건 엄연히 갑질이에요. 갑질!"

"……."

희수는 말없이 텅 빈 가게를 바라볼 뿐이었다. 열을 낼 힘도 없었다. '갑'이 '갑질'을 하겠다는데 무슨 할 말이 있으랴. 그저 심란했다.

"누나는 어떻게 할 거예요?"

"어떻게 하다니?"

"앞으로도 계속 다닐 생각이냐고요. 이딴 가게."

'이딴 가게'라는 말에 심장이 철렁했다. 희수는 눈을 느리게 깜빡였다. 물론 은성이 어떤 의도로 한 말인지 모르는 건 아니었다. 그러나 가게에 워낙 애정이 컸던지라 이 상황 자체가 마음이 아픈 건 어쩔 수가 없다.

"……글쎄. 잘 모르겠어. 새로 오는 사장님이 어떤 분일지는 아직 모르는 거니까. 일단 내일 보고 결정하는 게 맞지 않을까 싶은데."

은성은 이 상황에서 화도 내지 않고 수긍하는 희수를 답답하다는 듯 바라보았다. 본인이라고 해서 답답하지 않은 건 아니었다. 하지만 그녀로서는 달리 방법이 없었다. 아직 앞날이 창창한 스무 살의 은성과 스물일곱의 자신은 입장부터가 달랐다. 쿨하게 사표를 던지고 이제 와서 다른 일자리를 찾는다는 게 결코 쉬운 일은 아니었으니까 말이다. 분명 엄청난 용기가 필요한 일이었다. 그런데 문제는, 그 용기를 낼 마음의 여유가 없다는 것이었다.

"자, 일단 나중 일은 나중에 생각하고. 지금은 청소부터 하자. 마감해야지."

희수는 씩씩하게 자리에서 일어나며 걸레를 집어 들었다.

＊

띵. 기계음과 함께 엘리베이터 문이 열렸다. 나른한 피로감을 뒤로한 채 엘리베이터에 올라타던 석현은 문득 걸음을 멈췄다. 엘리베이터 안에서 익숙한 실루엣이 눈에 들어온 탓이었다. 상대 또한 안으로 들어서는 그를 보곤 함께 표정을 굳혔다.

"……."

"……."

마주 보는 두 사람 주위의 공기가 순식간에 싸늘하게 가라앉았다.

"오랜만이다?"

먼저 입을 연 것은 저쪽이었다. 석현은 무심한 얼굴로 상대방과 시선을 마주했다.

"회사는 어쩐 일이야? 네가 태광에 대체 무슨 볼일이 있어서."

삐딱하게 웃음 짓는 입가에 걸려 있는 특유의 비릿함에 석현의 미간이 절로 찌푸려졌다. 결코 반갑지 않은 얼굴이었다. 물론 그건 저쪽 역시 마찬가지겠지만.

"그냥, 회장님께 인사드리러 온 거야."

"회장님께 인사라니. 설마 이제 와서 살가운 아들 노릇을 하려는 생각은 아닐 테고……."

중얼거리던 치원의 눈이 일순간 뱀처럼 가늘어진다.

"역시 아버지가 먼저 부르신 건가?"

그는 대답 대신 고개를 바로 했다. 의미 없는 대화 따위 이쯤에서 종결하고 싶은 마음에서였다. 그러나 상대는 생각이 전혀 다른 모양이었다.

"호출 이유는?"

부자간에 무슨 대화가 오갔는지 꼭 알아야겠다는 듯 질문을 덧붙인다. 치원은 그보다 다섯 살이나 많은 형이었지만, 어린아이 같은 구석이 있었다. 특히나 그를 향한 질투심이 상당했다. 커다란 장난감을 양손에 각각 쥐고 있을 때도 그의 손에 들린 하나의 조그마한 장난감까지 꼭 뺏어야만 만족했다. 덕분에 석현은 아주 어린 나이에 깨달았다. 그럴 때 뺏기기 싫어 저까지 고집을 부리면 일이 커진다는 걸. 그냥 제가 포기하는 게 편하다는 걸.

"뭘 물어? 뻔하잖아."

무시하고 싶은 마음을 꾹 참고 대꾸를 했음에도 치원은 여전히 만족하지 못한 모양이었다. 다시 한 번 집요하게 되묻는다.

"네 대답은?"

"그것도 너무 뻔하지 않나?"

"글쎄. 방심하고 있다가 뒷덜미라도 물어뜯길까 봐 좀 겁이 나야 말이지."

조롱 섞인 말에 석현은 대꾸 대신 다시금 시선을 틀어 치원을 바라보았다. 그러자 치원의 입가에 맺힌 웃음이 조금 더 짙어진다.

"하, 도대체가 아버지를 이해할 수가 없단 말이야. 여태 해외로만 나돌던 놈이 회사에 대해서 뭘 안다고 대뜸 자리를 주고 싶어서 안달인지. 할머니께서 살아 계셨다면 가당키나 한 일이냐고, 이게."

"……."

"하여튼 가만 보면 할머니보다 아버지가 훨씬 더 혈육에 대한 집착이 심각한 것 같단 말이야. 더러운 피가 섞였어도 결국은 본인 핏줄이란 건가?"

쯧, 혀를 차는 소리와 함께 일부러 강세를 두고 뱉은 게 분명한 단어가 귓속으로 사납게 내리꽂힌다. 더러운 피. 석현은 느릿하게 눈꺼풀을 감았다 떴다. 치원이 한 방 먹였다는 듯 여유 만만한 얼굴로 그를 마주 보고 있었다. 어쩜 사람이 저토록 변함이 없을 수가 있는 건지. 설마 저를 아직도 이딴 유치한 발언 하나에 쉽게 발끈해 버리던 어린애라고 생각하는 걸까. 그렇다면 너무 재미없는데. 픽, 그의 입술을 비집고 낮은 실소가 흘러나왔다.

"그래. 회장님이 혈육에 대해 집착이 과하긴 하시지."

자극을 받기는커녕 너무도 느긋하게 맞받아치는 석현의 반응에, 시종일관 여유롭던 치원의 얼굴이 와락 구겨졌다. 그런 치원을 빤히 바라보며 석현은 무감하게 입술을 놀렸다.

"근데 적어도 형만큼은 그렇게 말하면 안 되는 거 아닌가?"

"뭐?"

"누구보다 더 잘 알 텐데. 그 혜택을 가장 많이 누리고 있는 게, 과연 누군지."

"너 지금 무슨……!"

뒤늦게 말뜻을 알아들은 듯 치원의 얼굴이 순식간에 시뻘겋게 달아올랐다. 당장이라도 터져 버릴 시한폭탄 같았다.

"걱정하지 마."

석현은 여전히 무감한 낯으로 말을 이어 갔다.

"형 밥그릇엔 여전히 관심 없으니까."

정곡을 찔린 것처럼 치원의 눈동자가 거세게 흔들리기 시작했다.

"지금껏 해 왔던 대로 안심하고 배나 채워. 응?"

석현은 한쪽 입꼬리를 말아 올렸다. 목소리만큼이나 서늘한 미소였다. 그 순간이었다. 허공을 가르는 소리와 함께 치원의 주먹이 눈앞으로 가까워진다.

"이 새끼가 뚫린 입이라고……!"

턱. 빠르게 가까워지던 주먹은 잘 뻗은 코끝에 닿기 직전에 정지했다.

"물론 영원한 건 없는 법이지."

너무도 간단하게 제압당한 주먹이 그의 눈앞에서 바들바들 떨렸다. 석현은 그것을 마치 벌레를 떼어 내는 듯 가볍게 떨쳐 내며 나직한 음성을 뱉어 냈다.

"그러니까 너무 자극하지 마. 전혀 없던 욕심이 어느 날 갑자기 생겨 버리면 그땐 어쩌려고 그래? 이젠 여사님도 안 계시는데."

때마침 엘리베이터 문이 열렸다. 석현은 언제 그랬냐는 듯 얼굴에서 미소를 싹 지워 냈다. 그러곤 단 한마디도 받아치지 못하고 그대로 굳어 있는 치원을 뒤로한 채 그대로 엘리베이터를 빠져나갔다.

스르륵, 닫히는 문 너머로 널찍한 등이 눈에 들어온다. 치원의 입가가 부들부들 떨리고 양 눈썹이 하늘을 뚫을 듯 추켜 올라갔다. 당당하다 못해 지나치게 여유로워서 신경을 한껏 거스르는 저 뒤태는, 더 이상 제 기억 속의 꼬맹이가 아니었다. 제 발아래에서 빌빌대던 보잘것없던 산짐승 새끼가 7년 만에 덩치를 부풀려 나타났다. 더 기가 막힌 건, 그 모습이 잠깐이나마 위협적으로 느껴졌다는 것이다.

"……이런 시팔!"

으득, 이를 가는 치원의 두 눈이 뒤늦게 끓어오르는 분노와 수치심으로 이글거린다. 허옇게 질린 주먹이 부들부들 떨렸다. 콰앙! 성질을 못 참고 애꿎은 엘리베이터 벽을 신경질적으로 내리쳤지만, 문은 이미 닫히고 난 후였다.

[파라다이스]

시야에 들어오는 반짝이는 간판을 빤히 바라보던 석현의 입술을 비집고 하, 헛웃음이 흘러나왔다. 스스로도 기가 막혔다. 운전을 하는 동안 제가 어디로 가는지를 전혀 의식하지 못했었다. 도착하고 보니 이곳인 것이다. 생각해 보면 7년 전에도 그랬었다.

오늘처럼 치원이 날 세워 저를 긁어 대는 날엔, 그래서 참을 수 없을 정도로 기분이 엿 같은 날엔 꼭 그녀를 찾았다. 저를 향해 말갛게 웃어 주는 여자의 얼굴을 마주하면 들끓던 짜증이 언제 그랬냐는 듯 한순간에 가라앉곤 했다. 마치 어쩌다 밀려온 육지에서 말라 가던 바다 생물이 생명수를 맞은 것처럼 숨통이 트이는 느낌.

……그땐, 그랬다.

"습관이라는 건가."

그는 입 안에 맴도는 쓴맛을 삼켜 내며 고개를 뒤로 젖혔다.

이복형인 치원과는 처음부터 사이가 나빴다. 아마도 자신이 태어나던 그 순간부터. 아니, 그보다 더 오래전부터 시작됐을 것이다. 저를 향한 치원의 분노는…….

그 감정을 이해 못하는 건 아니었다. 본인 어머니의 자리를 빼앗은 여자의 아들이었다. 당연히 곱게 볼 수가 없었을 것이다. 게다가 그들의 조모는 철저하게 형의 편이었다. 형제간의 감정의 골을 채워 줄 생각은커녕 오히려 더욱 깊어질 수밖에 없게끔 부채질까지 했다. 그래서였다. 틈만 나면 날아오는 주먹을 피하려 노력하지 않았던 것은. 입 안이 터져 피가 목구멍으로 넘어가도 뱉어 내지 않고 삼켜 냈다. 아파도 아프다 하지 않고, 억울해도 억울하다 말 못 했다. 어차피 제가 억울하다 말한다 해도 바뀔 게 없다는 걸 너무도 잘 알았기 때문이다.

첩의 자식. 태어나던 순간부터 줄곧 따라붙은 꼬리표는 그의 인생을 멋대로 휘둘렀다. 원해서 이렇게 태어난 게 아닌데, 그는 제 의지와는 전혀 상관없이 일평생을 죄책감과 주위의 손가락질에 시달려야만 했다. 사람들은 늘 그를 예의 주시했다. 앞에선 다정한 척 웃는 얼굴로 그를 대했지만 뒤에선 가면을 벗어던지고 실컷 비웃었다. 조금이라도 부족한 모습을 보일 때면, 첩의 자식이라서 저렇지. 악을 쓰고 뛰어난 모습을 보일 때면, 첩의 자식 주제에 감히. 어떤 선택을 해도 결론은 하나였다. 그는 점점 가시를 세우는 고슴도치가 되었다. 그럴 수밖에 없었다. 상처받지 않으려면 먼저 상처를 줘야만 했으니까.

다가오는 사람들을 그 누구도 믿을 수가 없었다. 사는 게 버거웠다. 단 한 번도 행복하다는 감정을 느껴 보지 못한 삶은 피폐하기만 했다. 말 그대로 죽지 못해 겨우겨우 살아가던 어느 날이었다. 그녀를 만난 건…….

4. 7년 전 (1)

그날은, 신입생 환영회가 있는 날이었다.

"감히 한국대 경영학과에 겁도 없이 발을 디딘 우리 병아리 학우들의 앞날을 위하여!"

"위하여!"

3학년 과 대표인 인호의 외침에 나머지 학생들 역시 우렁차게 따라 외쳤다. 곧이어 학교 앞의 조그만 호프집 안은 술잔이 부딪치는 소리와 저마다 왁자지껄 떠드는 소리로 금세 시장통이 되었다.

교복을 벗고 당당하게 호프집에서 술을 마실 수 있다는 사실에 새내기들은 모두 들떠 보였다. 그들의 눈엔 여기저기서 주워들은 대학 라이프에 대한 기대감이 그득했다. 재학생들은 그런 후배들을 바라보며 속으로 사악한 웃음을 흘렸다. 너희의 앞날이 과연 아름답기만 할까. 자신들이 타고 있는 지옥 열차에 탑승한 새로운 동지들을 진심으로 반겼다.

매년 같은 패턴이었다. 세 번째로 보는 광경에 지루함을 느낀 석현은 무심한 얼굴로 제 앞에 놓인 술잔을 입으로 가져갔다. 오늘따라 컨디션이 별로여서인지 맥주 맛도 별로였다. 역시 그냥 무시하는 건데. 신입생 환영회에 꼭 참석해 달라는 문자와 전화 폭탄이 지겨워 억지로 나온 자리였다. 이제 와 생각해 보니 그냥 휴대폰만 끄면 되는 일이었는데 말이다. 군대에서 틀에 박힌 생활만 내내 했더니 아무래도 머리가 굳은 모양이다.

뒤늦게 후회하며 반쯤 비운 잔을 내려놓는데, 순간 건배사를 외치느라 내내 우뚝 솟아 있던 인호와 시선이 마주쳤다. 그를 이 자리에 나오게 만든 원흉이었다. 젠장. 재빠르게 시선을 피하며 쓰고 있던 모자를 조금 더 눌러썼지만, 이미 늦어 버린 후였다. 그를 발견한 인호가 빠른 걸음으로 그를 향해 다가왔다.

"선배님! 왜 이렇게 구석진 곳에 앉아 계세요? 안 오신 줄 알고 한참 찾았잖아요."

"제발 그 집착 좀 거둬 줄 순 없냐."

귀찮은 기색이 역력한 그의 음성에도 인호는 해맑은 얼굴로 그의 옆자리를 차지했다.

"집착이라니, 무슨 그런 섭섭한 말을 다 하고 그러세요. 혹시라도 선배님이 복학해서 적응하기 힘드실까 봐 제가 얼마나 신경을 쓰고 있는데."

"그러니까 그 신경을 좀 끄라고."

"죄송하지만 그건 불가능한 일이에요. 제 롤 모델인 선배님께서 홀로 외롭게 지내는 걸 어떻게 지켜볼 수가 있겠어요."

어쩌다 이런 오지랖쟁이한테 걸렸는지. 악의가 없는 걸 뻔히 아는데 화를 낼 수도 없고. 석현은 생글생글 웃는 낯으로 제 할 말을 다 하는 인호를 보며 낮게 혀를 찼다.

인호는 시골집 마당에서 풀어 놓고 키우는 똥개 같은 녀석이었다. 귀찮은 티를 팍팍 내며 밀어내도 금세 꼬리를 흔들면서 다가오는. 한마디로 석현과는 상성이 맞지 않는 타입이었다. 복학하면 아는 얼굴도 거의 없을 테니 이번에야말로 조용하게 학교생활을 보낼 수 있겠다고 생각했는데, 하필이면 이 녀석이 3학년 과 대표를 맡았을 줄이야. 그렇다고 1년을 더 쉴 수도 없는 노릇이고. 벌써부터 피곤할 앞날이 그려져서 눈앞이 캄캄하게 느껴지는 그때였다. 갑자기 실내로 찬바람이 들어오는가 싶더니 시끄럽던 주위가 순식간에 고요해졌다.

"오! 드디어 서희수 등장!"

누군가 이제 막 호프집 안으로 들어온 여자를 향해 알은체를 했다. 그러자 그게 신호탄이라도 된 듯 일제히 다시금 웅성거리기 시작한다.

"왜 이렇게 늦게 왔어? 하도 안 와서 무슨 일이라도 생긴 줄 알았잖아."

"죄송해요. 교수님께서 갑자기 심부름을 시키셔서요."

"혹시 왕 교수한테 잡힌 거야?"

"아, 네."

"그럴 줄 알았다. 하여튼 늙은 노친네가 예쁜 애들은 엄청나게 밝힌다니까. 희수 너는 앞으로 특별히 더 조심해. 최대한 눈 안 마주치게 노력하고. 알겠지?"

대답하는 이는 하나였지만 말을 건네는 이는 다 달랐다. 여자의 대답이 끝나기가 무섭게 저마다 기다렸다는 듯이 한마디씩을 보냈다. 이 광경이 더 우습게 느껴지는 건, 질문을 하는 이가 전부 남자라는 것이었다.

"이리 와, 희수아! 자리 비워 뒀어."

과에서 유난히 튀는 녀석들이 모여 있는 무리가 자신들의 테이블로 여자를 데려갔다. 그중에선 낯익은 얼굴도 보였다. 그의 동기인 곽현태였다. 1학년까지 마치고 쫓기듯 휴학을 하던 녀석의 마지막 모습이 절로 떠올랐다. 무슨 문제를 일으켰다고 했던 것 같은데. 워낙 주변엔 별로 관심을 두지 않았던 탓에 그 내용까진 정확하게 기억나지 않는다. 어쨌든 지금은 무리에서 중심 노릇을 하고 있는 걸 보니, 복학하고 적응을 매우 잘한 모양이었다.

"밖에 춥지? 얼른 따뜻한 국물부터 좀 먹어."

"무슨 소리! 추위엔 국물보단 술이 최고지. 자, 이거 한잔 쭉 들이켜 봐. 금방 더워질걸."

"술 잘 못 먹는다고 하지 않나?"

"처음부터 잘 먹는 사람이 어디 있어. 다 먹다 보면 느는 거지."

너도나도 권하는 술을 어색한 얼굴로 받아먹는 여자를 바라보며, 무리에 속한 녀석들은 마치 전쟁에서 승리를 차지하기라도 한 것처럼 기세등등한 표정을 해 보였다. 그리고 그 무리에 끼지 못한 나머지 녀석들은 아쉽다는 듯 입맛을 쩝 다신다.

마치 방관자처럼 멀찍이 떨어져 그들을 보고 있던 석현의 눈매가 슬쩍 가늘어졌다. 지루하단 생각이 들 정도로 평범하던 신입생 환영회가 고작 한 여학생의 등장으로 완전히 바뀌어 버린 게 퍽 신선했다.

"누군데 저렇게 난리야?"

"아! 선배는 모르시겠구나. 이번 신입생이에요."

"신입생이라고?"

석현은 의외라는 듯 되물었다. 여자가 묘하게 어색해하는 것처럼 보이긴 했지만, 3학년 무리가 자연스럽게 치근덕거려서 설마 이번 신입생일 거라고는 생각하지 못했다.

"완전 예쁘죠? OT 때부터 다들 난리였어요. 심지어 머리도 좋아요. 수석 입학!"

아직 솜털이 채 가시지 않은 뽀얀 피부에 커다란 눈, 허리까지 내려오는 기다란 생머리. 새하얀 블라우스에 청바지로 옷차림도 수수하고 화장기 또한 거의 없어서인지 깨끗하다는 단어가 절로 떠오르는 외모였다. 물론 객관적으로 봤을 때 예쁜 얼굴이긴 했다. 그러나 눈에 띈다는 느낌은 딱히 들지 않았다. 그의 주변엔 워낙 화려한 외모의 여자들이 많았다. 무엇보다 그 자체가 딱히 여자에게 관심을 가져 본 적이 없었다. 수석 입학이라는 점은 조금 놀라웠지만 말이다. 일말의 관심은 금세 휘발됐다. 석현이 심드렁하게 고개를 바로 하는데 인호가 눈을 반짝인다.

"우리 테이블에도 와 달라고 해 볼까요?"

"뭐?"

"경영학과 퀸이요."

일순 표정 없던 석현의 얼굴에 또렷한 경악이 스쳐 지나갔다. 경영학과 퀸이라는, 손발이 절로 오그라드는 단어를 듣자마자 비슷한 단어가 자동으로 떠오른 탓이었다. 경영학과 프린스. 지금으로부터 딱 4년 전, 새내기였던 그에게 선배들이 멋대로 붙여 준 별명이었다.

"설마……."

"맞아요. 서희수 별명."

인호기 손끝으로 뒤편을 가리켰다. 굳이 손끝을 향해 시선을 따라가지 않아도 누가 있을지는 뻔했다. 서희수. 신입생의 이름인 모양이었다. 석현은 낮게 혀를 찼다. 4년 전이나 지금이나. 작명 센스가 특출나게 구린 건 한국대 경영학과의 특징인 걸까.

"역시 사람 보는 눈은 다 비슷한가 봐요. 선배가 여자한테 관심 두는 건 처음 보는 것 같은데."

"내가 언제 관심을……."

"어! 그러고 보니 선배랑 좀 비슷한 구석이 많네요?"

감히 하늘 같은 선배의 말을 끊어 먹었다는 것도 인지하지 못한 듯 인호가 신이 나서 말을 이어 갔다.

"수석 입학한 것도 그렇고, 이성한테 인기가 넘치는 것도 그렇고, 성격도 조금……."

문득 그의 눈치를 본 인호가 고개와 팔을 크게 휘저었다.

"아니, 나쁘다는 뜻이 아니라요. 좋은 쪽으로요! 서희수도 도도하다는 평 많이 받거든요. 벌써 고백 몇 번 받았는데 고민도 없이 다 거절했대요. 역시 프린스랑 퀸이랑은 통하는 건가……?"

물은 적도 없고 딱히 궁금하지도 않은 이야기를 길게도 내뱉은 녀석이 눈까지 찡긋해 보인다. 선배 맘 다 알아요, 라며.

아니, 도대체 뭘 알겠다는 건지. 저 머리통에 든 생각이 뭔지 정확하게는 모르겠지만, 결코 자신이 원하는 방향은 아닌 것만큼은 분명했다. 혹시라도 어디로 튈지 모르는 탱탱볼 같은 녀석이 괜한 일을 벌일까 봐 석현은 얼른 정색하고 말했다.

"적당히 해. 괜한 오버 말고."

그는 날카로운 눈매 때문에 웃지 않으면 한없이 무서운 인상이었다. 그런데다가 이렇게 정색까지 할 때면 교수님조차도 쉽사리 말을 걸지 못하겠다고 말할 정도였다. 물론 외모만 그런 건 아니었다. 성격 역시 까칠하기로 아주 유명했다. 처음엔 황홀할 정도로 근사한 외모 탓에 학과뿐만 아니라 대학 전체적으로 인기가 엄청 났었다. 그러나 거품은 딱 한 달 만에 꺼져 버렸다. 남자건, 여자건, 누구에게도 곁을 주지 않는 까칠한 성격 탓이었다.

그는 홀로 고립되기를 자처했다. 지금은 데뷔해 한창 상승세인 아이돌 그룹 '미녀 시대'의 멤버 중 하나가 한국대생인데, 그에게 공개적으로 고백을 했다가 1초 만에 차인 사건은 아직도 한국대의 전설로 남아 있었다.

"죄송합니다, 선배님. 제가 과했습니다."

그제야 인호는 입가에 만연했던 미소를 지워 내며 꾸벅 고개를 숙였다. 평소 능청스럽다 못해 뻔뻔하단 소리까지 듣는 성격이긴 했지만, 똥인지 된장인지 굳이 찍어 먹어 봐야 알 정도로 멍청하진 않았다.

"어이쿠, 누군가 과 대표인 저를 애타게 부르는 소리가 들리네요. 금방 다녀오겠습니다."

"다시 안 와도 돼. 아니, 오지 마라."

"……다녀오겠습니다!"

못 들은 척 쌩하니 뒤꽁무니를 뺀다. 바로 옆에서 떡하니 버티고 있던 녀석이 사라지자 그의 시야가 넓어졌다. 대각선에 있는 테이블의 전경이 고스란히 눈에 들어온다. 마치 저들만 따로 자리한 듯 유난히 시끄럽게 구는 테이블의 중심에는 화려한 수식어를 가진 여자가 있었다. 비워 내는 족족 다시금 채워지는 술잔을 바라보는 여자의 얼굴엔 곤욕스러움이 고스란히 드러나 있다. 한눈에 봐도 술을 잘하지 못하는 타입인 것 같았다. 그러나 여자는 흑기사를 자처하는 녀석들을 단호하게 밀어내며 꼿꼿하게 자신의 술잔을 사수했다.

"손해 보는 타입이네."

그는 낮게 중얼거렸다.

요령도 없이 고집스럽게 술잔을 비워 내는 여자를 보고 있자니 어쩐지 동질감이 이는 것이다. 그때였다. 빈 술잔을 내려놓던 여자와 허공에서 시선이 마주쳤다. 당황한 기색을 숨긴 채 그는 무심한 낯으로 시선을 바로 했다. 그러나 슬그머니 터져 나오는 헛기침까지는 막지 못했다.

석현은 손목시계를 흘긋 확인했다. 짧은 시침이 이제 막 숫자 '10'을 가리킨다. 6시. 꽤 이른 시각에 시작한 술자리가 벌써 4시간째 이어지고 있었다. 그러나 호프집 안은 여전히 처음처럼 시끌벅적했다. 군데군데 빠진 자리는 새로 합류한 얼굴들이 채워 넣었다. 아무래도 금방 끝날 것 같지가 않다. 석현은 호프집 안을 크게 훑었다. 과대답게 여기저기 돌아다니며 바쁜 인호의 모습이 보였다. 술자리가 진행될수록 크고 작은 사고들이 자꾸 터지는 탓이었다.

마침 인호는 술에 취해 헛소리를 해 대는 한 녀석을 상대하느라 정신없어 보였다. 인호에겐 미안하지만, 타이밍이 좋다고 생각하며 석현은 몰래 호프집을 빠져나왔다. 나무 문을 닫자 내내 그의 청각을 괴롭히던 왁자지껄한 소음이 뚝 끊겼다. 짙은 어둠이 내려앉아 있는 거리는 고요했다. 술집들이 모여 있는 상권과 거리가 떨어져 있는 덕분이었다.

한결 편안해진 얼굴의 그는 호프집 벽에 비스듬히 기대선 채 담배 하나를 입에 물었다.

"꺅!"

재킷 안주머니에서 라이터를 꺼내 드는 순간이었다. 어디선가 외마디 비명이 들려온 것은. 그가 멈칫하는데 뒤이어 가냘픈 음성이 악을 내지른다.

"이거 놔요!"

어쩐지 심상치 않게 들리는 목소리에 석현은 라이터를 도로 집어넣었다. 물고 있던 담배를 뺄어 낸 뒤 소리가 나는 쪽으로 걸음을 옮겼다. 가로등이 깨진 캄캄한 골목 안에서 대치하고 있는 두 남녀의 인영이 눈에 들어온다.

그가 있는 곳에서 흘러 들어간 미미한 빛 덕분에 흐릿하게나마 두 사람의 얼굴을 확인할 수 있었다. 아는 얼굴들이었다. 그의 동기인 곽현태와 그 여자였다. 서희수.

"왜 이렇게 악을 써? 누가 보면 내가 널 잡아먹기라도 하는 줄 알겠네."

"이것 좀 놓으라고요!"

"너 말이야. 고백하는 사람한테 그런 표정 짓는 건 너무 심한 거 아니야? 기지배가 왜 이렇게 예의가 없어?"

"예의를 안 지키고 있는 건 선배잖아요. 이러는 거, 고백이 아니라 **폭력**이에요."

어둑한 골목 안. 억지로 붙들린 팔. 빼내려 노력해도 꼼짝도 하지 않는 상대. 위협적인 상황이 분명했음에도 불구하고 여자는 정확한 발음으로 또박또박 제 할 말을 해 댔다. 강심장인 건지, 아니면 상대가 우스운 건지. 조금도 기죽거나 당황한 기색이 없었다. 그저 짜증만이 가득 서려 있을 뿐.

"뭐? 폭력?"

곽현태의 얼굴이 종잇장 구겨지듯 험악하게 일그러졌다.

"꼬리 칠 때는 언제고 지금 누구한테 죄를 뒤집어씌워? 너 꽃뱀이냐?"

"그런 적 없어요."

"그러니까, 나 혼자 미친놈처럼 착각했다는 거네? 와, 이 계집애 완전히 못돼 처먹었네. 남자의 순정을 이렇게 무참히 짓밟다니."

퉤, 바닥에 가래침을 뱉어 낸 곽현태가 한발 다가가며 여자와의 거리를 좁혔다. 여자의 발이 주춤 뒤로 물러났지만 이미 벽에 가로막혀 있는 상태였다.

"너 아까 폭력이랬지? 어디 폭력이 뭔지 제대로 한번 보여 줘? 응?"

비릿한 미소를 머금은 곽현태의 손이 곧장 그녀의 가슴께로 향했다. 그러곤 일말의 망설임도 없이 그대로 옷을 잡아 뜯었다. 후드득, 새하얀 단추들이 눈처럼 바닥으로 떨어졌다. 그와 동시에 석현의 얼굴이 와락 일그러졌다. 타인의 일에 끼어드는 건 평소 그의 성격과 거리가 멀었다. 정의의 사도 따위 관심조차 없었다. 그러나 꽤 심각해 보이는 상황에 더는 관망하고 있을 수가 없다는 판단을 내렸다. 골목 안으로 성큼 한 걸음을 옮기는데, 그의 시야에 여자가 잡혀 있는 쪽의 반대편 손을 들어 올리는 게 보인다. 그리고 곧이어.

짜악! 날카로운 마찰음과 함께 곽현태의 고개가 휙 돌아갔다.

"!"

곽현태는 마른하늘에 날벼락이라도 맞은 듯 멍한 얼굴이었다. 여자한테 맞았다는 사실을 좀처럼 믿을 수가 없는지 느리게 껌뻑이던 눈이 이내 어둠 속에서 번쩍였다. 완전히 이성을 잃은 낯이었다.

"미쳤나, 이게……!"

분노로 가득 찬 음성과 함께 곽현태의 손이 허공으로 높게 올라갔다. 당장이라도 여자의 뺨을 내려칠 기세였지만 그럴 순 없었다. 어느덧 그들의 뒤로 다가선 석현이 허공에 들려 있는 곽현태의 손목을 턱, 붙든 것이었다. 일말의 망설임도 없이 붙잡은 손목을 그대로 꺾어 버리자 방심하고 있던 곽현태의 몸이 크게 휘청인다.

"으어억!"

돼지 멱따는 소리가 골목을 크게 울렸다. 방심하고 있던 곽현태의 몸은 우스꽝스러울 정도로 크게 휘청였다.

"뭐야! 이거 못 놔!"

곽현태는 잡힌 손을 빼내려고 용을 써 댔지만 석현은 눈 하나 깜빡하지 않고 조금 더 손아귀에 힘을 줄 뿐이었다. 그럴 수밖에 없었다. 태권도, 검도, 합기도. 그는 아주 어렸을 때부터 안 해 본 운동이 없었다. 태광그룹의 최석현으로 태어난 이상 제 몸 하나는 지켜야 했던 탓이었다. 타고난 신체 조건이 워낙 좋은 탓에, 그에게 운동을 가르치는 스승들은 전부 그에게 운동을 권하기까지 했었다. 물론 귀찮은 건 딱 질색이었던 그는 단칼에 거절했지만 말이다.

지금껏 살아오면서 딱히 위험한 상황에 부닥쳐 본 적은 없었다. 다행인 일이었으나 괜한 고생을 했나, 싶은 마음이 드는 건 어쩔 수 없었다. 그런데 이런 상황에서 요긴하게 쓰게 될 줄이야.

"대체 어떤 새끼가…… 최, 최석현?"

꺾인 상태에서 발악하던 곽현태가 뒤늦게 제 뒤에 서 있던 석현을 발견하곤 입을 쩍 벌렸다. 바위처럼 굳게 서 있는 그를 본 두 눈 역시 당장이라도 튀어나올 것처럼 커진다. 마치 저승사자라도 마주한 듯한 얼굴이었다.

"생각났다."

삽시간에 허옇게 질려 가는 곽현태의 얼굴을 무심히 내려다보며 석현이 느릿하게 입술을 달싹였다.

"네가 휴학했던 이유."

세상만사 무심한 그의 귀에까지 들렸을 정도로 큰 사건이었다. 1학년 2학기가 끝나갈 즈음 동기 여자애 하나를 스토킹하다 걸린 것이었다. 학교로 경찰까지 출동하는 등 한바탕 소란이 일었다. 더 큰 문제는 당한 사람이 하나가 아니라는 거였다. 봇물 터진 것처럼 너도나도 그동안 차마 말하지 못했던 피해를 호소했다. 동기뿐만 아니라 선배까지 있었다. 어느덧 교내에 쫙 퍼진 소문. 타 과 여학생들의 입에서까지 피해를 보았다는 말이 나왔을 때는, 이미 곽현태가 학기를 제대로 끝내지도 못하고 쫓기듯 휴학하고 난 후였다.

"그게 무슨……."

곽현태의 동공이 바람 앞의 등불처럼 거세게 흔들려 댄다.

"그때 엄청 시끄러웠는데. 귀찮다 못해 짜증이 났을 정도로."

"……아니, 석현아. 일단 이것 좀 놓고……."

"괜찮겠어? 이번에 또 걸리면 휴학 정도로는 못 넘어갈 텐데."

서늘한 음성에 흔들리던 곽현태의 동공이 흠칫 굳었다. 상황을 완전히 파악한 낯이 순식간에 공포로 뒤덮인다.

"……자, 잘못했어. 한 번만 봐줘."

"생각보다 훨씬 더 멍청한 놈이었네. 사과할 상대마저 헷갈리고."

눈살을 찌푸린 석현이 곽현태의 턱을 가볍게 쥐고는 강제로 돌려 여자를 마주 보게 했다. 이 와중에도 곽현태는 자존심이 상했는지 어금니를 꽉 깨물었다. 그가 턱을 쥐고 있는 손아귀에 힘을 살짝 더하자 윽, 단말마의 신음을 뱉어 냈다. 그제야 상황을 인지하고 뒤늦게 사과의 말을 내뱉는다.

"……미안하다. 내가 술이 과해서 잠깐 어떻게 됐었나 봐."

아까의 기세는 어딜 간 건지. 기어들어 가는 목소리로 웅얼거리며 뱉어 낸 사과의 말이 영 마음에 들지 않았다. 그러나 판단은 제가 아닌 여자의 몫이었다.

"어떻게 할까?"

"……놔주세요."

석현은 곧장 손에 힘을 풀었다. 그와 동시에 곽현태는 재빠르게 골목 밖으로 도망쳤다. 마치 우사인 볼트에 빙의라도 한 것처럼 전광석화와 같은 몸놀림이었다.

풀썩. 앞에서 들려오는 바람 소리에 석현은 고개를 바로 했다. 다리에 힘이 풀렸는지 여자는 바닥에 주저앉아 있었다. 망연히 허공을 바라보는 커다란 두 눈에는 투명한 눈물이 그득 고여 있었다.

"도와주셔서…… 감사합니다, 선배님."

이 와중에도 예의 바르게 고개까지 꾸벅 숙이며 감사의 인사를 전하는 여자를, 석현은 낮게 가라앉은 눈으로 바라보았다. 바들바들 떨리는 작은 손이 무참히 뜯어져 나간 블라우스 앞섶을 꽉 쥐고 있었다. 훤히 드러난 속살이 한겨울 소복하게 쌓인 첫눈처럼 새하얗다. 툭 치면 바스러질 듯 위태로운 얼굴을 하고서도 끝까지 울지 않으려 제 아랫입술을 질끈 깨물고 있는 그 모습이, 독해 보이기보다는 안쓰러워 보인다. 석현은 제가 입고 있던 재킷을 벗어 떨고 있는 여자의 어깨에 둘러 주었다.

"입어. 지퍼 끝까지 잠그고."

그의 말대로 재킷에 팔을 꿴 여자는 지퍼를 잡았다. 그러나 수

전증이라도 걸린 것처럼 덜덜 떨리는 손은 지퍼 끝조차도 제대로 끼워 맞추지 못했다. 몇 번이고 삐끗거리는 모양을 보던 석현은 허리를 굽혔다. 그러곤 여자를 대신해 지퍼를 목 끝까지 끌어 올려 주었다.

"혹시라도 증인이 필요하면 얘기해. 기꺼이 나서 줄 테니까."

숙였던 허리를 곧게 펴자, 멍한 여자의 시선이 그를 따라 느릿하게 들어 올려진다. 연한 갈색빛의 눈동자 속에 그의 얼굴이 가득 들어차 있었다.

"……정말 감사……."

조심스럽게 달싹이던 입술이 뚝 멈췄다. 그와 동시에 여자의 몸이 배터리가 방전된 로봇처럼 옆으로 비스듬하게 기운다.

"……!"

다급히 팔을 뻗은 석현이 여자를 가까스로 붙들었다. 여자의 몸이 차디찬 시멘트 바닥 대신 그의 어깨 위로 힘없이 축 늘어졌다.

단독 주택 앞.

초인종을 향해 조심스럽게 뻗은 기다란 손가락이 허공에서 멈칫했다. 석현은 굳게 닫힌 대문을 물끄러미 바라보았다. 그때 등에 들쳐 멘 여자의 몸이 스르륵 옆으로 흘러내리는 느낌이 들었다. 석현은 재빠르게 자세를 바로 하며 양손으로 여자의 다리를 단단하게 붙들었다. 그제야 여자의 얼굴이 다시금 그의 어깨에 안전하게 닿는다.

"으음……."

뒤척이며 나른하게 내뱉는 더운 숨이 목덜미를 간질였다. 일순간, 피가 아래쪽으로 급격하게 쏠리는 것이 느껴져 석현은 턱을 악다물었다.

"미치겠네, 진짜."

하. 입술을 비집고 탁한 숨이 절로 흘러나왔다. 자정이 넘은 시간에 의식을 잃은 여자를 등에 업고서 남의 집 앞에 서 있는 이 상황이, 꼭 꿈만 같았다. 굳이 정의를 내리자면 악몽 쪽인. 저는 분명 도움을 준 것 같은데, 기껏 돌아온 보답이 이토록 황당하고 기가 막힌 상황이라니. 역시 사람은 안 하던 짓을 하면 안 되는 거였나.

4시간 동안 주는 술은 거절 없이 꿀떡꿀떡 잘 받아먹고, 곽현태의 앞에서조차 정신 바짝 차리고 맹랑하게 받아치더니. 내내 잘 버티다 하필이면 왜 제 앞에서 쓰러진 건지 도무지 이해를 할 수가 없다. 깨어나면 다른 건 몰라도 이것 하나만큼은 꼭 물어보고 싶다. 꼭 그 타이밍이어야만 했던 거냐고. 그나마 마침 편의점에 가려고 나온 여자의 친구와 마주쳐서 망정이지. 아니었으면 꼼짝없이 의식을 잃은 여자를 안아 들고 호프집 안으로 다시 들어가야 할 뻔했다. 그렇게 됐으면 뒷일은…….

"그래. 최악은 면했다고 치자."

낮게 중얼거린 석현은 초인종을 꾸욱 눌렀다. 곧 초인종 너머에서 누구세요? 하는 목소리가 들려왔다.

"안녕하세요. 서희수의 과 선배 최석현입니다."

수상하게 보이지 않기 위해 더없이 정중한 목소리를 내뱉었다.

일부러 제 등에 업혀 있는 여자를 화면에 보이게끔 노력까지 하며.

"지금……."

말이 채 끝나기도 전에 철컹, 대문이 열렸다. 석현은 비스듬하게 열린 문틈 너머로 보이는 정원을 바라보며 눈을 느리게 깜빡였다. 이런 상황에선 뭘 어떻게 해야 하는 건지. 지금껏 살면서 단 한 번도 겪어 보지 못한. 아니, 제가 이런 일을 겪을 거라고는 꿈에서도 상상해 본 적이 없었기에 난감하기만 했다.

대문 안으로 들어가야 하는 건가? 그냥 여기서 기다려야 하나? 선뜻 움직이지 못하고 있는데 대문의 틈새가 넓어졌다. 활짝 열린 대문 너머에서 경계 가득한 얼굴로 그를 바라보고 있는 건, 그의 허리까지 올 듯 말 듯 작은 꼬맹이였다. 초등학생쯤 되었을까. 제 등에 업혀 있는 여자와 꼭 닮은 얼굴이었다.

"우리 언니한테 무슨 짓을 한 거예요?"

그가 입을 열기도 전에 꼬맹이가 쏘아붙이듯 물어 왔다. 삐딱하게 선 채로 노려보는 눈빛이 제법 무섭다.

"무슨 짓이라니. 아무 짓도 안 했어, 나는."

"그런데 언니가 왜 그쪽 등에 업혀 있는 건데요?"

"아, 이건……. 그러니까, 오늘 신입생 환영회가 있었는데 술을 많이……."

저도 모르게 당황해서 변명의 말을 내뱉던 석현은 뒤늦게 정신을 차리고 후, 하고 숨을 뱉어 냈다.

"꼬맹아, 집에 어른은 안 계시니?"

꼬맹이는 대꾸 대신 경계 가득한 시선으로 그를 빤히 응시할 뿐이었다. 당연한 일이었다. 낯선 남자가 의식이 없는 자신의 언니를 업고 있으니, 수상스러울 수밖에. 머리끝부터 발끝까지 하나하나 뜯어보는 시선이 부담스러워서 석현이 마른침을 삼켜 내었을 때였다. 죽은 조개처럼 꾹 다물려 있던 꼬맹이의 입술이 드디어 떨어졌다.

"부모님은 두 분 다 돌아가셨고, 삼촌은 아직 집에 안 들어오셨어요."

"……."

똑 부러진 목소리에 석현은 난감하다는 듯 얼굴을 구겼다. 당장 제 등에 업혀 있는 여자를 인도할 상대가 없다는 것도 난감했지만, 그보다도 본의 아니게 그녀의 가정사까지 알게 됐다는 사실이 영 찝찝했다.

"저기, 꼬맹아."

"서연수."

"어?"

"꼬맹이가 아니라 서연수라고요."

"……아, 그래. 연수야."

똑 부러지는 대꾸에 석현은 얼떨한 얼굴로 빠르게 말을 정정했다. 그제야 꼬맹이가 어디 말해 보라는 듯 그를 바라본다. 겨우 허락을 받은 후에야 그는 뒷말을 이어 갔다.

"물론 지금 이 상황 자체가 너무 수상하긴 하지만, 그래도 나 정말로 수상한 사람 아니거든? 등에 업힌 여자…… 아니, 너희 언니 학교 선배야. 같은 과."

그래서요? 하는 눈빛이다. 내가 대체 왜 처음 보는 꼬맹이 앞에서 이런 변명을 해야 하는 건지. 도대체 어쩌다 이런 꼴이 된 건지.

"그러니까……."

나지막이 한숨을 내쉰 그가 말을 덧붙이려는 순간이었다.

"우욱!"

별안간 귓가를 파고드는 괴상한 소리와 함께 그의 어깨가 축축하게 젖어 들어갔다.

✳

본격적인 새 학기가 시작됐다. 같은 과라고 해도 1학년과 3학년은 겹치는 수업이 전무했다. 고로 그 여자, 서희수와 마주치는 일 또한 없었다. 시간표가 거의 겹치는 곽현태만이 그의 눈치를 슬금슬금 보며 피할 뿐. 그녀는 시간이 지나도 나타날 생각이 전혀 없어 보였다.

일이 어떻게 됐는지 조금은 궁금했다. 돌려받을 것도, 돌려줄 것도 있었다. 그러나 굳이 그녀를 먼저 찾을 생각은 없었다. 그녀가 제 앞에 나타나지 않을 이유는 충분했고, 또한 얼마쯤은 이해할 수도 있었다. 그저 멀쩡히 학교를 다니는 곽현태를 보며 그녀가 조용히 넘어가기로 했나 보다고 생각했다.

그렇게 강렬했던 그날의 기억에 대해 서서히 잊어 가고 있을 즈음이었다. 오전 수업만 있는 날이었다. 수업을 끝마친 그는 주차장으로 향했다. 삑. 차 키를 누르는데 누군가가 종종걸음으로 그를 향해 다가왔다.

"안녕하세요, 선배님."

어쩐지 낯설지 않게 느껴지는 목소리에 그는 뒤를 돌아보았다.

여자가 꾸벅, 숙였던 허리를 들자 기다란 머리카락이 흩어지면서 은은한 꽃향기가 전해졌다.

목소리에 이어 마주한 얼굴 역시 낯이 익었다. 서희수였다. 회색 후드티에 연청바지, 흰 운동화로 수수한 차림이었다. 보통 새내기들은 마치 짝짓기를 앞둔 공작새처럼 최대치로 꾸미려 여념이 없는데, 그녀는 마치 대학교 4학년이라도 되는 듯한 포스를 풍기고 있었다.

"다행이다. 안 그래도 선배님 찾고 있었는데, 이렇게 마주치네요."

거짓말은 아닌 것 같았다. 급하게 뛰어온 듯 뽀얀 양 볼이 발갛게 상기돼 있었다.

"나를 찾고 있었다고?"

"이거 돌려 드리려고요."

그가 의외라는 듯 묻자 그녀가 얼른 들고 있던 종이 가방을 건넸다. 입을 쩍 벌린 종이 가방 속에 눈에 익은 재킷과 셔츠가 들어 있는 게 보였다. 다행히도 역한 냄새가 아닌 향긋한 냄새를 머금고 있었다.

"늦게 드려서 죄송해요. 세탁소에 맡겼는데 아저씨께서 실수로 깜빡 잊고 계셨다고 하시더라구요. 그래서 시간이 좀 걸렸어요."

이번에도 역시 거짓말 같지는 않다. 석현은 쇼핑백을 받아 드는 대신 느릿하게 입술을 달싹였다.

"못 돌려받을 거라 생각했는데."

"네? 왜요?"

"네가 쪽팔려서 날 피하고 있는 거라 생각했거든. 이런 걸 보고 보통 '먹튀'라고 한다던데."

"먹튀라뇨! 그런 거 절대 아니에요!"

억울하다는 듯 크게 손을 내젓는다.

"물론 쪽팔린 건 맞지만……."

기어들어 갈 듯 작은 목소리로 중얼거리는 뒷말이 퍽이나 솔직해서 석현은 저도 모르게 피식, 옅은 웃음을 흘렸다.

"이럴 줄 알았으면 나도 그 옷 가지고 오는 건데 그랬어."

그날, 그는 토사물이 묻은 제 셔츠 대신 그녀의 동생이 건네준 티를 입고 돌아왔었다.

"아뇨, 그 옷은 안 돌려주셔도 돼요!"

"삼촌 옷이라고 했던 것 같은데?"

"괜찮아요. 정말이에요. 그냥 버려 주세요, 제발요."

그녀는 양손을 필사적으로 내저었다. 더는 흑역사를 떠올리고 싶지 않다는 의지가 강렬해 보여 그는 그래, 마음대로 해. 고개를 끄덕여 주었다.

"아무튼…… 그날은 여러모로 정말 죄송하고, 또 감사했습니다."

그녀는 다시 한 번 90도로 허리를 꾸벅 숙였다 일어났다. 그러곤 그와 시선이 마주치자 멋쩍은지 옅게 웃어 보인다. 그의 기억 속 무뚝뚝하던 그녀의 첫인상과는 전혀 상반되는 밝은 얼굴이었다. 마치 햇살을 머금은 것처럼.

석현은 순간 멈칫했다.

햇살이라니? 내가 지금 여자를 보고 햇살이라고 한 거야?

스스로도 기가 막혔다. 여자를 보고 '햇살' 따위의 낯간지러운 단어를 떠올린 건 처음이었다. 저답지 않았다. 그 사실을 인지하자 마치 이상한 나라에 혼자 뚝 떨어지기라도 한 것처럼 모든 게 낯설게 느껴졌다. 예쁘게 웃는 그녀도. 그런 그녀를 보고 예쁘다 생각하는 제 자신도.

"최석현!"

멍하니 서희수를 바라보고 있는데, 뒤에서 까랑까랑한 목소리가 그를 불렀다. 누구인지 단번에 알 수 있을 정도로 익숙한 목소리였다. 석현은 뒤를 돌아보았다. 머리끝부터 발끝까지, 명품으로 휘감고 있는 나정이 반갑다는 듯 그를 향해 손을 흔들고 있는 게 보였다. 나정은 그와 동갑이지만 한국대에 들어오기 위해 재수를 1년 해서 이제 4학년이 됐다. 차림새는 졸업반인 4학년이 아니라 갓 입학한 새내기처럼 여전히 화려했지만 말이다.

"제대했다는 얘기는 아주머니께 듣긴 했는데, 이렇게 학교에서 딱 마주칠 줄은 몰랐네."

또각또각. 높은 굽을 신은 나정이 그를 향해 도도한 걸음을 옮겼다. 가까워질수록 나정이 풍기는 향수 냄새가 짙어졌다. 절로 눈살이 찌푸려질 정도로 독한 향이었다.

"그나저나 너는 못 본 새 더 멋있어진 것 같다? 다른 남자애들은 군대 다녀오면 아저씨가 돼서 오던데."

친근한 인사에도 석현의 얼굴은 떨떠름하기 그지없었다. 그럴 수밖에 없는 것이, 그녀와 저는 이렇게 살갑게 대화를 나눌 사이가 전혀 아니었다. 집안끼리 유대 관계가 깊어 어릴 때부터 모임이 있을 때마다 종종 마주쳤을 뿐. 그나마 그와는 형제처럼 지내는 우진과 그녀가 친하게 지내는 탓에, 덩달아 몇 마디 인사를 주고받기는 했었지만 말이다. 그런데 갑자기 이렇게 친근하게 구는 건, 아마 그녀도 알고 있기 때문이리라. 최근 양 집안에서 두 사람을 붙여 놓기 위해 모종의 거래가 오간다는 것을.

"밥 아직 안 먹었지? 우리 지금 밥 먹으러 가는 길인데 같이 가자. 학교 앞에 괜찮은 가게 하나 오픈했거든."

아무래도 나정 역시 이 거래를 받아들여도 괜찮겠다고 계산을 끝낸 모양이었다. 누구 마음대로. 평생을 집안 어른들의 뜻대로 휘둘리며 살아왔다. 아마 앞으로도 많은 것들을 포기하게 될 것이다. 하지만 적어도 이 문제만큼은 양보할 생각이 전혀 없었다.

"난 됐어."

"내 친구들 때문에 불편해서 그래? 그럼 나 혼자 갈게."

대답을 듣지도 않고 제멋대로 판단한 나정은 뒤에 서 있던 친구들을 향해 먼저 가 보라며 손짓했다. 친구들은 그녀의 손짓 한 번에 금방 사라졌다.

"이제 됐지?"

"여전하네. 네가 이 세상의 주인공이라고 생각하고 사는 건."

"뭐?"

비웃음 섞인 낮은 음성에 나정이 사납게 눈을 치떴다. 석현은 눈 하나 깜빡하지 않고 할 말을 이었다.

"네 친구들은 상관없어. 다른 이유 때문에 못 가는 거니까."

석현의 기다란 검지가 자신의 뒤편을 가리켰다. 그곳엔 미처 건네지 못한 종이 가방을 품에 안고서 자리를 비켜 줘야 하는 것인지, 아니면 얌전히 기다려야 하는 건지 망설이느라 미처 자리를 피하지 못한 서희수가 있었다. 나정의 시선이 그제야 그녀를 향했다. 위아래를 빠르게 훑어보는 나정의 눈매가 한껏 뾰족해졌다.

"쟤가 누군데?"

"경영학과 퀸."

"뭐? 그게 무슨······."

"그리고 내 여자 친구."

전혀 예상치 못한 말이었던 모양이다. 그게 무슨 헛소리냐며 코웃음을 치던 나정은 마치 뒤통수라도 맞은 듯 눈을 크게 뜨고 석현과 희수를 번갈아 보았다. 석현은 그런 나정의 앞에서 보란 듯이 서희수의 둥근 어깨를 팔로 감쌌다. 그러곤 이게 무슨 상황인지 몰라 눈만 동그랗게 뜨고 있는 그녀를 향해 최대한 부드러운 음성을 뱉어 냈다.

"설마 오해하는 거 아니지?"

"······네?"

"신경 안 써도 돼. 같이 밥 먹을 정도로 친한 사이, 전혀 아니니까."

면전에서 대놓고 무시당한 나정의 얼굴이 구겨진 자존심만큼이나 엉망으로 일그러졌다. 아주 잠깐 동안 이 사실이 제 어머니의 귀에 들어가게 되면 얼마나 귀찮아질까 하는 생각에 등허리를 타고 소름이 쫙 끼쳤지만, 잠깐일 뿐이었다. 뒷일은 나중에 생각하면 될 일이다. 덤덤하게 머릿속을 비운 석현은 조수석 문을 열고 희수를 태웠다.

"가자. 밥 먹으러."

혹시라도 뿌리치거나 헛소리로 분위기를 깨트리면 어쩌나 했는데, 의외로 그녀는 얌전히 조수석에 올라탔다. 보기와 달리 눈치가 제법 있는 모양이었다. 얼마 전, 제대를 기념하며 새로 뽑은 그의 애마는 돌처럼 굳어 있는 나정을 지나쳐 유려하게 캠퍼스를 빠져나왔다.

"저기……."

학교를 빠져나와 도로를 내달리기 시작하자 그녀가 조심스럽게 운을 뗐다.

"뭐 먹을래?"

"네?"

"초밥 좋아해?"

생뚱맞은 질문에 그녀가 눈을 동그랗게 떴다. 그 이유를 알면서도 석현은 짐짓 모르는 척 되물었다.

"왜. 초밥 못 먹어?"

"……아뇨, 그건 아닌데."

"잘됐네. 난 초밥 좋아하거든."

사실 딱히 초밥을 좋아하는 건 아니었다. 마침 눈앞에 일식집이 보였을 뿐. 가게 바로 앞에 차를 세웠다. 그러곤 태풍에 휘말리기라도 한 것처럼 얼떨떨한 얼굴의 그녀를 끌고 가게 안으로 들어섰다.

자리를 잡자마자 메뉴판부터 건넸다. 그러나 여전히 당혹감이 그득한 시선은 메뉴판이 아닌 그를 향하고 있었다. 그는 메뉴를 고를 생각이 전혀 없어 보이는 그녀를 대신해서 가게에서 가장 잘 나간다는 모둠 초밥 두 세트를 주문했다.

"저기요, 선배님. 아까는……."

"은혜 갚은 까치 얘기 알아?"

"네?"

"생색낼 마음은 전혀 없었지만, 내가 그날 호프집 앞에서 너한 테 꽤 도움을 줬잖아? 그런데 네가 갑자기 쓰러져 버리기까지 한 덕분에 매우 당황스럽고 번거로운 일도 겪었고."

상세한 설명에 다시금 그날 일이 떠올라 민망해졌는지 뽀얀 뺨 이 붉게 물든다. 치사하게 굴고 싶진 않았지만, 그의 처지에선 어 쩔 수 없었다. 석현은 덤덤한 얼굴로 말을 이었다.

"그러니까 이걸로 퉁 치자고. 지금 이 상황."

뭔가 할 말이 있는 듯 세빨간 입술이 달싹인다. 그러니 그녀는 이내 체념한 얼굴로 냉수를 홀짝였다.

5. 7년 전 (2)

누구도 손해 볼 일 없는 깔끔한 거래라고 생각했었다. 그러나 얼마 지나지 않아 그는 자신의 계산 실수를 인정하지 않을 수가 없었다. 어느 날 갑자기 학교에 경영학과 퀸 서희수와 경영학과 프린스 최석현이 사귄다더라, 하는 소문이 쫙 퍼져 버린 것이다.

자존심 센 나정이 소문을 냈을 린 없었다. 어머니의 귀에 아직 들어가지 않은 것을 보면 확실했다. 그 상황을 지켜보던 눈이 더 있었단 얘기였다. 하긴. 학교라는 게 원래 그랬다. 그 어떤 집단보다 가십거리를 좋아해 별거 아닌 소문도 빨리 돌았다. 특히나 남녀 관계에 대한 거라면 더더욱. 결국 두 사람은 고작 밥 한 끼를 같이 먹었을 뿐인데, 한순간에 학교에서 가장 유명한 캠퍼스 커플이 되었다. 당황스러웠지만 소문을 부정할 수는 없었다. 나정의 귀에 이야기가 들어가면 후에 얼마나 골치 아픈 상황이 생길지 뻔했기 때문이다.

"서희수."

복도에 삐딱하게 기대서 있던 석현은 이제 막 수업이 끝나고 우르르 나오는 무리에서 그녀를 발견하고 불렀다. 그리 큰 목소리를 낸 것 같지는 않은데. 시끌벅적하던 복도가 순식간에 고요해졌다. 마치 모세의 기적처럼 두 사람 사이에 서 있던 학생들이 양쪽으로 쫙 갈라지며 길을 내주었다.

"아……"

예고 없이 들이닥친 그를 보고 놀란 그녀가 큰 눈을 데구루루 굴렸다. 석현은 당황스러움에 어쩔 줄을 몰라 하는 그녀의 앞으로 성큼성큼 다가섰다. 한 걸음 정도의 거리를 남겨 두고 멈춰 서자 여기저기서 꺄악, 하고 비명 같은 감탄사가 터져 나온다.

"시간 괜찮으면 잠깐 나 좀 보자."

"……아, 저 지금은……."

"거긴 나 혼자 가도 돼! 그러니까 얼른 가, 얼른!"

말을 채 끝내기도 전에 바로 옆에 서 있던 친구가 그녀의 등을 세게 떠밀었다. 당사자보다도 훨씬 더 상기된 얼굴을 하고 있는 여자는, 신입생 환영회가 있던 날 그에게 서희수의 집을 알려 주었던 그 얼굴이었다. 친구의 손길에 떠밀린 그녀의 몸이 석현의 코앞에서 아슬아슬하게 멈춰 섰다. 자칫 잘못했다간 입술끼리 접촉

사고가 생겼을지도 모를 만큼 가까운 거리였다. 그녀가 화들짝 놀라며 빠르게 떨어졌지만, 이미 사람들의 입에서는 대놓고 환호가 터져 나오고 있는 중이었다. 간혹 휘파람 소리도 섞여 있었다.

"가자."

석현은 난감함에 얼굴이 붉어지는 그녀의 손목을 낚아챘다. 그러곤 호기심 어린 수십 개의 눈동자를 뒤로한 채 성큼성큼 걸음을 옮겼다. 보는 눈이 없는 곳을 찾으려 했지만 쉽지 않았다. 이미 교내에 유명해질 대로 유명해진 탓에 어디를 가도 호기심 어린 시선들이 둘을 좇았다. 연예인들은 이런 기분일까. 난생처음 그들이 안쓰럽단 생각까지 들었다.

"우리 지금 어디 가는 거예요?"

교정을 가로지르자 내내 조용히 따라오던 그녀가 결국 의아함을 참지 못하고 질문했다.

"둘만 있을 수 있는 곳."

"네?"

흠칫 놀라는 기색이 맞닿아 있는 피부를 타고 그에게까지 고스란히 전해졌다. 놀란 얼굴이 꼭 맹수에게 곧 잡아먹힐 토끼처럼 보여 그는 피식, 낮게 웃으며 대꾸했다.

"걱정 마. 수상한 짓 하려는 건 아니니까."

결국 그가 선택한 장소는 자신의 차였다. 은근히 저를 경계하는 희수를 조수석에 욱여넣듯 태우고는 운전석에 올라탔다.

"일단 사과할게."

앞뒤 다 잘라먹은 사과의 말이었지만 속뜻을 단번에 이해한 듯 그녀는 작게 고개를 내저었다.

"괜찮아요. 선배가 잘못한 것도 아닌데."

"그렇게 생각해 준다면 다행이고."

이런 소문이 난 건 제 잘못이 분명했지만, 그는 뻔뻔하게 대꾸했다. 그리고 되물었다.

"그래서 말인데. 너, 좋아하는 남자 있어?"

조금 전 사과보다 훨씬 더 뜬금없는 질문이었다. 이번엔 이해를 하지 못한 모양이었다. 연갈색빛 눈동자에 물음표가 크게 떠오른다.

"그런 거 없으면 부탁 좀 하자. 아니, 있다고 해도 부탁 좀 할게."

"네? 부탁이요……?"

"좀 복잡한 사정이 있어. 그래서 나는 이 소문을 이용하고 싶어."

여전히 당황한 얼굴이기는 했지만 그 '사정'이라는 게 뭐냐고 캐묻지는 않았다. 아마도 얼마 전 나정의 앞에서 대뜸 자신을 '여자 친구'라고 소개했을 때, 이미 그의 사정에 대해선 대충 파악했으리라.

"……."

"……."

차 안에 숨 막히는 침묵이 감돌기를 1분 정도. 그녀는 간절하게 저를 바라보는 석현의 얼굴을 말가니 바라보다가 이내 입술을 느릿하게 달싹였다.

"얼마나요?"

"글쎄. 관심이 사그라들 때까지?"

기약 없는 약속이었다. 게다가 그녀로서는 하등 얻을 게 없었다.

이렇게 일방적인 부탁이라니. 당연히 거절일 거라 생각했다. 그래도 끈질기게 매달려 볼 생각이었다. 서희수는 그에게 동아줄이었다. 당장 잡지 못하면 최악의 상황으로 나가떨어질 수밖에 없는. 그런데 곧장 달싹이는 붉은 입술 너머로는 의외의 대답이 흘러나왔다.

"알았어요."

놀란 건, 정작 먼저 무리한 걸 알면서도 부탁했던 석현이었다.

"진심이야?"

"안 그래도 감사한 일도, 죄송한 일도 많아서 마음이 불편했어요. 제가 도움이 될 수 있다면 돕고 싶어요."

그리 말하며 옅게 웃는 희수의 뒤편으로 번쩍이는 후광이 비친 것 같은 건 기분 탓일까. 어쩐지 눈이 부셔서 석현은 눈을 질끈 감았다. 은밀한 거래의 시작이었다.

우리 연애합니다.

대놓고 인정을 한 건 아니었다. 그저 떠도는 소문에 대해 부정하지 않았을 뿐. 그러자 소문은 금세 공공연한 사실이 되었다. 하루빨리 없어지기를 바랐던 관심은, 그들의 기대와는 달리 좀처럼 사그라질 생각을 않았다. 오히려 날이 갈수록 더욱더 과를 대표하는 공식 커플로 단단히 자리매김할 뿐이었다. 이번에도 그의 계산 실수였던 것이다.

"이건 좀 아닌 것 같아요."

처음으로 그녀가 이러한 관계에 대해 불만을 표출한 것은, 1학기가 끝나 갈 무렵이었다.

"뭐가?"

다 알아들었으면서 짐짓 모르는 척 되물었다. 그러자 희수의 입이 불퉁 튀어나온다.

"벌써 한 학기가 지났잖아요. 우리 언제까지 계속 이렇게 연기해야 해요?"

그녀의 말대로였다. 무려 한 학기 동안 두 사람은 연인 코스프레를 해 왔다. 연애를 한다는 수문이 퍼진 뒤로 경영학과 학생들은 틈만 나면 두 사람을 일부러 붙여 주곤 했다. 과에서 크고 작은 행사가 있을 때마다 두 사람은 자연스럽게 세트가 되어 움직여야만 했다. 보는 눈이 워낙 많고 가까이에 있어 대충 할 수도 없었다.

지금도 마찬가지였다. 종강 파티가 끝나고 당연하다는 듯 그녀를 데려다주는 길이었다. 한 학기. 그리 길지 않은 네 달의 시간은 많은 것을 변하게 했다. 두 사람을 억지로 붙여 대는 사람들의 짓궂음이 이제는 자연스럽게 느껴졌고, 그녀와 함께 있을 때 당연하다는 듯 따라오는 호기심 어린 시선 역시 더는 의식하지 않게 되었다. 제 차의 조수석에 앉아 있는 그녀를 보는 것도, 그녀의 집까지 가는 길도. 그에겐 어느덧 숨 쉬는 것만큼이나 익숙한 풍경이 되어 있었다.

"처음에 말했었잖아. 관심이 사그라질 때까지라고."

"그게 대체 언제인데요?"

"그건 나도 모르지."

핸들을 툭 두드리며 가볍게 대꾸하자 그녀의 입이 조금 더 튀어나왔다.

"너무 무책임한 발언 아니에요? 누구 때문에 이렇게 됐는데……."

"은혜 갚겠다고 했던 건 너였어."

"이렇게 길어질 줄은 몰랐죠. 이러다가 선배 졸업할 때까지 연기하게 생겼어요."

"연기가 자연스러워서 천직인 줄 알았는데."

"자기 편할 대로 세상을 바라보는, 그 편협한 시각을 좀 바꿔 보는 건 어때요?"

시선을 마주하는 것만으로도 민망해하던 서희수는 대체 어딜 갔는지. 맹랑한 충고에 석현은 피식, 낮게 웃었다.

"그동안 불만이 꽤 많이 쌓여 있었나 보다?"

"당연한 거 아니에요? 동기들 다 연애하는 동안 저 혼자 그 흔한 미팅 한 번 못 나갔는데."

담담하게 되받아치는 목소리엔 진심이 담겨 있었다.

"미팅?"

석현은 저도 모르게 낮게 되물었다. 입 안에서 구르는 단어가 마치 세상에 태어나 처음 듣는 것처럼 낯설게 느껴졌다.

"다들 그러더라고요. 대학 생활의 꽃은 미팅이라고."

아쉽다는 듯 뱉어진 말에 살짝 말려 올라가 있던 그의 입매가 천천히 제자리를 찾아갔다. 눈빛 역시 낮게 가라앉았다. 이상한 일이었다. 미팅을 못 해서 억울하다는 그 말이, 어째서 이렇게 기분 나쁘게 들리는 건지. 마치 정말로 제 여자가 다른 남자를 만나고 싶다고 불평이라도 한 것처럼…….

그 순간이었다. 뒤통수를 한 대 세게 얻어맞기라도 한 것처럼 머리가 멍해진 것은. 별안간 석현이 핸들을 휙 틀었다. 끼이익, 바퀴가 도로를 긁어내는 거친 소리와 함께 차가 갓길에 정차했다. 갑작스러운 상황에 놀란 희수가 두 눈을 크게 뜨고 그를 바라봤다. 핸들에서 손을 뗀 석현이 고개를 틀어 그녀와 시선을 똑바로 마주했다.

"그게 그렇게 억울해?"

"네?"

"미팅 한 번 못 나간 기. 그게 그렇게 억울해 죽겠냐고."

갑자기 부는 찬바람에 그녀는 조금 당황한 얼굴이었다.

"아니, 제가 또 언제 억울해 죽겠다고……."

"그럼 너도 해."

가볍게 떨어지는 허락에 그녀의 눈이 조금 전보다 더 크게 떠졌다. 그러나 이내 얕은 한숨과 함께 고개를 내젓는다.

"됐어요. 이제 와서 누가 저를 미팅에 끼워 주겠어요. 다른 학교 사람들도 다 알 정도로 유명한 커플이 돼 버렸는데."

이제는 타 과 학생들뿐만 아니라 근처의 다른 학교 학생들까지 그들을 알 정도로 유명인이 되어 있었다. 석현은 팔짱을 낀 채 아쉬움이 뚝뚝 떨어지는 그녀의 두 눈을 바라보다 무심한 투로 내뱉었다.

"아니. 미팅 말고 연애."

"그게 무슨……."

"나 정도면 서희수 남자 친구로 부족하진 않을 것 같은데. 아닌가?"

이렇게까지 대놓고 말을 했는데도 전혀 알아듣지 못한 모양이었다. 커다란 눈만 느리게 끔뻑이는 그녀를 향해 그는 씨익, 입꼬리를 말아 올리며 말했다.

"해 보자고. 가짜 연애 말고 진짜 연애."

열린 대문 안으로 들어서던 석현은 문득 걸음을 멈추고 작게 웃음을 터뜨렸다. 조금 전 마주했던 희수의 얼굴이 또다시 떠오른 탓이었다. 그녀는 정말로 놀란 눈치였다. 3분 정도. 결코 짧지 않은 시간 동안 입을 쩍 벌리고 있다는 사실조차 인지하지 못한 듯 석상처럼 굳어 있었다. 당연한 일이었다. 저조차도 제 마음이 이런 줄 미처 몰랐는데 그녀가 무슨 수로 알았겠는가.

"너무 성급했나."

그러나 제 의지로 어찌할 수 있는 부분이 아니었다. 그 순간엔 마치 목구멍을 간질이는 재채기처럼 도저히 참을 수가 없었다. 막상 뱉어 내고 나선 후회했다. 지금 당장 답할 필요는 없다고. 대답은 나중에 듣겠다는 말을 한 것 역시 당황했을 그녀를 배려해서라기보다는 오롯이 저를 위해 한 말이었다. 그녀의 대답이 혹시라도 거절일까 두려운 마음에.

지금껏 철저하게 계획적으로 살아왔다. 제 실수로 인해 일어나는 실패를 병적으로 못 견뎌 하는, 완벽주의자 성향 탓이었다. 그런데 최근엔 머리를 거치지 않고 입 밖으로 나가거나 행동으로 나오는 경우가 종종 있었다. 나한테 이런 모습이 있었나. 저조차 놀라울 정도로 낯선 모습들이. 서희수와 관련된 일엔 대부분 그랬다. 난생처음 하는 고백을 충동적으로 뱉은 오늘처럼.

"……뭐, 어떻게든 되겠지."

이제 와서 후회한들 무슨 소용이 있으랴. 주워 담을 수도 없는 노릇인데. 밀물처럼 밀려드는 초조함을 애써 떨쳐 내며 그는 돌계단을 올랐다.

마지막 돌계단에 올라서자 그의 시야에 널따랗게 펼쳐진 정원 위에서 마주 선 채 대화를 나누고 있는 두 사람이 들어왔다. 조모인 오 여사와 모친인 윤희였다. 볕 좋은 날, 꽃이 만개한 정원에서 꽃구경을 할 만큼 사이좋은 고부 사이는 아니었다. 거리가 있어 대화 내용이나 두 사람의 표정은 알 수 없었지만, 그 내용은 뻔했다. 오 여사가 일방적으로 폭언을 퍼붓고 있으리라.

늘 그랬던 것처럼 못 본 척 뒤돌아 나갈까. 아니면 모르는 척 저 두 사람 사이를 지나칠까. 그가 짧게 고민했을 때였다. 일순간 오 여사가 허공으로 손을 들어 올리는가 싶더니, 그대로 윤희의 뺨을 내리쳤다. 짜악. 찢어질 듯한 날카로운 마찰음이 정확하게 그의 귓속을 파고들었다.

"감히 너 따위가 누굴 가르치려 드는 게야!"

"어머니, 그게 아니라……."

"그 입 못 다물어! 누가 네 어머니야? 어쩔 수 없어 집에 들여놨더니 네가 정말로 이 집 안주인이라도 된 것 같아?"

"……."

"어디서 첩년 주제에 제 주제도 모르고! 이래서 천한 건 거두는 게 아니었는데!"

노기 어린 오 여사의 음성이 허공으로 쩌렁쩌렁 울려 퍼졌다. 그 앞에서 윤희는 엄청난 죄인처럼 푹 숙인 고개를 쉽사리 들지 못했다. 이 집에선 흔히 볼 수 있는 광경이었다. 이젠 지겹다는 생각마저 들 정도로. 한동안은 조용한 것 같더니……. 아니, 어쩌면 그것마저 제가 외면하려 노력해 만들어 낸 거짓 평화였을지도 모른다.

석현은 멈춰 있던 발걸음을 옮겼다. 정원을 반쯤 가로질렀을 때에서야 두 사람은 그를 발견했다. 윤희는 당황한 듯 벌겋게 부어 오른 **뺨**을 황급히 가렸지만 오 여사의 표정엔 조금의 변화도 없었다. 마치 마땅히 해야 할 일을 한 사람처럼 **뻔뻔한** 얼굴이었다.

"다녀왔습니다."

석현은 무감한 낯으로 오 여사를 향해 고개를 꾸벅 숙였다. 늘 그랬던 것처럼 이번에도 오 여사는 그의 인사를 받아 주지 않았다. 대신 두 모자를 번갈아 보며 못마땅해 죽겠다는 듯 쯧, 혀를 차고는 휙 몸을 돌렸다.

오 여사가 집 안으로 들어가고 정원에 더운 바람이 일었다. 바람에 실려 온 향긋한 꽃 냄새가 어쩐지 역하게만 느껴져 석현의 표정이 절로 일그러졌다. 그는 마주 서 있는 윤희를 무심한 눈길로 바라보았다. 한쪽 **뺨**을 가린 손등이 미세하게 떨리고 있었다.

"어머닌 지긋지긋하지 않으세요?"

"석현아……."

"보고 있는 저는 이제 지긋지긋하다 못해 독하게 버티는 어머니가 끔찍하기까지 한데."

분명한 비난이었다. 서늘한 아들의 음성에 윤희의 동공이 거세게 흔들리기 시작했다. 그러나 상처받았음이 분명한 얼굴을 바라보면서도 석현은 일말의 연민조차 느끼지 못했다.

"그게 아니면, 이런 비참한 삶을 즐기기라도 하는 거예요?"

그의 모친인 윤희는, 첩이었다.

젊은 시절 두 사람은 뜨겁게 사랑했다. 결혼을, 행복한 미래를 꿈꿨다. 그러나 별 볼 일 없는 집안의 윤희를 오 여사는 극심하게 반대했다. 결국 둘은 서로를 위해서 이별을 선택했다. 체념한 아버지는 오 여사가 정해 준 상대와 결혼해 가정을 꾸렸지만, 끝내 마음까진 줄 수 없었다고 했다. 그러다 본처가 지병으로 세상을 떠나고, 뒤늦게 어머니를 다시 만나게 된 것이다.

결국 오 여사는 윤희를 집으로 들였다. 그나마도 윤희가 낳은 게 아들이었기에 망정이지, 만약 딸이었으면 아마 끝까지 허락하지 않았을 것이다. 아들을 품에 안고 이 집에 입성하긴 했지만 윤희의 위치는 그대로였다. 끝내 호적에 오르지 못했고, 키우는 짐승보다도 더 못한 취급을 받고 있었다.

"……네가, 어떻게 그런 말을 할 수가 있니? 내가 누구 때문에……."

"아직도 이 모든 게 저 때문이라고 말하고 싶으세요?"

정곡을 찔린 듯 윤희의 입이 딱 다물어진다. 석현은 헛웃음을 흘렸다.

"언제까지 그런 위선의 말이 통할 거라고 생각하시는 거예요? 아니면, 어머니는 정말로 이게 절 위한 거라고 생각하시는 거예요?"

"위선이라니. 나는……."

"싫다고 했잖아요!"

변명 따위 들어 줄 마음 없다는 듯 냉정한 얼굴로 그는 윤희의 말허리를 끊어 냈다.

"어머니가 첩년이라 무시당하는 것도. 내가 첩의 아들이라고 손가락질당하는 것도. 전부 싫다고!"

내내 억누르고 있던 감정을 쏟아 내는 그의 두 눈은 깊은 상처로 얼룩져 있었다.

"이 커다란 집구석에 처박혀 숨죽인 채로 빌빌거리며 사는 게. 먹고 자고 숨 쉬는 그 모든 순간들이 너무 끔찍하다고!"

이 집에서 짐승만도 못한 취급을 받는 건, 윤희만이 아니었다. 첩의 자식인 그 역시 마찬가지였다. 핏줄을 외면할 수가 없어 그를 받아들이기는 했지만, 그렇다고 반기는 건 결코 아니었다. 오 여사는 치원과 석현을 철저하게 차별했다.

"제발 괴물의 성 같은 이 집구석에서 나 좀 데리고 나가 달라고!"

이 집안의 실세는 오 여사였다. 그 누구도 감히 그녀의 말을 거역하지 못했다. 그게 당연한 줄로만 알고 살았었다. 그러다 머리가 어느 정도 컸을 때 그는 깨달았다. 이건 잘못된 것이고, 이 집을 떠나는 것만이 답이라는 걸. 그는 어머니의 앞에서 빌고 또 빌었다. 이렇게 살고 싶지 않다고. 우리 제발 떠나자고. 길바닥도 이 지옥보단 낫지 않겠느냐고. 허나 윤희는 그런 아들을 무심하게 외면했다. 이 모든 건 널 위한 거라고. 그러니 우는소리 하지 말라고. 어린 아들을 절망의 구렁텅이로 밀어 넣었다. 이 모든 건 나 때문이구나. 내가 문제구나. 태어나지 말았어야 했던 건 아닐까. 매일밤 자책하며 살게 만들었다.

"가슴에 손을 얹고 잘 생각해 보세요. 과연 어머니는 지금까지 누구를 위한 삶을 살고 있었던 건지. 정말로 오롯이 자신만을 위해 살고 있는 건 아닌지."

"……."

"자식을 위해 제 한 몸 희생하는 위대한 어머니라는 타이틀이 탐나는 거든. 이 집안의 재산이 탐나는 거든. 그게 뭐였든 간에."

단 한마디도 반박하지 못한 채 바들바들 떨고만 있는 윤희를 메마른 눈으로 응시하던 석현은, 이내 다시금 정원을 가로질러 걷기 시작했다.

"후우."

크게 심호흡을 했지만 체한 듯 꽉 막힌 가슴은 여전했다. 툭툭, 하고 두어 번 가슴께를 치던 그는 이내 체념하고 팔을 내렸다.

의자 등받이에 몸을 깊숙이 기대며 차 앞 유리 너머를 바라보았다. 끝이 보이는 조용한 골목길, 벽돌로 된 높다란 담벼락, 깨진 가로등 하나. 그에겐 익숙한 풍경이었다. 차에 올라탔을 때. 아니, 대문을 나섰을 때. 아니, 그것도 아니었다. 어머니를 등지고 돌아섰을 때부터 당연하다는 듯 그녀의 얼굴이 떠올랐다. 말간 얼굴이 당장 보고 싶어졌다. 어째서인지는 모르겠지만 그녀를 보면 숨통이 트일 것 같다는 생각이 강렬하게 들었다.

저조차 모를 충동적인 감정에 휩싸여 이곳에 온 지 벌써 10분째였다. 바로 코앞에 와 놓고도 그는 차마 그녀를 불러내지 못했다.

얼굴을 마주할 자신이 없어서였다. 조금 더 정확하게는 일그러진 제 얼굴을, 어둡고 칙칙한 제 감정을, 들키고 싶지 않았다. 게다가 불과 몇 시간 전 그녀에게 생뚱맞은 고백까지 하지 않았던가.

"열까지만 세고 가자."

그는 자신과 타협을 봤다. 왠지 당장 떠나긴 아쉬워 눈을 감고 숫자를 셌다. 열, 아홉, 여덟, 일곱, 여섯……. 초침보단 분침의 이동만큼 느릿하게 절반의 숫자를 세었을 때였다. 똑똑. 차창을 두드리는 소리가 들린 것은. 그는 감은 눈을 번쩍 떴다. 차 앞 유리 너머로 서희수의 얼굴이 보였다. 마치 꿈처럼.

"선배?"

꿈이 아니었다. 슈퍼를 다녀오는 길이었는지, 놀란 얼굴로 그를 바라보는 그녀의 손에는 까만 봉지가 달랑 들려 있었다. 문득, 그는 숨통이 트이는 기분을 느꼈다. 소화제를 먹은 것처럼 가슴을 쥐어짜던 체기도 단번에 쑥 내려갔다. 말이 안 된다고 생각했는데 정말로 제 예상이 맞았던 것이다.

"미쳤구나, 진짜."

대체 언제부터였을까. 너라는 존재가 내 안에서 이토록 큰 의미를 지니게 된 게. 어째서 몰랐을까. 이렇게 또렷한 감정을.

"……하."

자조적으로 낮게 웃은 석현은 운전석 문을 열고 차에서 내려 그녀를 마주 보고 섰다.

"선배가 여긴 어쩐 일이에요? 무슨 일 있어요?"

맑은 목소리가 귓가로 흘러들자 입가가 절로 느슨해진다. 조금 전까지만 해도 저를 괴롭히던 질척이고 음습한 감정 따위, 마치 처음부터 없었던 것처럼. 그는 저를 걱정하는 듯 바라보는 그녀의 두 눈을 빤히 응시한 채로 천천히 입술을 달싹였다.

"대답 들으러 왔어."

"네?"

"네가 좋아."

입이 절로 움직였다.

"그러니까 정식으로 만나 보자, 우리."

두 번째였다. 게다가 이번엔 빼도 박도 못할 정도로 직설적인 고백이있다. 예상치 못한 고백에 당황한 듯 그녀기 눈을 끔뻑였다.

"지금 당장 대답하라고요……?"

"아깐 내가 깜빡했어. 내가 그리 참을성 있는 놈이 아니라는걸."

뻔뻔한 그의 반응에 그녀는 기가 막힌다는 듯 허, 숨을 내뱉었다.

"아까부터 선배는 대체 뭐가 그렇게 쉬워요?"

"쉽게 말하는 것처럼 보여?"

"그럼 아니에요?"

"내 감정을 오늘에서야 깨달았다는 건, 부정할 생각 없어. 첫 번째 고백도 충동적이었어. 인정해."

"거봐요. 역시 충동……."

"그런데 이번은 아니야."

가자미눈을 뜨고 받아치는 그녀의 말허리를 뚝 끊었다.

"네가 거절할까 봐 겁나. 지난 시간이 나만 좋았던 걸까 봐. 너한 텐 내가 부담이기만 했을까 봐."

그는 끝내지 못한 말을 뻐끔거리는 그녀의 입술을 바라보며 계속해서 덤덤한 투로 말을 이어 갔다.

"그럼에도 무를 생각은 조금도 없어. 그러기엔 널 향한 내 감정이 너무 크다는 걸 깨달아 버렸거든."

"……."

"좋아해, 서희수. 진심이야."

제 평생 이토록 닭살스러운 고백을 하게 될 줄은 꿈에도 몰랐었다. 아니, 애초에 이런 감정을 느끼게 될 줄도 몰랐었다. 그런데 지금 이 순간만큼은 민망함 따위 전혀 느껴지지 않았다. 몇 번이고 더 말할 수 있을 것 같았다. 당장 뱉어 내지 않으면 가슴이 터져 버릴 것만 같아서. 말하지 않고서는 못 견딜 것 같아서.

"……정말 제멋대로네요."

얼굴이 새빨갛게 달아오른 희수가 낮게 중얼거렸다. 민망해 죽겠으니 제발 이쯤에서 그만둬 달라고. 그녀의 속마음이 뻔히 보였지만 석현은 아랑곳하지 않고 되물었다.

"그래서 넌 내가 싫어?"

"그건……."

연이어 던져지는 돌직구에 붉은 입술이 오물거렸지만 쉽사리 대답을 뱉어 내지는 못했다. 당연한 일이었다. 제멋대로 고백을 한 지 고작 몇 시간밖에 지나지 않았다. 아직 결정을 내리기엔 이른 시간이었다. 한쪽이 몰아붙인다고 될 감정이 아니라는 것 또한 잘 알고 있었다. 하지만 안타깝게도 그에겐 마음의 여유 따위 손톱만큼도 남아 있지 않았다. 더 이상 기다릴 자신이 없었다.

그는 발갛게 물들어 가는 뽀얀 뺨을 부드럽게 감쌌다. 그러곤 가볍게 허리를 숙였다. 두 사람의 거리는 어느덧 서로의 숨결이 닿을 정도로 가까워졌다.

"싫으면 밀어내."

짤막한 경고를 끝으로 석현은 그대로 그녀의 입술 위에 제 입술
을 내렸다. 입술로 전해지는 뭉근한 온기와 함께 달큰한 향이 훅
끼쳐 왔다. 머릿속이 아찔해질 정도였다. 아랫입술을 살짝 깨물
자 닫혀 있던 입술이 자연스레 벌어지며 틈이 생긴다. 석현은 망
설임 없이 혀를 집어넣었다. 가녀린 몸이 흠칫 굳는 게 느껴졌지
만 그를 밀어내진 않았다. 어쩌면 너무 놀라서 밀어낼 타이밍을
놓친 길지도 몰랐다. 그러나 그는 제 고백에 대한 대답이라고 확
신했다. 제가 싫은 건 아닐 거라고. 그녀도 저와 같은 마음이었을
거라고. 간절히 믿고 싶었다.

그는 아주 오랫동안 사막을 횡단하다 오아시스를 만나기라도 한
것처럼 미친 듯이 그녀를 탐했다. 입 안 점막 하나하나를 섬세하
게 자극하며 타액을 빨아 당겼다. 혀가 얽혀 드는 것처럼 맞닿은
몸도 점점 서로를 얽어 갔다. 난생처음 느껴 보는 벅찬 감정이 텅
빈 가슴을 빠르게 채워 갔다. 가득 차다 못해 넘칠 듯했다. 그리
고 마침내 그녀가 그의 허리를 단단하게 끌어안는 순간, 캄캄하
기만 하던 그의 눈앞으로 번쩍이며 한 줄기의 희망이 내렸다. 그
는 확신했다. 어쩌면 나도 행복할 수 있을지도 모르겠다고. 너만
곁에 있어 준다면.

석현은 감고 있던 눈을 떴다. 뿌옇게 흐려졌던 시야가 점점 선명

116

해지며 '파라다이스'라는 네온 빛 간판이 또렷하게 눈에 들어온다. 무려 7년이었다. 매정하게 저를 버렸던 그녀를 원망했던 시간이. 그런데 그녀와 다시 마주하던 그 순간, 그 긴 시간이 무색해질 만큼 뜨거운 감정이 솟구쳤다. 저조차 당황스러울 정도로 짙은 감정이었다.

사실 전혀 예상하지 못했던 건 아니었다. 애초에 아무리 노력해 봐도 도저히 미워지지가 않아 죽을 만큼 얄밉던 여자였다. 7년간 단 한순간도 잊히지 않더니, 결국 7년 만에 그를 두 손, 두 발 들게 만든 그런 여자였다.

'석현아, 이런 말 해도 될지 많이 고민했는데……'

도망치다시피 한국을 떠났던 그가 이번에 갑작스럽게 한국으로 돌아온 건, 고작 한 통의 전화 때문이었다.

'나 희수 씨 봤어.'

서희수.

우진의 입에서 조심스럽게 흘러나온 그 이름 석 자는 귀가 아닌 가슴으로 꽂혔다. 통화를 끝낸 그는 마치 뭔가에 홀리기라도 한 듯 곧장 한국행을 택했다.

과거, 현재, 미래. 그 어떤 것도 생각할 수 없었다. 당장 그녀를 만나야겠다는 생각만이 그의 머릿속을 지배했다. 처음부터 그랬다. 그녀에 관해선 단 한 번도 이성적으로 생각할 수가 없었다. 떠났던 이유가, 돌아가고 싶지 않았던 이유가, 오직 서희수 하나 때문이었던 것처럼. 결국 돌아온 이유 역시 서희수였던 것이다. 그런데 너는…….

'……우리 사이에 남은 게, 내가 진 빚 외에 또 있어요?'

가슴을 후벼 파던 냉랭한 목소리가 마치 지금 당장 귓가에서 속삭이는 것처럼 생생했다.

"하."

허탈한 숨이 삐져나오며 절로 미간이 찌푸려진다. 이미 예상하고 있었다. 그녀가 절 반가워하지 않으리라는 건. 하지만 막상 눈앞에서 부정당하자 못마땅한 마음이 드는 건 어쩔 수 없는 것이다. 그는 주먹을 꽈악 그러쥐었다. 바짝 깎은 손톱이 여린 피부를 묵직하게 파고들었지만 통증은 느껴지지 않았다.

뚫어져라 정면을 바라보던 그는 다시금 질끈 눈을 감았다. 까맣게 물드는 시야 위로 말간 여자의 얼굴이 떠오른다. 7년 전과 조금도 달라지지 않은, 그래서 여전히 자신을 미치게 만드는 서희수가.

딸랑. 맑은 소리와 함께 가게 안으로 찬바람이 훅 끼쳐 왔다. 이제 막 화장실에서 나온 희수의 시선이 절로 입구 쪽을 향했다.

"으, 추워!"

손님이 아니라 자영이었다. 그녀의 품에는 고객의 심부름으로
사 온 담배가 들려 있었다.

"뭐라도 걸치고 가지 그러셨어요."

"바로 앞이니까 괜찮을 줄 알았지. 근데 안 되겠다. 앞으론 편의
점 갈 때도 외투 챙겨 입어야겠어. 날이 많이 춥네."

외출이 필요한 고객의 심부름은 대부분 웨이터가 담당했지만,
오늘처럼 웨이터가 유독 바쁠 땐 직원들이 나가서 사 오곤 했다.
당연히 희수도 나가야 할 일이 가끔 생기곤 했는데, 그녀는 한
여름에도 꼭 외투를 걸치고 나갔다. 자영의 말대로 편의점은 바
로 앞에 있었지만, 잠깐이라도 이런 차림으로 나가고 싶지 않아
서였다.

"코코아 한잔 타 드릴까요?"

"아냐, 괜찮아. 술 한 잔 마시면 금방 따뜻해질 텐데 뭐."

빨갛게 얼은 코끝을 손등으로 쓱, 훔치던 자영이 문득 눈을 반
짝였다.

"참! 나 방금 누구 봤는지 알아?"

"누굴 보셨는데요?"

"연예인은 아니지만, 연예인 못지않은 사람!"

무슨 말이냐는 듯 희수가 고개를 갸웃하자 자영이 씨익, 입꼬
리를 말아 올린다.

"어제 그 남자 말이야."

별안간 희수의 얼굴이 딱딱하게 굳었다. 앞뒤 다 잘라먹고 나온
말이었지만 단번에 '그 남자'가 누구를 뜻하는지 알아들을 수 있
었던 것이다.

어제 희수는 그를 룸에 홀로 두고 밖으로 나왔다. 왜? 묻는 자영에게는 갑자기 컨디션이 좋지 않아 손님을 상대할 수가 없다고 핑계를 댔다. 잠깐 쉬어야 할 것 같다고. 평소 워낙 성실했던 덕분에 누구도 꾀병일 거라 의심하는 이는 없었다. 다행히도 그녀는 자영의 걱정스러운 말까지 들으며 잠깐 동안 휴식을 취할 수 있었다. 그런 그녀를 대신해 자영은 일부러 가게에서 가장 예쁘고 몸매 좋기로 소문난 직원을 골라서 그의 룸으로 데리고 갔었다. 그런데 그는 들어오는 직원의 얼굴은 제대로 보지도 않고 곧바로 일어섰다고 했다. 시킨 술은 띠지도 않고 그대로 둔 채로 계산만 했다며. 지금껏 돈지랄 하는 놈들은 수없이 봐 왔지만 그런 놈은 또 처음이라고. 자영은 욕인지 칭찬인지 모를 말을 했었다.

"가로등 밑에서 담배 피우고 있던데, 그 모습이 어찌나 섹시하던지. 사실은 그거 감상하느라 내 코가 이렇게 된 거야. 다시 봐도 진짜 잘생겼더라, 그 남자."

마치 사춘기 소녀처럼 꺄르르, 웃은 자영이 희수를 바라보며 말을 이었다.

"이 근처에 볼일 있어서 온 걸까? 그런 거 아니면 우리 가게나 왔으면 좋겠는데. 안 그래, 희수 씨?"

동조를 바라는 질문이라는 걸 알았지만 희수는 아무런 대답도 할 수가 없었다. 경직된 얼굴 근육 중 유일하게 움직이는 건 미미하게 흔들리는 눈동자뿐이었다. 그가 하필이면 이 시간에, 하필이면 제가 일하는 가게 근처에 나타났다니. 결코 우연일 리가 없었다. 사실 어제 자영에게서 이야기를 듣고 이상하다고 생각하긴 했었다. 제가 아는 최석현은 그렇게 쉽게 물러날 남자가 아니었으니까 말이다.

"희수 씨, 왜 그래?"

"네?"

"갑자기 얼굴이 하얗게 질렸어. 또 몸이 안 좋은 거야?"

자영이 걱정스러운 눈으로 바라본다. 그제야 희수는 제가 표정 관리를 전혀 하지 못했음을 깨달았다.

"아뇨. 잠이 조금 부족해서 잠깐 멍했나 봐요."

"정말로 괜찮은 거 맞아?"

"그럼요. 정말로 괜찮아요."

애써 경직된 입꼬리를 말아 올렸다.

"그렇다면 다행인데, 혹시라도 몸 안 좋으면 꼭 얘기해. 저번처럼 괜히 무리하다가 쓰러지지 말고."

다정한 손길로 어깨를 두드리는 자영을 향해 끝까지 옅은 미소를 지어 보였다. 그렇게 자영이 안심한 얼굴로 돌아서는 순간, 그녀의 얼굴에선 언제 그랬냐는 듯 표정이 싹 사라졌다. 희수는 마른침을 꼴깍 삼켰다. 입 안이 바짝바짝 말라 왔다.

6. 계산

오픈 준비를 끝낸 희수는 멍하니 햇살이 쏟아지는 테이블 위를 바라보았다. 세상은 분명 반짝이고 있는 것 같은데 시야는 흐릿하기만 했다. 당연한 일이었다. 이틀 연속으로 잠을 거의 자지 못했으니까 말이다. 안 그래도 평소에 잠이 부족한 편이었는데, 지금은 정말이지 좀비가 된 기분이었다.

어젯밤 자영에게서 그를 봤다는 이야기를 들은 후부터 그녀는 온 신경이 예민해져 있었다. 그러나 퇴근을 할 때까지도 그는 그녀의 앞에 나타나지 않았다. 정말로 우연이었던 걸까……. 다행이라는 생각이 들면서도 한편에 피어오르는 찝찝함을 도저히 떨칠 수가 없었다. 그래서 뜬눈으로 밤을 새웠다. 물론 답을 찾지는 못했다.

"오늘이죠?"

제 할 일을 끝마친 은성이 이쪽으로 다가오며 문득 질문을 던졌다.

"새로운 사장님 온다고 한 거."

희수는 멍한 얼굴로 고개를 끄덕였다.

"언제쯤 올 거라는 말은 없었어요?"

"그런 말은 못 들었어."

"마냥 기다리라는 건가."

이 상황에 불만이 많은 은성이 쳇, 하고 투덜거렸다.

"근데 남자래요, 여자래요?"

"……그러게."

"네?"

"남자일까, 여자일까?"

질문을 했는데 대답은커녕 오히려 질문이 돌아왔다. 그것도 제가 한 질문과 똑같은 것이. 은성이 황당하다는 듯 희수를 바라본다.

"그 얘기도 못 들었어요?"

"어젠 너무 경황이 없어서……."

도대체 사장이랑 무슨 얘기를 한 거예요? 타박하는 것 같은 은성의 시선에 희수는 머쓱하게 이마를 긁적였다. 정말로 어제는 정신이 너무 없었다. 물론 그건 오늘도 별반 다르지 않았지만. 조금 전 은성이 말을 꺼내기 전까지 오늘부터 당장 사장이 바뀐다는 것조차 완전히 잊고 있었다. 그때였다. 딸랑, 맑은 풍경 소리가 울린다. 늘 그랬던 것처럼 희수가 은성보다 조금 더 빠르게 반응했다. 엉덩이를 대충 걸치고 있던 의자에서 벌떡 일어나며 단정한 자세로 입구를 바라보았다.

"어서……."

어서 오세요. 지금껏 수백 번, 수천 번, 아니, 수만 번도 더 했던 말인데 입 밖으로 나오질 않았다. 입 안으로 말려 들어간 희수의 인사말 뒤로 은성의 목소리가 이어졌다.

"어서 오세요!"

왜 그래요? 뒤에서 가볍게 어깨를 툭, 치는 은성의 손길에도 희수는 얼어붙은 채였다. 내가 지금 뭘 보고 있는 거지……. 입구로 들어오는 손님을 바라보는 연갈색 눈동자가 마치 저승사자라도 본 것처럼 흔들린다. 아니, 차라리 저승사자를 보는 편이 더 낫지 않을까.

"주문 도와 드리겠습니다, 고객님."

굳어 있는 그녀를 대신해 은성이 카운터 앞에 섰다. 하지만 석현의 시선은 메뉴판이 아닌 희수에게로 향했다. 뻔뻔한 시선이 결코 꿈 따위가 아니라는 것을 알려 주고 있었다. 그제야 희수는 굳어 있던 표정을 풀고 미간을 잔뜩 찌푸렸다. 많고 많은 커피숍 중 하필이면 자신이 일하는 곳으로 들어온 것이 우연이라는 생각은 들지 않는다. bar에서 일하는 것도 쉽게 알아낸 사람인데 이곳이라고 몰랐을 리가 없으니까. 이로써 확실해졌다. 어젯밤 그가 가게 앞에 나타난 것 역시 우연이 아니었음을.

"대체……."

"반갑습니다."

희수가 한마디 쏘아붙이려 이제 막 입술을 떼는데, 그 위로 석현의 듣기 좋은 중저음의 목소리가 덮여졌다.

"이번에 카페를 인수하게 된 최석현입니다."

"아, 새로 오신다던 사장님이시구나!"

은성이 가볍게 손뼉을 짝 쳤다. 그 소리가 희수에게는 마치 하늘이 두 쪽 나는 소리처럼 크게 들려왔다.

"갑작스러운 상황이라 혼란스러울 수도 있겠지만, 여러분들은 더도 말고 덜도 말고 그저 지금까지 해 주셨던 것처럼만 해 주시면 됩니다."

당황한 그녀를 똑바로 바라보며 그는 한껏 여유로운 얼굴로 말을 마무리했다.

"앞으로 잘 부탁드립니다."

산뜻한 목소리가 희수의 뒤통수를 내려쳤다. 아주 있는 힘껏, 세게.

"누나, 완전 대박!"

잠깐 밖에 나갔던 은성이 가게 안으로 들어서며 입을 쩍 벌린 채 소리쳤다. 희수는 멍하니 시선을 옮겼다.

"진짜예요, 진짜!"

"뭐가?"

"새로 온 사장님 말이에요. 금수저 맞나 봐요! 주차장에 신형 마세라티가 떡하니 주차돼 있더라니까요? 무려 3억짜리!"

어찌나 흥분을 했는지 침까지 다 튀었다.

"세상에, 내가 이 차를 실제로 보게 될 줄이야. 그것도 바로 코앞에서!"

조금 전 바뀐 사장이 너무 젊은 것 같지 않느냐며, 의심 어린 눈길을 보내다가 별안간 뭔가에 홀린 사람처럼 벌떡 일어나 밖으로 나간 은성이었다. 갑자기 어딜 가나 했더니, 가게 뒤편에 있는 전용 주차장에 가서 석헌의 차를 확인하고 온 모양이었다. 진짜인지 아닌지 확인하기 위해서.

3억……. 희수는 귀에 꽂힌 숫자를 느릿하게 곱씹어 보았다. 3억이라면 제가 살고 있는 집의 전셋값과 비교도 안 될 정도로 높은 가격이었다. 그리고 하필이면 지금 그녀가 지고 있는 빚과 같은 금액이기도 했다. 노름에 미친 경식이 사채에서 끌어다 쓴 돈은 1억이었다. 그러나 그녀가 빚의 존재를 알게 된 그날은, 이자가 붙고 또 붙어 그 돈이 무려 3배로 불어난 뒤였다.

'저런…… 딱하기도 하지. 당사자인 아가씨는 이 돈에 대해 전혀 몰랐다고? 이거, 삼촌이라는 새끼가 완전히 쓰레기구만?'

그리 말하며 사채업자는 비릿한 미소와 함께 그녀의 가녀린 어깨를 다정하게 붙들었다.

'좋아, 인심 썼다! 이자는 이 이상 늘지 않을게. 3억. 딱 3억

만 갚아. 우리 딸내미랑 비슷한 나잇대라 안쓰러워서 봐주는 거야. 알았어?'

엄청난 선심을 썼다는 듯 뱉어진 말에도 희수는 웃을 수 없었다. 아니, 불행 중 다행이라는 생각조차 들지 않았다. 솥뚜껑처럼 크고 투박한 손아귀에 붙들린 어깨가 당장이라도 땅으로 꺼질 듯 무겁게 처졌다. 너무도 까마득한 금액이었다. 죽을 때까지 일을 한다고 해도 과연 갚을 수 있을까, 의문이 드는……. 그리고 역시나 지난 1년 동안 밤낮없이 일했음에도 그녀가 갚은 돈은, 갚아야 할 금액의 반의반도 안 되는 2천만 원이었을 뿐이다.

하고 싶은 것, 먹고 싶은 것, 자고 싶은 것, 갖고 싶은 것. 모두 참아 가며 악착같이 모은 결과가 2억 8천만 원의 빚인 셈이었다. 피식, 저도 모르게 벌어진 입술 틈으로 옅은 실소가 새어 나왔다. 제 목을 옥죄고 있는 금액의 차라니. 어쩐지 다른 세계의 이야기인 것처럼 실감이 나질 않는다. 물론 최석현이 다른 세계의 사람인 건 이미 알고 있던 사실이었고, 그런 그에게 3억쯤이야 돈도 아닐 테지만.

"근데 왜 하필 우리 가게를 인수했을까요? 장사가 잘되는 곳도 아닌데. 전 사장처럼 돈만 많고 사업 수완이 영 별로인 사람인가? 그렇게는 안 생겼던데……."

마치 코난에 빙의한 것처럼 혼자 진지하게 중얼거리던 은성이 문득 호기심 어린 시선을 그녀에게 보낸다.

"누나! 혹시 전 사장한테 무슨 얘기 들은 거 없어요?"

"……."

"하긴. 남자인지, 여자인지도 몰랐다고 했었죠, 참."

혼자서 북 치고 장구 치고. 흥분했다가 식었다가. 혼자 바쁜 은성을 물끄러미 바라보던 희수가 자리에서 일어났다. 사실 지금 누구보다 그 이유가 궁금한 건 바로 자신이었다.

"어디 가게요?"

"2층에."

"거긴 왜요?"

은성의 질문을 뒤로한 채 희수는 2층으로 향하는 계단을 성큼성큼 올랐다. 계단 끝에 보이는 유리문 앞에서 그녀는 설음을 뚝 멈췄다. 마음 같아서는 당장이라도 유리문을 발로 차면서 들어가고 싶은데, 마음과 달리 발이 움직이질 않는다.

희수의 시선이 유리문 너머를 훑었다. 그는 긴 다리를 꼰 채 소파에 기대앉아 있었다. 뭔가 생각에 잠긴 듯 눈을 살짝 내리깔고 있는 모습이 꼭 잡지에서나 볼 법한 화보 같았다. 여기가 원래 이런 느낌이었나……. 희수는 새삼스러운 시선으로 유리문 너머의 풍경을 바라보았다. 어제 왔을 때와 변한 것은 전혀 없는데 전혀 다른 공간처럼 보이는 건 왤까.

"들어와."

다시 내려가야 하나, 머뭇거리고 있는데 그의 목소리가 들려왔다. 바닥을 향했던 시선은 어느덧 그녀를 향해 있었다. 마치 그녀가 올 거라고 당연히 예상하고 있었다는 듯 덤덤한 얼굴이었다.

"……후."

희수는 짤막하게 한숨을 내쉬며 주먹을 살짝 그러쥐었다가 풀었다. 그러곤 유리문을 열고 안으로 성큼 들어섰다. 훅 끼쳐 오는 퀴퀴한 먼지 냄새 사이로 청량한 향이 미미하게나마 느껴진다.

또각또각. bar에서 마주했던 그날과 달리 희수는 당당하게 석현을 향해 걸음을 옮겼다. 하지만 그가 그랬던 것처럼 확 좁히지는 못했다. 어느 정도 거리를 유지한 채 멈춰 섰다.

"이게 대체 무슨 짓이에요?"

"뭐가?"

예상은 했지만 역시나 당당하다 못해 뻔뻔하게 느껴지는 반응이었다. 희수는 다시 한 번 숨을 낮게 내쉬곤 되물었다.

"설마 이 상황을 우연이라고 할 생각은 아니죠?"

"이 상황이 어떤 상황인데?"

"선배!"

참지 못하고 소리를 내질렀다. 그러나 석현은 여전히 여유로운 얼굴로 그녀를 바라볼 뿐이다.

"선배는 이런 게 재미있어요?"

"재미?"

단어가 거슬렸는지 되묻는 석현의 눈빛이 삐딱하다.

"서희수 눈엔 이게 장난처럼 보이나 봐?"

"그럼 이게 장난이 아니라는 거예요?"

"순진한 거야. 아니면 순진한 척을 하는 거야. 이렇게 스케일 큰 장난을 치는 미친놈이 세상에 어디 있겠어. 여기에 들어간 돈이 얼마일지 대충 계산될 텐데?"

그의 예상은 틀렸다. 그녀에게 이 액수들은 천문학적인 숫자나 마찬가지였다. 계산기를 두드릴 엄두조차 내지 못할.

"선배 돈 많잖아요. 이런 돈 선배한텐……."

"아무리 돈이 썩어나는 나라도 수십억을 장난으로 쓰진 않아."

희수의 말을 끊으며 석현이 단호하게 말했다. 짙은 시선이 경고하듯 그녀에게 박혔다. 장난 따위가 아니니까 꿈 깨라는 듯.

희수는 아랫입술을 질끈 깨물었다. 한 번 마음먹으면 끝까지 해내고야 마는 고집스러운 남자라는 건 잘 알고 있었다. 하지만 설마 이렇게까지 막무가내로 나올 줄은 예상하지 못했었다. 며칠 전 예고도 없이 bar로 갑자기 들이닥쳤던 일. 그 정도라면, 어쩌면 제가 감당할 수도 있겠다고 생각했었다. 그런데 이런 상황이면 이야기가 달라진다.

"다른 직원, 빨리 구하는 게 좋겠어요."

"그만두려고?"

"당장이라도 괜찮다면요."

정말로 희수는 지금 당장이라도 사표를 내던지고 나갈 기세였다. 고슴도치처럼 가시를 잔뜩 세우고 있는 그녀의 모습에 석현의 눈매가 가늘어진다.

"헷갈리게 하지 말고 하나만 해."

서늘한 목소리에 희수의 입가가 살짝 떨렸다. 앞뒤 다 잘린 말이었지만, 그가 무슨 말을 하는 건지 단번에 알아들은 탓이다.

"원래 서희수는 돈 앞에서 자존심도 뭣도 없는 거 아니었어? 그런데 왜 갑자기 자존심을 세우고 그래? 안 어울리게."

서늘한 비아냥거림이 뾰족한 얼음송곳이 되어 가슴에 쿡, 박힌다. 아무 말도 할 수가 없었다. 그저 떨리는 입매에 힘만 줄 뿐.

"5년 동안 여기서 일했다고 들었어."

희수의 침묵에 그럴 줄 알았다는 듯 석현은 여유롭게 말을 이어 갔다.

"그전에도 역시 커피숍에서 일했었다며. 할 줄 아는 일이 이것뿐이라는 건데, 이제 와서 다른 일을 구하기 쉬울 것 같아?"

그의 말이 맞았다. 서희수는, 할 줄 아는 거라곤 공부밖에 없는 시시한 사람이었다. 바꿔 말하면 공부 말고는 할 줄 아는 게 전무하다는 뜻이기도 했다. 어렸을 땐 공부만 잘하면 다 되는 거라고 생각했다. 그러나 막상 마주한 세상은 그렇게 호락호락하지 않았다.

사업이 한창 잘되던 시절, 경식은 그녀가 자신의 회사에 들어와 도움을 주길 바랐다. 뛰어난 성적 덕분에 선택지가 무궁무진했지만, 그중에서 굳이 경영학과를 선택한 것도 그 이유였다. 정해져 있는 미래. 앞만 보고 달렸다. 덕분에 경식의 사업이 망하는 것과 동시에 그녀의 삶 역시 엉망이 될 수밖에 없었다. 학교를 그만두고 학생 신분이 아니게 되자 더 이상 공부는 그녀의 장점일 수가 없었다. 서희수의 인생에서 공부를 제하자 빈껍데기만 남아 버린 것이다. 그렇다고 이제 와서 뭔가 다른 걸 배울 여유도 없었다. 삼촌의 방황은 끝날 기미가 보이지 않았고, 동생은 너무도 어렸다. 게다가 갚아야 할 빚까지 있었다. 굶어 죽지 않으려면 당장 돈을 벌어야 했다. 그래서 시작한 게, 누구나 쉽게 접근할 수 있는 커피숍 일이었다. 예쁜 외모는 서비스업에서 큰 장점이었다. 게다가 머리까지 좋아 일을 금방 익혔다. 향긋한 커피 냄새를 매일 맡으며 일하는 건 꽤나 적성에도 잘 맞았다. 덕분에 고작 커피숍 경력 2년차에 그녀는 아주 좋은 조건으로 지금의 커피숍에 취직할 수 있었다. 아무 생각 없이 뛰어든 일이 적성에 맞다니. 천운이라고 생각했다. 어쩌면 평생직장이 될 수도 있겠다고 기대했었다. 설마 일이 이렇게 되어 버릴 줄은 꿈에도 모르고서.

"어떻게 생각해?"

답을 뻔히 알면서 되묻는다. 정말이지 지독하게 나쁜 취미가 아닐 수 없었다. 희수는 그의 시선을 피하며 주먹을 꽈악 그러쥐었다. 어제 bar에서 마주했던 그때와 비슷한 크기의 비참함마저 느껴졌다.

"커피숍은…… 많아요."

"그래. 많겠지. 그런데 이렇게까지 괜찮은 조건의 자리를 구할 수 있을까?"

이곳에서 그녀는 매니저의 직책으로 사장이 해야 할 일까지 모두 했다. 그런 만큼 급여도 높게 받았다. 다른 곳에서는 절대로 받을 수 없는 파격적인 조건이 분명했다. 그걸 알기에 5년이나 한곳에서 일을 했던 것이고. 하, 옅은 숨이 절로 터져 나왔다. 이미 상대는 자신의 약점이 뭔지 너무도 정확하게 알고 있었다. 더 이상 센 척은 통하지 않는다.

"도대체 원하는 게 뭐예요?"

그녀는 모든 걸 다 내려놓은 얼굴로 석현을 바라보았다.

"내가 원하는 걸 말하면? 줄 수는 있고?"

"그건……."

차마 말을 마무리 짓지 못했다. 기다란 속눈썹이 파르르 떨려 온다. 그런 그녀를 빤히 바라보던 그의 입술이 삐딱하게 말려 올라간다.

"왜. 내가 네 몸이라도 달라고 할까 봐 겁나?"

쓸데없는 걱정 하지 말라는 듯한 눈빛이었다. 흔들리는 두 눈을 애써 다잡으며 바라보자 그가 여전히 웃는 낯으로 어깨를 으쓱해 보인다.

"뭔가 착각하고 있는 것 같은데. 나 지금 너한테 돈 받으러 온 거야."

"그게 무슨……."

"갚겠다며, 돈."

"……."

"그래서 받아 보려고. 네가 날 버린 대가로 받아 갔던 그 돈."

일순 희수의 어깨가 흠칫 굳었다. 전혀 예상치 못한 말이었던 것이다. 갚겠다고는 했지만. 아니, 정말로 꼭 그 돈만큼은 죽기 전에 어떻게든 갚을 생각이었지만 당장은 무리였다. 지금의 자신에겐 그 큰돈을 갚아 낼 능력 따위 없었다. 희수는 마른침을 억지로 삼켜 냈다. 마치 그가 손을 뻗어 제 목을 꽈악 붙들기라도 한 것처럼 숨이 턱 막혀 온 탓이었다.

"왜. 갚겠다고 큰소리치더니, 막상 달라고 하니까 엄두가 안 나?"

"……지금은, 불가능해요."

부끄러움. 비참함. 수치심. 속에서 끓어오르는 새카만 감정들을 애써 억누르며 좁은 틈으로 겨우 뱉어 낸 목소리는 기어 들어갈 듯 작았다.

"그러니까 말이야. 그걸 아니까 내가 이러는 거잖아."

그의 한쪽 입꼬리가 냉소적으로 삐딱하게 올라간다.

"네 꼴을 보니, 간 쓸개 빼다 팔 거 아니고서야 바로 회수는 힘들 것 같고. 그렇다고 한때는 물고 빨고 뒹굴었던 여자를 그런 데다 내다 팔 수도 없고. 암만 봐도 그 bar가 너한텐 최선이었던 것 같은데."

"……."

"상황이 이러니 별수 있나. 이렇게나마 붙잡아 놓고 합법적으로 회수할 수밖에."

서늘한 목소리가 날카로운 파편이 되어 그녀를 엉망진창으로 할퀴는 듯했다. 아린 통증에 달싹이던 입술 역시 딱 다물어졌다.

"이 모든 건 네가 자초한 상황이야. 그러니끼 쓸데없이 지존심 세우지 말고 그냥 내 장단에 맞춰. 공과 사는 철저하게 구분해 줄 테니."

거센 바람 앞의 등불처럼 흔들리는 그녀의 눈을 똑바로 바라보며 그는 계속해서 고저 없는 목소리를 이어 갔다.

"계산 빠르니까 잘 알 거 아니야. 서희수가 손해 보는 상황 아니라는 거. 아니, 오히려 당장 돈을 뺏어 내는 것보단 이편이 훨씬 더 이득 아닌가?"

무미건조한 석현의 목소리가 흐트러지자 주위의 공기조차 바짝 마르는 듯했다. 희수는 대답 대신 아랫입술을 지그시 깨물었다. 그 어떤 반박도 할 수가 없었다. 어느 하나 틀린 말이 없었으니까. 그의 말이 맞았다. 분명 이건 모두 제가 자초한 상황이었다. 7년 전 그 순간부터.

"계산 끝난 얼굴이네."

그런 그녀를 바라보던 석현의 입가가 느슨해진다. 멋대로 희수의 대답을 확신한 그는 자리에서 쓱 일어나며 그녀를 향해 손을 척 내밀었다.

"앞으로 잘해 봅시다, 서희수 매니저."

창밖에서 쏟아져 들어오는 햇살을 등진 채로 그가 싱긋, 미소를
지었다. 지독하게도 근사한 미소였다.

차에서 내린 석현은 빠르게 걸음을 옮겼다. 예상했던 것보다 차
가 밀려 약속 시간에 늦은 탓이었다. 약속 장소는 지하에 위치한
bar였다. 조용한 분위기가 마음에 들어 한국에 잠깐씩 들어올 일
이 있을 때마다 들렸었다. 빠른 걸음으로 계단을 내려가는데 휴
대폰이 울렸다. 걸음을 멈추고 발신인을 확인하는 그의 얼굴에
옅은 짜증이 스몄다.

[문나정]

반갑지 않은 상대였다. 게다가 벌써 연속으로 네 통째였다.

"집념 하나는 인정해야겠네."

그 집념을 제가 아닌 다른 곳에 썼다면, 아마도 세상을 놀라게
할 발명품을 만들지 않았을까. 혀를 낮게 찬 그는 아예 종료 버튼
을 눌렀다. 그러지 않으면 다섯 번째로 오는 전화를 또다시 거절
해야 할 일이 생길 것 같아서였다.

조용해진 휴대폰을 손에 그러쥔 채 어두컴컴한 실내로 들어섰
다. 반기듯 흘러나오는 조용한 선율의 재즈 음악을 들으며 주위
를 둘러보았다. 텅 빈 테이블에 홀로 앉아 있는 남자의 모습은, 힘
들게 찾을 것 없이 금방 눈에 띄었다. 석현은 반갑게 웃으며 우진

을 향해 다가갔다.

"미안. 강남의 엄청난 교통체증을 잊고 있었지 뭐야. 많이 기다렸어?"

"아냐. 나도 금방 왔어."

우진이 부드럽게 웃으며 대꾸했다.

"먼저 왔으면 시켜 놓고 있지. 물만 마시고 있냐."

자리에 앉은 석현은 저를 알아보고 다가온 웨이터에게 위스키와 과일 안주를 주문했다.

"그동안 잘 지냈지?"

"나야 늘 똑같지, 뭐."

성의 없는 대답이었지만 석현은 납득이 된다는 듯 고개를 끄덕였다. 본인의 말대로였다. 그가 기억하는 첫 만남 속 어린 우진의 모습과 지금 모습이 별로 다르지 않았다. 물론 외모가 아니라 풍기는 분위기가 그랬다. 한결같이 차분하고 따뜻한 느낌. 그래서 그는 늘 예민하게 촉각을 곤두세우고 살다가도 우진의 앞에선 한없이 풀어지곤 했다.

"아저씨도 건강하시고?"

우진의 부친인 백선홍은 최 회장의 운전기사였다. 아주 오랜 시간을 보필하다 1년 전 최 회장의 권유로 퇴사했다. 석현에겐 바쁜 부친보다도 오히려 선홍의 얼굴을 보는 일이 더 잦았다. 그에겐 지금까지도 최 회장보다도 오히려 선홍이 더 친근하게 느껴질 정도였다.

"너무 건강하셔서 탈이지."

"어째 어감이 좀 이상하다?"

"최근에 대리운전하시다가 걸려서 한바탕했어. 집에만 있으려니 좀이 쑤셔서 도저히 안 되겠다고."

"아저씨답네."

평생을 성실하던 선홍을 떠올린 석현은 피식, 낮게 웃었다. 아들인 우진의 입장에선 짜증스러울 수도 있겠지만, 석현은 그저 그 정도로 건강하셔서 다행이라는 생각이 들었다. 그때였다. 테이블 위에 놓여 있는 휴대폰이 진동했다. 우진의 것이었다.

"받지 마."

석현은 우진이 휴대폰을 확인하기도 전에 먼저 말했다.

"뭐?"

무슨 말이냐는 듯 되물은 우진은 뒤늦게 휴대폰 액정에 뜬 이름을 확인했다. 그제야 그가 무슨 말을 했는지 이해했다는 듯 휴대폰을 뒤집었다. 집요하게 몸을 떨던 휴대폰의 진동이 뚝 멈췄다.

"나까지 안 받으면 난리 날 텐데."

"그러니까 어리광 좀 그만 받아 줘. 형이 자꾸 그러니까 걔가 더 날뛰는 거잖아."

"네가 조금만 받아 줬어도 나정이가 이 정도까진 안 됐을걸?"

"하여튼. 여기도 저기도 죄다 문나정 편밖에 없지."

석현은 지겹다는 듯 혀를 낮게 찼다. 그러곤 더 이상 얘기하고 싶지 않다는 듯 화제를 돌렸다.

"참, 소식 들었어. 승진했다며? 축하해."

"고맙다."

"핵심 부서라는 전략기획팀에, 그것도 최연소로 팀장이 된 소감이 어때?"

"솔직히 아직도 얼떨떨해. 능력에 맞지 않게 너무 높은 자리에 앉은 게 아닌가 싶기도 하고."

"별걱정을 다한다. 겸손도 과하면 안 좋아 보이는 거 몰라? 애초에 태광 자체가 그렇게 호락호락한 곳이 아닌 건 대한민국 사람이라면 다 아는데."

"그런가."

동생한테 훈계를 듣고도 우진은 기분 나쁜 기색이 전혀 없이 사람 좋은 미소를 지어 보였다.

"근데 넌 얼굴이 지번에 봤을 때보다 훨씬 좋아 보이는 깃 같은데. 뭐 좋은 일이라도 있어?"

"글쎄. 좋은 일이라고 해야 하나……."

낮게 중얼거리는 석현의 입꼬리가 저도 모르게 올라갔다. 오늘 하루 종일 제 눈을 피하던 여자의 얼굴이 눈앞에 생생하게 떠오른다. 애써 덤덤한 척하는 가면 아래 완전히 다른 민낯을 숨기고 있음을 확인하는 순간, 그는 시차 적응조차 완벽하게 되지 못한 상황에서도 굳이 수고스럽게 커피숍을 인수한 보람을 느꼈다. 물론 그런 서희수의 반응이 마음에 드는 건 아니었다. 그래도 며칠 전, 뻔뻔한 낯으로 저를 무시하던 모습보다는 차라리 이편이 훨씬 나았다.

"결국 만났나 보네, 희수 씨."

너무도 선명히 드러나는 그의 표정에 우진이 알 만하다는 듯 고개를 끄덕였다.

"길바닥에 돗자리 깔아도 되겠다."

석현은 부정 않고 빙긋 웃었다.

"너처럼 표정에 다 드러나는 단순한 고객만 온다면야, 길바닥 생활이 썩 나쁘지 않을지도."

"나더러 단순하다고 말하는 사람은 형밖에 없을걸."

"하긴. 네 단순함은 오직 희수 씨 한정이긴 하지."

우진은 납득한다는 듯 고개를 끄덕였다. 오랫동안 알고 지냈지만 석현이 본인의 속내를 드러낸 적은 거의 없었다. 오히려 너무 제 속을 숨기고 살아서 옆에서 보는 이가 안쓰럽게 느껴질 정도였다. 그런 그가 처음으로 자신의 표정을 보이기 시작한 게 스물넷 무렵이었다. 군대를 다녀와서 심경의 변화가 있었나 싶었는데, 여자 때문이었다는 걸 알고는 얼마나 놀랐는지 모른다. 아직도 여자 문제로 진지하게 상담해 오던 석현의 붉게 물든 뺨이 생생했다. 어릴 때조차 본 적 없던, 수줍은 많은 소년 같은 모습이었다.

'입 찢어지겠다. 그렇게 좋아?'

'사랑을 시작하면 온 세상이 꽃밭으로 보인다는 말이 있잖아.'

'설마⋯⋯.'

'나도 절대 안 믿었거든? 그런데 진짜더라. 심지어 지금 내 눈엔 형도 예뻐 보여.'

'⋯⋯그래, 고맙다⋯⋯.'

나사 하나 빠진 것 같은 모습에 입을 쩍 벌리기는 했지만, 한심하다는 생각은 들지 않았다. 가시밭길만 외롭게 헤쳐 나가던 녀석이 이제 드디어 꽃길을 걷는구나. 부디 이 길이 오래도록 이어지기를. 상처투성이인 네 발이 아물 수 있기를. 우진은 진심으로 그의 행복을 빌었다. 그러나 24년 만에 처음 맛봤을 녀석의 행복은 야속하리만치 짧기만 했다. 갑작스러운 이별과 함께 그는 단번에 원래대로 돌아갔다. 아니, 전보다 훨씬 악화된 상태였다.

"사실 네가 갑자기 한국 들어온다는 소식 듣고 괜한 얘기를 했나, 후회했었는데."

"왜?"

"그걸 지금 질문이라고 해? 고작 내 한마디에 단번에 들어왔잖아. 내 입장에선 얼마나 놀랐겠어? 잘못 건드렸단 생각이 들 수밖에 없지."

몇 달 전이었다. 일 때문에 우연히 들른 bar에서 일하는 희수를 발견했다. 적잖이 놀랐다. 제가 알고 있던 그녀와는 너무도 어울리지 않는 공간이었으니까 말이다. 한참 고민했었다. 석현에게 과연 이 사실을 알려야 할는지. 7년 만에 나타난 그녀가 다른 곳도 아닌 bar에서 일하는 것 때문만은 아니었다. 겨우 아물어 가는 상처를 괜히 헤집는 꼴이 될까 봐서였다.

석현이 작정하고 찾으려 했다면 어렵지 않게 찾을 수 있었을 테다. 7년 전에도, 지금도. 그럼에도 지금까지 찾지 않은 건, 나름의 생각이 있어서가 아닐까. 그러나 고민은 길어지지 않았다. 여전히 그의 가슴 한편에 서희수라는 존재가 자리하고 있다는 걸 너무도 잘 알고 있는 탓이었다. 이미 7년이라는 시간을 허비했다. 그를 위해선 이제 그만 결정을 내리는 게 맞다고 생각했다. 이 기회에 깨끗하게 마음의 정리를 하든, 아니면 다시 부딪혀 보든.

물론 석현이 이렇게까지 막무가내로 나올 줄 알았더라면 조금 더 고민했을 것이다. 며칠 뒤, 석현에게서 한국행 비행기에 오른다는 연락을 받았을 때 그는 아차 했었다. 서희수와 관련된 일엔 물불 가리지 않는 녀석이었다는 것이 뒤늦게 떠올랐다.

"걱정 마. 좋은 일 한 거야, 형. 적어도 나한텐 그래."

"그렇다면 다행인데."

사실 오랜만에 생기 있는 석현의 얼굴을 보니 제 선택이 틀리지는 않은 것 같다는 생각이 들긴 했다. 때마침 주문했던 술과 안주가 나왔다. 두 사람은 독한 위스키를 한 잔씩 나눠 마셨다.

"그래서 어떻게 하기로 했어?"

잠깐 끊겼던 대화를 다시금 이어붙인 건 우진이었다. 석현이 이번에야말로 제대로 마무리를 짓길 바랐다. 그런데 지금 보니 그의 선택지엔 애초에 마무리를 짓는 것 따윈 없었던 것 같았다. 그녀를 용서할 수 있겠느냐는 질문도 필요 없어 보였다.

"고민 중이야."

일순 사악하게 비틀어지는 석현의 입매를 보며 우진은 흠칫 어깨를 떨었다.

"고민……?"

"서서히 코너로 몰아가서 잡아먹어야 할지. 아니면 깔끔하게 당장 잡아먹을지."

결국엔 잡아먹겠다는 뜻이었다. 몇 날 며칠을 굶은 맹수처럼 날카롭게 빛나는 새카만 눈동자를 보며 우진은 낮게 혀를 찼다.

"역시 내가 괜한 일을 했나 보다."

"이미 엎질러진 물이니까 그만 잊어."

"도대체 무슨 꿍꿍이인지 모르겠고. 굳이 알고 싶지도 않지만. 그래도 적당히 해."

"모르면서 뭘 적당히 하래."

"모르긴 몰라도 분명히 정상적인 범주를 넘어섰을 테니까."

확신하는 어조가 못마땅하다는 듯 석현이 눈썹을 찌푸렸다.

"적어도 형만큼은 내 편을 들어줄 거라 생각했는데."

"당연히 네 편이야. 정상적인 범주 내에서라면."

"조건 따지지 말고 그냥 내 편 들어. 뭐가 됐든 내가 그동안 마음고생 한 거에 비하면 애교 수준 아니겠어? 서희수가 적립해 놓은 괘씸죄는 극악무도한 살인죄나 다름없는데."

당당하다 못해 뻔뻔한 말에도 차마 빈빅힐 말은 나오지 않았다. 그의 지난 7년을 누구보다 잘 알고 있었기에. 그래. 어린애도 아니고 이젠 서른하나인데. 어련히 알아서 잘할까. 우진은 제가 졌다는 듯 어깨를 가볍게 으쓱했다. 그녀와 관련된 일에선 늘 이성을 잃는 녀석이 앞으로 어떤 미친 짓을 저지를지 상상도 되지 않지만, 적어도 그녀에게 해가 될 일은 없을 거라는 건 확신할 수 있었다.

"그나저나 부탁 하나만 하자."

별안간 바뀌어 버린 화제에 술잔을 집어 든 우진이 시선을 들었다. 석현의 표정이 사뭇 진지했다.

"태광 정보가 필요해."

"어떤?"

"부사장이 지금까지 맡았던, 그리고 맡고 있는 사업들 전부. 특히나 자금 흐름 부분에 대해서 아주 상세하게."

음산한 목소리가 귓속을 예리하게 파고든다. 우진의 눈이 둥그렇게 커졌다.

"너 지금 그게⋯⋯."

"걱정 마. 뭘 어쩌겠다는 건 아니니까."

석현이 술잔을 쥔 채 손목을 여유롭게 돌렸다. 호박색 액체가 잔 속에서 회오리치며 빠르게 얼음과 섞여 들었다.

"회장님께서 회사로 호출하셨어. 이번엔 피할 수 없고."

탁, 잔을 내려놓으며 그가 싱긋 웃었다.

"그러니 나도 보험 하나쯤은 들어 둬야 하지 않겠어?"

일순간 우진의 등줄기를 타고 소름이 쫙 돋아났다.

7. 집착

　이제 막 떠난 손님이 머물렀던 자리를 정리하던 희수는 문득 고개를 들어 가게 안을 가볍게 훑었다. 그녀의 취향인 잔잔한 음악. 기분 좋게 들어오는 따사로운 햇살. 이대로 정말 괜찮은 건가, 싶을 정도로 뜸한 손님까지.

　평소와 다름없는 풍경이었다. 벌써 일주일째였다. 7일이라는 시간은 평소와 다름없이 고요하게 흘러가고 있는 중이었다. 적어도, 겉으로 봤을 땐 그랬다. 돈 주는 사람이 달라지는 것 외에는 달라질 게 없을 거라던, 그러니 편히 생각하라던, 전 사장의 말대로였다.

"……사실은 그게 제일 문제지만."

늘 어두컴컴하던 2층에서 흘러나오는 빛을 보며 희수는 한숨처럼 낮게 읊조렸다. 지난 7일간 태풍의 눈에 서 있는 기분이었다. 7년 전, 제가 매정하게 떠났던 전 연인이 갑자기 사장이 되어 눈앞에 나타났다. 심지어 그 사장은 매일 오픈 시간에 출근을 해서 마감 시간까지 함께했다. 그렇다고 해서 장사가 되는지. 손님이 있는지. 직원들이 일은 제대로 하는지. 감시를 하는 건 아니었다. 아니, 그의 행동을 보면 오히려 전 사장보다도 훨씬 더 가게 매출엔 관심이 없는 듯했다. 출근과 동시에 곧장 2층으로 올라가선 식사 시간이나 커피가 필요할 때를 제외하곤 거의 내려오지도 않았다. 그녀 대신 커피 심부름을 도맡아 하는 은성의 말로는 늘 노트북을 들여다보고 있다고 했다. 뭘 하는지 도통 알 수가 없다며.

'누나, 새로운 사장님 좀 수상하지 않아요?'

진지한 은성의 질문에 희수는 고개를 끄덕이지도, 내젓지도 못했다. 제 머릿속이 훨씬 혼란스러웠으므로.

"도대체 뭐가 어떻게 돌아가는 건지……."

그가 원하는 건 뭘까. 도대체 그는 왜 7년 만에 갑자기 제 앞에 나타난 걸까. 답이 나오지 않는 문제가 며칠 내도록 그녀의 머릿속을 엉망으로 휘젓고 다녔다. 본인의 말대로 저를 찾으려면 진작 찾을 수 있었을 텐데. 이제 와서 왜.

'갚겠다며, 돈.'

'그래서 받아 보려고. 네가 나 버리는 대가로 받아 간 그 돈.'

정말 돈 때문인 걸까? 그 이유가 전부인 거라면, 차라리 다행일 텐데…….

희수는 무거운 눈꺼풀을 느릿하게 감았다. 답답해 죽을 것 같은 제 속처럼 시야가 까맣게 물들어 간다. 공과 사는 구분해 주겠다는 본인의 말대로 그는 철저하게 그녀를 직원으로 대했다. 덕분에 그녀 역시도 사적인 감정을 배제하고 그를 사장으로 대할 수 있었다. 물론 그렇다고 해서 불편하지 않은 건 아니었다. 피할 수도 없고. 그렇다고 당당히 마주할 수도 없고. 최근 하루하루 피가 마르는 기분을 생생하게 느끼고 있는 중이었다.

그래. 어쩌면 그가 원하는 건 이런 걸지도 모르겠다. 직접 제게 고통을 주고 싶어서. 제가 고통받는 걸 가까이에서 보고 싶어서. 만약 그런 거라면, 이 정도쯤은 기꺼이 견뎌야만 했다. 당신과 마주하는 게 너무 힘들다고. 괴롭다고. 제발 나 좀 봐 달라고. 감히 불평을 해선 안 됐다. 7년 전에 자신은, 분명 그에게 더한 짓을 했었으니까…….

"하아……."

꽉 다문 입술을 비집고 한숨이 절로 흘러나왔을 때였다. 딸랑, 커피숍 입구에 달린 풍경 소리가 들려온다. 감고 있던 눈을 번쩍 떴다. 베이지색 롱코트를 입은 한 남자가 가게 안으로 들어오고 있는 게 보인다. 동네에 있는 유일한 한의원의 원장인 정민이었다. 몇 년째 커피숍의 단골이기도 했다.

"어서 오세요, 한의사 쌤!"

카운터에 서 있던 은성이 가게가 떠나가라 크게 인사를 건넸다. 부담스러울 법도 한데 정민은 늘 그랬던 것처럼 부드럽게 웃는 것으로 인사를 대신 받아 주었다.

"누나, 얼른 주문받아요!"

은성이 그녀를 향해 이리 오라는 듯 손짓했다. 주문을 받는 이와 커피를 내리는 이가 딱히 나눠진 건 아니었다. 그럼에도 불구하고 은성은 상대가 정민일 땐 꼭 그녀를 불러 주문을 받게 했다. 음료를 주문하는 정민의 발음이 네이티브 스피커 수준이라 알아듣기가 어렵다나 뭐라나. 너무도 황당한 이유였지만 한두 번 겪는 일이 아니었기에 희수는 그러려니 생각하며 카운터를 향해 다가섰다.

"오랜만이네요, 희수 씨."

정민이 가까이 다가오는 희수를 보며 반갑게 인사했다. 특유의 부드러운 눈웃음은 상대까지 따라 웃게 만드는 힘이 있었다. 훈훈한 외모에 직업까지 완벽한 그는 동네 아주머니들에게 사윗감으로 데려오고 싶은 남자 1순위였다.

"그러게요. 일주일 못 본 건데 엄청 오랜만에 뵙는 것 같네요."

희수 역시 반갑게 인사를 받았다.

"그런데 일찍 들어오셨네요? 이번 출장은 길다고 들은 것 같은데."

살가운 인사에 정민이 눈을 둥그렇게 떴다.

"어떻게 알았어요? 말 안 했던 것 같은데."

"동네 분들이 커피숍 오실 때마다 한마디씩 하시거든요. 동네에 유일하게 하나 있는 한의원이 오래 문 닫아서 불편하다고."

"저런……. 본의 아니게 많은 분께 폐를 끼치게 됐네요. 죄송해요."

"아뇨! 사과 들으려고 한 말은 아니에요. 그리고 좋은 일 하러 가시는 거잖아요. 해외 봉사활동 가신다고. 맞죠?"

당황해하는 희수를 향해 정민은 부드럽게 웃으며 고개를 끄덕였다.

"오랜 꿈이었어요. 마침 좋은 기회가 와서 덥석 잡았는데, 동네분들이 불편해하실 길 미처 생각 못 했네요."

"단골 뺏길 걱정은 안 드시나 봐요."

"제가 너무 태평했나요."

정민은 하하, 사람 좋은 웃음을 흘렸다.

"잠깐 들어왔어요. 원래 세미나 끝나고 바로 봉사 지역으로 가려고 했는데, 이틀 정도 시간이 남아서요."

"이틀이요? 일정이 빠듯하네요. 피곤하시겠어요."

"맞아요. 엄청 피곤한데……. 그래도 희수 씨가 내려주는 커피가 너무 먹고 싶어서 굳이 왔어요."

그의 너스레에 희수는 작게 웃었다. 그러나 완전히 빈말은 아니라는 것을 알고 있었다. 한의원에 출근하기 전 커피숍에 들러 아메리카노 한 잔, 점심시간엔 직원들의 몫까지 구매하며 또 한 잔. 가끔은 이렇게 어중간한 시간에 나타나 한 잔 더. 못해도 하루에 커피 두 잔 이상은 꼬박꼬박 마시는 게 그의 루틴이었다. 비가 오나, 눈이 오나. 정말이지 단 하루도 거르는 법이 없어서 언젠가 희수는 진지하게 그가 카페인 중독은 아닐까, 하는 걱정을 한 적도 있었다. 물론 현대인들 중에 카페인 중독이 아닌 사람이 몇이나 되겠냐만은 말이다.

"참, 이거요."

평소보다 길었던 인사를 끝내고 평소처럼 아메리카노 한 잔을 주문받고 돌아서는데, 문득 정민이 그녀에게 뭔가를 건넸다. 얼떨결에 건네받은 건 작은 쇼핑백이었다.

"이게 뭐예요?"

"출장 선물이에요."

"네? 그런 걸 왜 저한테……."

"같이 간 일행들이 전부 다 면세점에서 하나씩 사길래 저도 하나 사 봤어요. 여자 선물로는 립스틱이 제일 만만하다고 해서 골랐는데 마음에 들지는 모르겠어요."

부담스럽다는 마음이 얼굴에 적나라하게 드러났던 모양이다. 정민이 가볍게 말을 덧붙였다.

"직원들 것 사면서 희수 씨 것도 같이 산 거니까 혹시라도 부담가질 필요 전혀 없구요."

희수는 제 손에 들린 쇼핑백을 난감하다는 듯 내려다보았다. 저렇게까지 말하는데 어찌 정색하며 돌려줄 수가 있겠는가. 그렇다고 이런 걸 냉큼 받을 수도 없고……. 고민하고 있을 때였다. 뒤편에서 커피를 내리고 있던 은성이 고개를 쭈욱 빼고 이쪽을 바라본다.

"우와, 누난 좋겠다. 쌤! 제 선물은 없어요?"

"아, 깜빡했네."

"너무하세요. 쌤 커피는 누나보다 제가 더 많이 만들어 드렸는데."

"미안해요. 립스틱 하나 더 여유분으로 사 온 것 있는데, 그거라도 드릴까요?"

"……정중하게 사양하겠습니다."

"조금 그런가?"

"많이 그렇죠. 여자 친구 없다고 저 놀리시는 건 아니죠?"

"그럴 리가요. 다음엔 은성 씨 것도 잊지 않고 챙겨 올게요."

"약속하셨어요! 저 기억력 엄청 좋아요."

주거니 받거니. 그녀를 가운데에 둔 채 사이좋게 대화를 나누는 두 남자 때문에 타이밍을 완전히 놓쳐 버렸다. 희수는 감사합니다, 작게 인사를 건넨 후 쇼핑백을 카운터 아래쪽 서랍에 넣었다.

"누나, 커피 완성됐어요."

은성의 말에 희수는 뒤편으로 가서 커피를 받아 왔다. 카운터로 돌아와 뿌연 김이 모락모락 올라오는 테이크아웃 컵을 건넸다.

"주문하신 아메리카노 나왔습니다."

"희수 씨."

말이 끝나기가 무섭게 정민이 아주 조심스럽게 그녀를 불렀다. 커피를 받는 것조차 잊은 듯 바짝 긴장한 얼굴이었다.

"혹시 오늘 퇴근하고 시간 있어요?"

눈치가 특별히 빠른 편은 아니었지만 그렇다고 둔하지도 않았다. 정민이 저를 향해 어떤 마음을 가지고 있는지는 어렴풋이 알고 있었다. 은성이 저와 정민을 엮기 위해 애쓴다는 것도. 그러나 본인의 입에서 나온 말은 아무것도 없었기에 제가 할 수 있는 건 없었다. 그저 제 예감이 틀렸기를 바랄 뿐이었다. 이젠 빼도 박도 못하게 된 것 같지만 말이다.

"아……."

예상하지 못한 것도 아닌데 막상 겪으니 당황스러운 건 어쩔 수 없었다. 희수가 선뜻 대답하지 못하고 입술을 달싹이는 순간이었다.

"없을 텐데. 시간."

너무도 단호한 거절의 대답이 흘러나왔다. 그녀의 입이 아닌 타인의 입에서. 엉뚱한 상대의 답변을 들은 정민의 고개가 옆으로 휙 돌아갔다. 은성 역시 놀란 얼굴로 소리가 나는 쪽으로 고개를 돌렸다. 가장 마지막으로 돌아간 건, 희수의 고개였다. 언제부터 있었던 건지 계단에 삐딱하게 기대서 있는 석현의 모습이 보였다. 제 눈에 보이는 이 광경이 못마땅해 죽겠다는 듯한 표정이었다. 저런 얼굴을 하고 있는 석현은 위험하다. 본능적으로 불안을 감지한 희수가 다급하게 정면을 바라보았다. 정민의 시선은 여전히 석현을 향해 있었다.

"저기, 선생님. 커피……."

"대답부터 해."

상황을 수습하기 위해 커피를 내밀었지만 석현의 냉정한 음성이 그녀의 말허리를 뚝 끊었다. 순간 흠칫, 하고 그녀의 어깨가 떨렸다. 그와 동시에 들고 있던 컵이 옆으로 기울었다. 당황한 희수가 다급하게 왼손을 뻗었지만 이미 늦은 뒤였다. 헐겁게 닫혀 있었는지 컵 뚜껑이 벗겨지며 안에 든 내용물이 왼손을 뜨겁게 적셨다.

"누나! 괜찮아?"

"희수 씨, 얼른 차가운 물부터!"

다급한 음성들이 귀를 때렸지만 정작 당사자인 희수는 차분한 얼굴로 들고 있던 컵을 내려놓았다.

"죄송해요, 선생님. 커피는 다시 만들어 드릴게요. 은성아, 좀 부탁할게."

이 와중에도 상황을 정리한 후에야 싱크대로 향한 그녀는 쏟아지는 냉수 아래에 손을 집어넣었다. 벌겋게 익은 손이 꽤나 따가웠다. 저도 모르게 인상을 찌푸리는데 문득 쏟아지던 물줄기가 멈췄다. 어느덧 뒤로 바짝 다가온 남자가 수도꼭지를 잠근 것이다. 턱, 커다란 손이 그녀의 가녀린 손목을 붙들었다.

"뭐 하는 거예요?"

당황한 희수가 반사적으로 손길을 뿌리쳤지만 단단한 손은 꼼짝도 하지 않았다.

"……사장님!"

"따라와."

석현은 그녀의 팔을 붙든 채 그대로 커피숍 입구를 향해 걸음을 옮겼다. 엄청난 기세에 희수 역시 더 이상 버티지 못하고 따라나설 수밖에 없었다.

미치겠네, 정말……. 자신보다도 더 당황한 얼굴로 이쪽을 바라보는 은성과 정민을 뒤로한 채 걸으며 희수는 속으로 길게 한숨을 내쉬었다. 조금 전 생뚱맞은 그의 말부터 시작해서 지금 이 행동까지. 분명 일반적인 고용주와 고용인의 관계처럼은 보이지 않을 터였다. 나중 일을 생각하니 벌써부터 머리가 지끈거리는 듯했다. 방금 다친 손보다도 두통이 훨씬 더 심각하게 느껴졌다.

앞만 보고 달리는 경주마처럼 빠르던 그의 걸음은 가게 주차장에 세워진 은색의 스포츠카 앞에서 뚝 멈췄다. 자연스럽게 조수석 문을 연 그는 턱을 까딱했다.

"타."

앞뒤 다 잘라먹은 명령이 기가 막혔다. 희수는 눈살을 찌푸렸다.

"싫어요. 제가 왜 사장님 차를……."

"하여튼 고집 한번 더럽게 세지."

못마땅하다는 듯 쯧, 혀를 찬 그가 그녀의 양어깨를 붙들어 억지로 조수석에 태웠다. 탁. 바로 옆에서 닫히는 차 문소리가 뒤통수를 한 대 세게 내려치는 느낌이었다. 희수는 재빠르게 조수석 문고리를 잡아당겼다. 달칵거리며 헛도는 소리만 들릴 뿐 문은 꼼짝도 않는다.

"쓸데없이 힘 빼지 마."

어느덧 운전석에 올라탄 석현이 시동을 걸었다. 커다란 엔진 소리가 차 안을 크게 울렸다.

"지금 뭐 하자는 거예요?"

"왜. 내가 널 잡아먹기라도 할까 봐 겁나?"

"선배!"

아슬아슬하지만 그래도 확실히 지켜지고 있던 '공과 사'의 경계는 이미 그가 먼저 무너뜨렸다. 희수 역시 더 이상 참을 이유가 없어진 것이다. 그러나 석현은 눈 하나 깜빡하지 않았다. 오히려 가소롭다는 듯 입술 틈으로 피식, 옅은 실소를 흘렸다.

"역시 사장님 소리보단 그편이 훨씬 듣기 좋네."

웃음 섞인 낮은 음성이 어쩐지 쓰게 느껴져 희수는 아랫입술을 질끈 깨물었다.

"앞으로도 커피숍 벗어나선 지금처럼 편하게 부르는 게 어때? 솔직히 너도 꼬박꼬박 나한테 '사장님' 소리 하는 거 별로 안 내키잖아."

"아뇨. 저는 이대로가 좋아요. 사장님을 '사장님'이라고 부르는 건 당연한 거니까요."

희수는 단칼에 거절했다. 당신과의 거리를 조금도 좁힐 생각이 없다는 뜻을 담은 단단한 시선으로 그를 바라보며 말을 덧붙였다. "그리고 지금 같은 상황은……."

불편하다고. 앞으로 다시는 이런 일 없었으면 좋겠다고. 확실히 선을 그으려고 했다. 하지만 희수는 말을 끝마칠 수가 없었다. 별안간 석현의 상체가 그녀를 향해 기우는 탓이었다.

"……!"

갑자기 가까워지는 그의 얼굴에 놀라 희수는 저도 모르게 숨을 참았다. 얕은 숨결이 느껴질 정도로 가까운 거리에서 그가 뚝 멈췄다. 자칫 잘못하면 코끝이 부딪힐 것 같아 희수는 딱딱하게 굳은 채로 눈만 느리게 껌뻑였다. 그때였다. 석현의 팔이 그녀의 오른쪽 어깨를 훑듯이 스쳐 지나간 것은. 이내 달칵, 하고 귓가에서 마찰음이 들린다.

"일단은, 얌전히 있는 게 좋을 거야."

그녀의 몸에 단단하게 채워진 안전벨트를 확인한 석현이 만족스럽다는 듯 싱긋 웃으며 말했다.

"너도 잘 알잖아. 네가 거부할수록 나는 더 삐딱해질 거라는 거."

분명 웃는 낯인데 바깥 공기보다도 훨씬 더 서늘한 공포가 느껴지는 건, 그가 지금 뱉은 말이 결코 빈말이 아니리라는 걸 너무도 잘 알아서일까. 그래. 일주일이면, 그의 딴엔 많이 봐준 걸지도 모르겠다.

희수는 대답 대신 참았던 숨을 훅 뱉어 냈다. 그러곤 제 가슴께를 가로지르는 안전벨트를 꽈악 그러쥐었다. 이보다 더 삐딱한 석현의 모습은 상상하기도 싫었다. 자신은 감당하지 못할 게 뻔했다. 지금도 이미 제겐 충분히 버거운 상대였으니까.

✽

정민은 직접 문을 열고 한의원 안으로 들어갔다. 평소 같았으면 침을 맞으러 오는 환자들로 바글거렸을 시간이었지만 실내는 적막하기만 했다.

[정민 한의원]

본인의 이름을 따서 만든 조그마한 규모의 한의원은 원장도 하나였다. 때문에 해외 세미나 일정으로 그가 자리를 비운 일주일 동안 한의원 역시 문을 열지 못했다. 썰렁하게까지 느껴지는 실내를 가로질러 원장실로 향했다. 불을 켤 생각도 없이 자리에 가 앉았다. 들고 있던 커피를 깔끔하게 정리된 책상 위에 내려놓았다. 입도 대지 않은 커피에서는 더 이상 김이 나오지 않았다. 정민은 다 식은 커피 잔을 툭 건드렸다. 안에 담긴 액체가 찰랑이며 고소한 커피 향이 훅 끼친다.

"⋯⋯향 좋네."

낮게 중얼거리며 그는 의자 등받이에 몸을 기댔다. 사실 커피를 좋아하는 편은 아니었다. 아니, 오히려 반대였다. 그는 카페인이 맞지 않는 체질이었다. 그럼에도 몇 년째 마시지도 않을 커피를 꼬박꼬박 구입하는 이유는, 오직 단 하나였다.

강남에 있는 프랜차이즈 한의원에서 일하던 그는 2년 전, 이 동네에 개인 한의원을 개원했다. 인사를 하기 위해 직접 시루떡을 들고 근처 가게들을 찾았다. 그리고 그녀를 처음 보았다. 평소 꿈꾸던 이상형에 가까운 그녀를 보자마자 심장이 빨리 뛰고 호흡이 가빠짐을 느꼈다. 첫눈에 반했다는 말을 몸소 느낄 수 있었다. 그때부터였다. 별로 좋아하지도 않는 커피를 사러 커피숍에 출근 도장을 찍은 것은.

원래도 적극적인 성격이 아닌 데다가 여자를 만나 본 역사 또한 없었기에, 이런저런 핑계를 대며 커피숍을 찾아가는 것만이 그가 할 수 있는 최선이었다. 그러다 보니 성과도 없이 어느덧 2년이 흘렀다. 아마 이번 출장이 아니었다면 3년, 4년이 더 걸렸을지도 모를 일이었다.

이번에 처음으로 일주일가량 그녀의 얼굴을 보지 못하게 되면서 그는 확실하게 깨달았다. 그녀에 대한 마음이 제 생각보다 깊다는 걸. 뒤늦게 현실을 깨닫고 나자 마음이 조급해졌다. 이대로 가다간 죽도 밥도 안 되겠다는 생각이 들어 디데이를 잡았다. 이번에야말로 고백을 하겠다고. 그녀에겐 시간이 남아 한국에 들어온 거라 했지만, 실은 원래 일정을 취소하고 이틀 시간을 비운 것이었다. 그런데 이런 변수가 생길 줄이야……

'……누구예요? 방금 그 남자분.'

거대한 태풍이 한바탕 휩쓸고 간 느낌이었다. 그녀가 사라진 입구를 멍하니 바라보던 그는 한참 만에야 조심스럽게 질문했다.

'아, 사장님이에요.'
'네? 사장님이요?'
'저희 가게 사장님 바뀌었거든요. 일주일 됐어요.'

은성의 대답에도 찝찝한 마음은 가시질 않았다. 분명 저를 향했던 그 남자의 눈빛은, 본인 것을 지키기 위해 경계하는 짐승의 그것과 닮아 있었다.

"사장이라……."

남자의 눈빛을 떠올리던 그의 미간이 좁아졌다. 언젠가 들었던 '사랑은 타이밍'이라는 문구가 갑자기 떠오르는 건 왤까. 입 안이 바짝바짝 말라 왔다. 마음이 더없이 초조해졌다. 그도 그럴 것이 무려 2년이었다. 이미 제 마음은 커질 대로 커져 있었다. 이제 와서 고백도 한 번 못 해 보고 이렇게 쉽게 포기할 순 없었다.

"늦은 건 아니어야 할 텐데……."

한참 동안 짙은 시선으로 커피를 바라보던 그는 휴대폰을 꺼내 들고 어디론가 전화를 걸었다.

"오늘 저녁에 예약한 유정민입니다. 죄송하지만 취소해야 할 것 같아서요."

여유가 사라진 그의 눈빛이 어둠 속에서 빛났다. 다음을 기약해야 한다는 사실이 못내 불안했다.

　가만히 앉아 있는 그녀의 주위로 병원 특유의 알코올 냄새가 부유했다. 귓속으로는 앓는 소리와 바쁘게 움직이는 발소리가 번갈아 가며 흘러들어왔다.

　평일 오후 응급실 풍경은 정신없이 바빠 보였다. 시장터를 방불케 하는 소란스러운 응급실 안을 멍하니 응시하던 희수는 고개를 숙여 제 왼손을 바라보았다. 조그마한 손등을 완전히 가릴 정도로 커다랗게 붙어 있는 흰 거즈를 보고 있자니 절로 한숨이 흘러나온다.

　"너무 과한데……."

　조금 전 응급실에서 의사에게 '1도 화상'이라는 진단과 간단한 처치를 받고 나오는 길이었다. 말이 '화상'이어서 그렇지, 사실 이렇게 유난 떨 정도로 심각한 일은 아니었다. 이 정도는 커피숍에서 일하다 보면 종종 겪는 일이었다. 찬물로 손의 열감과 통증을 삭힌 후 커피숍에 늘 구비되어 있는 화상 연고를 바르면 끝이었다. 그러면 심할 땐 2~3일이 걸리기도 하지만 대개는 하루 정도면 언제 그랬냐는 듯 괜찮아지곤 했다. 지난 경험들에 따르면 오늘 일은 분명 후자였다. 그래서 조금 전 석현의 차가 대학병원 응급실 앞에 멈춰 섰을 때 그녀는 당황할 수밖에 없었다. 막무가내로 저를 끌고 온 곳이 설마 병원일 줄은 조금도 생각지 못했던 것이다.

　'안 내리고 뭐해?'

158

'고작 이것 때문에 응급실까지 갈 필요는 없어요. 그냥 약만 바르면…….'

'사장으로서 책임지려는 거야. 엄연히 산재니까.'

'정말 괜찮은…….'

'이건 내 경영 방식이야. 그러니 괜한 태클 걸지 말고 얼른 내려. 서희수 매니저는 공과 사, 확실히 하는 거 좋아하잖아?'

그는 사장과 직원의 관계라고 분명하게 선을 그었다. 실컷 무시할 땐 언제고 자신이 필요할 때만 찾는 '공과 사'라니. 예나 지금이나 세상 사는 게 참 쉬운 남자가 아닐 수 없다. 지금 누구 때문에 이런 일이 생겼는데……. 기가 막혔지만 그렇다고 딱히 반박할 만한 말이 있는 것도 아니어서 그녀는 얌전히 차에서 내릴 수밖에 없었다.

"끝났어?"

가까이에서 들리는 낮은 목소리에 고개를 들었다. 계산을 끝마치고 온 석현이 들고 있던 약봉지를 건넸다.

"손은. 괜찮고?"

"……괜찮아요."

"난 네가 안 괜찮다고 대답하는 꼴을 못 봤어."

전혀 믿지 못하겠다는 듯 그는 무뚝뚝하게 대꾸했다. 그러곤 약봉지를 받아 들고 주춤 자리에서 일어나는 그녀의 손등을 뚫기라도 할 듯 빤히 바라본다.

"흉 지는 건 아니겠지?"

진심으로 걱정하는 얼굴이었다. 자신 때문에 발생한 일이기에 일말의 책임감을 느끼는 모양이었다.

"이 정도로는 흉 안 져요."

"네가 의사야?"

"이 부분에서만큼은 별로 다르지도 않아요. 커피숍에서 일하다 보면 흔하게 겪는 일이니까."

괜한 책임감 느낄 필요 없다는 뜻이었는데, 그는 오히려 기가 막힌다는 듯 인상을 찌푸렸다.

"지금 그걸 자랑이라고 하는 거야?"

"자랑이라곤…… 안 했어요."

괜스레 민망한 마음이 들어 희수는 꼬물거리며 손등을 뒤로 숨겼다.

"하루에 두 번. 아침저녁으로 약 꼬박꼬박 챙겨 발라."

약사에게서 전달받은 내용을 그대로 읊은 석현이 먼저 걸음을 옮겼다. 희수 역시 천천히 그의 뒤를 따랐다.

값비싼 자동차는 잘 뻗은 도로 위를 시원하게 내달렸다. 차 안은 올 때와 마찬가지로 고요했다. 평소 그는 운전할 때면 습관처럼 라디오 뉴스를 틀었다. 오가는 짧은 시간마저 허투루 보내고 싶지 않아서였다. 그러나 오늘만큼은 시간 낭비라는 생각이 들지 않았다. 차 안에 낮게 깔린 적막이 나름 만족스러웠다. 바짝 긴장하고 있는 서희수의 숨소리마저 생생하게 전달됐기 때문이다. 스스로가 생각해도 고약한 취미가 아닐 수 없었다.

"음악 들을래?"

"괜찮아요."

조금의 망설임도 없이 대답이 나왔다. 예상했던 대답이었다.

"그래, 그럼."

석현 역시 망설임 없이 대답했다. 애초에 음악을 틀 생각은 전혀 없었다. 신호등에 적색 불이 들어왔다. 부드럽게 브레이크를 밟은 그는 고개를 살짝 틀어 조수석을 바라보았다. 그녀는 여전히 창밖으로 시선을 고정시킨 채였다. 차에 올라탄 이후로 운전석 쪽은 물론이고 정면조차 보지 않고 있었다. 목이 아플 법도 하건만.

속으로 낮게 혀를 찬 석현은 느긋하게 감상하듯 그녀를 바라보았다. 하나로 질끈 묶은 긴 머리카락 덕분에 고스란히 드러난 새하얀 목덜미가 그의 시야에 선명하게 들어온다. 가만히 보고 있자니 문득, 그녀의 단내 나는 살점에 이를 박아 넣고 싶다는 짙은 충동이 이는 것이다. 아래쪽으로 피가 확 쏠리며 하체가 뻐근해져 왔다. 그는 턱을 악다물었다. 대신 아까부터 입 안에서 계속 맴돌던 말을 뱉어 냈다.

"누구야?"

그제야 박힌 듯 차창 밖에 고정돼 있던 그녀의 시선이 천천히 이쪽을 향한다.

"아까 그 남자."

덧붙여지는 말에 연갈색 눈동자가 짙어졌다. 불친절한 설명이었음에도 누구를 말하는지 단번에 알아들은 모양이었다.

"단골손님이에요. 동네에서 한의원 운영하는."

잠깐 망설이는가 싶던 붉은 입술이 달싹였다. 썩 만족스러운 대답은 아니었다.

"단골손님이라……."

석현은 고개를 살짝 옆으로 기울여 그녀의 두 눈을 똑바로 보며 되물었다.

"그리고?"

"네?"

"설명은 그게 전부냐고."

희수의 눈살이 찌푸려졌다.

"무슨 말이 듣고 싶은 거예요?"

"그 남자가 들었으면 섭섭해하지 않았겠어? 그냥 단골손님일 뿐이라니. 출장 선물이랍시고 립스틱까지 사다 줬는데 말이야."

비아냥거리는 말투에 안 그래도 커다란 두 눈이 당장이라도 쏟아질 듯 커진다. 그가 그 장면을 봤을 거라고는 전혀 예상하지 못했던 모양이다.

"그건……."

당황한 듯 작게 달싹이던 입술이 이내 다물어졌다.

"그건 뭐? 왜 말을 하다 말아?"

"생각해보니 굳이 말할 필요가 없을 것 같아서요."

"어째서?"

"직원 사생활까지 간섭하는 건, 지나친 월권이니까요."

어느덧 당혹감을 싹 다 떨쳐 낸 듯, 그를 바라보는 그녀의 눈빛이 차분했다.

"사생활이라……."

낮게 곱씹던 그의 입에서 피식, 옅은 실소가 흘렀다.

"커피숍 사장이 아니라 최석현으로서 묻는 거라면?"

"지금, 말장난하자는 거예요?"

"몇 번을 말해. 난 너랑 장난할 생각 전혀 없다고."

"대체……."

"무려 7년이야."

담백한 말투가 그녀의 말허리를 뚝 끊어 냈다.

7년. 그에게 그렇듯이 그녀에게도 약점일 게 분명한 한마디에, 달싹이던 새빨간 입술이 딱 다물어졌다.

"그 긴 시간 동안 나는 단 하루도 편한 적이 없었어."

그는 미약하게 흔들리는 그녀의 두 눈동자를 빤히 응시하며 여전히 무감한 낯으로 말을 이어 갔다.

"그 일이 트라우마가 됐는지, 여자랑 대화하는 것조차 불편하고 불쾌하더라? 오죽했으면 게이 아니냐는 의심까지 받았을까."

"……."

"그런데 정작 날 그렇게 만든 당사자는 다 잊고 딴 놈이랑 시시덕대고 있다? 네가 내 입장이었다면 어떨 거 같아?"

입에 칼을 문 것처럼 날카로운 말들이 사정없이 그녀를 향해 쏟아졌다. 조그마한 얼굴이 금방이라도 쓰러질 것처럼 하얗게 질린다. 그 모습이 퍽이나 안쓰러워 보였지만 그는 날 선 눈빛을 누그러뜨리지 않았다. 물론 알고 있었다. 제가 지나치게 유치하게 군다는 것을.

서희수는 애초에 제 감정을 숨길 정도로 유연한 성격이 못 됐다. 이번에도 역시 그랬다. 대놓고 호감을 표현하는 남자와 마주한 그녀는 더없이 불편해하는 얼굴이었다. 그는 그녀가 저를 보던 눈빛을 또렷이 기억하고 있었다. 아니, 굳이 그게 아니더라도 남자 혼자만의 감정이라는 것은 어렵지 않게 알 수 있었다. 그러나 그것조차도 도저히 견딜 수가 없는 것이었다. 피가 거꾸로 솟는 듯했다. 이성의 끈이 뚝 끊어지는 소리도 들렸다. 결국 머리를 거치지 않은 말이 입을 통해 곧바로 튀어 나갔다. 제가 무슨 일을 저지른 건지 인지한 건, 뜨거운 커피가 그녀의 손을 적시고 난 후였다.

"이 정도면 사생활에 간섭할 자격 충분한 것 같은데. 안 그래?"

끝까지 상처를 후벼 파는 그를 보는 그녀의 기다란 속눈썹이 파르르 떨렸다.

"……그거 알아요? 선배 정말 지독한 거."

"원망할 거 없어. 네가 그렇게 만든 거니까."

가벼운 대꾸에 그녀는 아픈 얼굴로 아랫입술을 질끈 깨물었다.

"그래서, 대답은?"

"……걱정 말아요. 선배가 생각하는 그런 일, 없었으니까."

결국 제가 원하는 대답을 힘겹게 뱉어 내는 새빨간 입술을 빤히 응시하며 석현은 느릿하게 눈을 감았다 떴다. 느긋하게 굴 생각이었다. 7년에 비하면 이까짓 것쯤이야. 여유 만만했다. 그런데 우습게도 고작 일주일 만에 밑천이 드러나 버렸다. 이제 그만 인정하지 않을 수가 없었다. 제 마음엔 여유 따위 먼지 한 톨만큼도 남아 있지 않다는 것을. 7년이라는 시간이 지났지만, 그녀를 향한 마음이 사그라지기는커녕 오히려 전보다도 더욱더 짙어졌음을.

희수야.

널 향한 내 마음은, 과연 이건 음습하고 질척이는 집착인 걸까?

아니면 세상이 숭고하다 떠받드는 지고지순한 사랑인 걸까?

164

"그래야 할 거야."

그는 언제 그랬냐는 듯 표정을 싹 지워 내고 빙긋 웃어 보였다. 그러곤 더없이 상냥한 어투로 뒷말을 이었다.

"네가 딴 놈이랑 시시덕거리는 꼴 같은 거, 봐줄 생각 따위 전혀 없으니까."

물론 웃는 얼굴과 달리 여전히 서늘한 음성이었다.

"적어도 그 돈을 다 갚기 전까지는."

때마침 신호가 바뀌었다. 석현은 그녀를 향했던 시선을 바로 하며 액셀을 세게 밟았다. 그래, 뭐가 됐든 무슨 상관이겠는가. 단 하나 분명한 건, 자신은 앞으로도 결코 이 여자를 놓지 못할 거라는 것이었다. 그게 비록 지독한 집착이라 할지라도.

8. 감정

"언니!"

가까이에서 들려오는 익숙한 음성에 희수가 걸음을 뚝 멈추고 뒤를 돌아보았다. 교복 차림의 연수가 도도도, 빠르게 달려오는 게 보인다.

"왜 이렇게 일찍 와?"

"오늘 모의고사 봤거든. 그러는 언니야말로 이 시간에 어쩐 일이야? 아직 커피숍에서 일할 시간 아니야?"

"조퇴했어."

"조퇴라고?"

연수가 놀란 듯 눈을 둥그렇게 떴다. 그도 그럴 것이 지난 5년 동
안 단 한 번도 없었던 일이었다. 개근. 성실. 제 언니에게서 두 단
어를 빼면 시체라고 생각했는데.

"으응. 그럴 일이 조금 있어서."

"그럴 일? 그게 무슨 일인데?"

"……그냥. 별거 아니야."

"웃기시네. 별것도 아닌데 언니가 조퇴를 했을까."

대충 대답하고 넘기려는데 연수의 날카로운 시선이 재빠르게 그
녀를 훑기 시작했다. 머리끝에서부터 쭉 미끄러지던 눈길이 중간
에서 뚝 멈췄다. 그녀의 왼쪽 손등을 발견한 것이었다. 당연했다.
이렇게 티 나게 붙어 있는 거즈를 어찌 모르고 지나칠 수 있을까.

"손은 왜 그래? 다쳤어?"

"커피를 조금 쏟았어."

"화상 입은 거야?"

걱정 가득한 얼굴로 연수가 그녀의 왼손을 잡아챘다.

"가벼운 1도 화상이야. 정말 괜찮아."

슬그머니 손을 빼내자 연수가 울컥한 얼굴로 그녀를 바라보며
소리쳤다.

"괜찮긴 뭐가 괜찮아? 이 꼴을 해서는!"

"정말 괜찮다니까 그러네. 벌써 병원도 다녀왔고."

"그러니까 문제지! 내가 언니를 몰라? 언니가 웬만한 일로 병원
엘 다녀올 사람이야?"

"아니, 이건……."

"별것도 아닌 일로 조퇴를 할 사람이냐고!"

설명할 틈도 주지 않고 정색하며 몰아붙이는 어린 동생을 바라보며 희수는 생각했다. 양치기 소년이 이런 마음이지 않았을까, 하고.

인정한다. 지금까지 괜찮지 않을 때도 괜찮다는 말을 입에 달고 살았음을. 그러나 이번엔 정말 억울했다. 이 정도로 가벼운 화상 때문에 병원에 간 것은 결코 제 의지가 아니었으며, 조퇴 또한 마찬가지였다. 조금 전, 병원을 나온 그의 차가 멈춘 곳은 커피숍이 아니라 그녀가 살고 있는 동네였다. 희수의 눈이 둥그렇게 커졌다.

'여긴 어떻게 알았어요?'
'bar도, 커피숍도, 다 알고 있는데 집이라고 모를까.'
'이런 걸 보고 스토킹이라고 하는 거 알아요?'
'신고하고 싶으면 해.'

당당하다 못해 뻔뻔한 그의 말에 희수는 허, 하고 숨을 참았다. 그래. 이 남자랑 무슨 정상적인 대화를 하겠다고. 그녀는 속으로 고개를 절레절레 내저었다.

'……그래서 여긴 왜 왔는데요.'
'조퇴해.'
'갑자기 무슨 조퇴요?'
'그럼 그 손을 해 가지고 일을 하려고 했어?'
'괜찮아요. 일할 수 있어요.'

'또 쓸데없는 고집 부린다. 이럴 땐 그냥 좀 얌전히 호의를 받아 들일 순 없어?'

정말 제멋대로인 남자가 아닐 수 없다. 협박을 할 땐 언제고 갑자기 또 호의라니. 대체 어느 장단에 맞춰야 할지 헷갈려 멀미가 날 지경이었다. 희수는 눈살을 찌푸렸다.

'제발 하나만 해 줄 순 없어요?'
'그럼 감당할 자신은 있고?'

가벼운 투로 뱉어진 말이었지만, 어쩐지 그 안에 숨은 뜻은 결코 가볍지 않은 것처럼 느껴지는 건 왤까. 희수는 선뜻 대답하지 못하고 아랫입술을 질끈 깨물었다. 그런 그녀를 바라보던 그는 덤덤한 얼굴로 말했다.

'내려.'
'……'
'싫어? 그럼 우리 집으로 가도 되고.'

여기서 더 고집을 부리면 당장 자신의 집으로 차를 몰고도 남을 남자였다. 희수는 그의 말이 끝나기가 무섭게 재빨리 차에서 내릴 수밖에 없었다. 피식, 흘러나오던 남자의 웃음소리를 애써 모르는 척하며 조수석 문을 쾅 닫았다.
"언니, 혹시 무슨 일 있어?"

씩씩거리던 호흡을 가다듬은 연수가 새삼 진지한 눈빛으로 물어 왔다.

"아니. 아무 일도 없어."

"또 아니라지, 또! 얼른 실토해. 무슨 일인데? 또 삼촌이 사고 쳤어? 그래서 요즘 계속 정신을 딴 데 두고 다니는 사람처럼 멍하게 구는 거야?"

연수의 말이 맞았다. 그가 나타난 후로는 계속해서 나사 하나가 빠지기라도 한 것처럼 멍한 채로 시간을 보냈다. 어떻게 지냈는지 기억이 나지 않을 정도였다. 물론 집에신 티를 내지 않으려 노력했다. 게다가 연수와는 마주칠 시간 자체가 별로 없었다. 그런데도 눈치 빠른 동생의 눈엔 그게 다 보였던 모양이다. 열일곱. 한창 사춘기라 예민할 수밖에 없는 나이였다. 제가 더 신경 쓰고 조심했어야 했는데. 희수는 입꼬리를 최대한 끌어 올리며 동생을 향해 활짝 웃어 보였다.

"일단 들어가자. 집에 가서 얘기해."

"사장님!"

이제 막 커피숍으로 들어서는 그를 향해 은성이 빠르게 달려왔다.

"어디 다녀오시는 거예요?"

"병원."

"아, 그렇구나!"

은성이 고개를 크게 끄덕였다. 아무래도 병원엘 데려간다고 생각하지 못했던 모양이었다. 그러고 보면 그녀도 그랬다. 응급실 앞에서 차를 세웠을 때 놀란 토끼 눈이었으니까. 대체 사람을 어떻게 보고……. 제 이미지가 어떻게 비치는지 대충 알 것 같아 석현은 미간을 좁혔다.

"그런데 누나는요?"

"조퇴했어."

"네? 그 정도로 심각해요?"

"글쎄, 본인 말론 괜찮다는데."

집 앞에 차를 세웠을 때도 끝까지 괜찮다 우기던 그녀의 얼굴을 떠올린 석현은 속으로 낮게 혀를 찼다.

"그래도 다친 사람한테 일 계속하라고 하는 건 아닌 것 같아서 퇴근시켰어. 혼자서도 괜찮지?"

"넵! 괜찮습니다. 오늘따라 손님도 별로 없고요……."

힘차게 나오던 목소리 끝이 작아졌다. 이건 아니다 싶은 모양이었다. 석현은 덤덤한 얼굴로 가게 안을 훑었다. 은성의 말대로 널따란 가게 안은 한산했다. 물론 '오늘따라'인 건 아니었다. 하루에 두어 번 정도 바쁜 시간을 제외하면 대부분 이런 식이었다. 월세를 내지 않아도 되니 그나마 적자를 겨우 면하는 정도. 이미 계약했을 때부터 예상하고 있던 상황이었다. 아무래도 상관없었다. 돈을 벌 목적으로 이 건물을 사들인 게 아니었으니까 말이다. 목적은 진작 이루었다. 특히나 오늘은 꽤나 진전도 있었고. 시선을 바로 하는 그의 입매가 느슨해졌다.

"아이스 아메리카노 한 잔 부탁해."

그는 혹시라도 한 소리 들을까 싶어 초조한 낯으로 저를 바라보는 은성에게 커피를 주문하고 2층으로 올라갔다. 유리문을 열고 들어서자 희미한 커피 향이 풍겨져 왔다. 퀴퀴한 냄새는 더 이상 없었다. 업체를 불러 깔끔하게 정리를 한 덕분에 이곳은 꽤나 쓸 만한 사무실이 되었다.

자연스럽게 자리에 앉아 노트북을 켰다. 불이 들어온 모니터 위로 보다 말았던 파일이 떴다. 그는 금세 집중해서 파일을 읽어 내려갔다. 스크롤을 내릴수록 새카만 눈동자가 날카롭게 빛났다.

"이건 뭐, 아예 대놓고 장난질을 했네."

하, 입술을 비집고 헛웃음이 절로 흘렀다.

어제오늘, 우진에게서 받은 자료들은 하나같이 엉망진창이었다. 그래도 초반 자료들은 숨기려 노력한 티라도 보이더니. 이쯤 되니 최 회장이 왜 그렇게까지 저를 회사로 불러들이고 싶어 했는지 알 것도 같다.

"간도 크지."

하긴. 저와는 달리 날 때부터 모든 걸 갖고 태어난 사람이었다. 위기감이라는 게 뭔지, 알 리가 없었다. 더 이상 볼 것도 없었다. 대충 눈으로 훑은 그는 파일을 종료했다. 때마침 은성이 커피를 들고 왔다.

"고마워. 잘 마실게."

갈증이 일어 단번에 반쯤 커피를 비워 냈다. 얼음 하나를 입 안에 넣고 아그작 씹는데, 은성이 머뭇거리며 그를 바라본다. 할 말이 있는 눈치였다.

"왜. 무슨 할 말 있어?"

"그게요."

은성은 조심스럽게 운을 뗐다.

"혹시 사장님이랑 누나랑 알던 사이예요? 아니, 아까 보니까 뭔가 느낌이 그래서……."

"맞아. 같은 대학, 같은 과 나왔어."

그가 선뜻 수긍하자 은성의 눈이 둥그렇게 커진다.

"정말요? 근데 왜 누나는 지금까지 얘기를 안 했지?"

"글쎄. 선뜻 말하기엔 껄끄러운 사이라서?"

"껄끄러운 사이라니, 설마……?"

믿을 수 없다는 듯 눈을 껌뻑이는 은성을 향해 석현은 대답 대신 가볍게 어깨를 으쓱해 보였다. 긍정의 표현에 은성의 눈이 조금 전보다 훨씬 더 커진다.

"그래서 말인데."

마치 석상이라도 된 듯 굳어 있는 은성과 달리 석현은 너무도 여유롭게 말을 이어 갔다.

"차은성 씨한테 부탁 하나 하려고."

"네? 부탁이요?"

"대충 상황 파악이 됐겠지만, 나는 아직까지 서 매니저한테 관심이 아주 많아."

돌직구로 나온 고백에 은성이 딸꾹! 크게 딸꾹질을 했다. 그러거나 말거나 석현은 여전히 덤덤한 얼굴로 말했다.

"그러니까 앞으론 오늘 같은 일은 없었으면 해."

"오늘 같은……. 아!"

무슨 말을 하는지 알아들었는지 은성의 입이 쩍 벌어졌다. 그런 은성을 바라보며 석현은 싱긋 웃어 보였다.

"한의사 선생 말고 날 도와주면 더 고맙겠고."

이제부턴 직진이었다.

✻

침대에 반듯하게 누운 희수는 천장을 향해 손을 쭉 뻗어 보았다. 손등에 커다랗게 붙어 있는 거즈가 누렇게 변색된 벽지와 대비되어 유난히 희게 느껴진다.

"동네방네 손 다쳤다고 소문 다 나겠네."

헛웃음이 절로 흘렀다. 평생을 살면서 엄살이라고는 부려 본 역사가 없었는데.

'흉 지는 건 아니겠지?'

세상 심각한 얼굴로 제 손등을 바라보던 남자의 얼굴을 저도 모르게 떠올린 희수는 재빠르게 고개를 내저었다.

"출근 전엔 떼어 내야겠다."

손바닥을 쫙 폈다 오므리며 중얼거리는데, 방문 밖에서 연수의 목소리가 들려왔다.

"언니! 치킨 왔어."

"알았어. 나가."

희수는 침대에서 천천히 몸을 일으켜 방을 나섰다. 거실 테이블 위에는 이미 나무젓가락과 치킨 무까지 완벽하게 세팅이 되어 있었다. 반듯하게 쪼개진 나무젓가락을 양손에 쥔 연수는 바삭한 튀김옷을 입은 치킨을 보며 군침을 꼴깍 삼켰다. 그녀의 귀에까지 들릴 정도로 큰 소리였다.

"치킨 먹고 싶다며. 왜 제사를 지내고 있어?"

"에이, 어떻게 의리 없이 혼자 먹어. 기다렸다가 같이 먹어야지."

"빨리 먹어. 식으면 맛없어."

연수는 그녀가 자리에 앉는 것을 본 후에야 닭 다리 하나를 집어 들었다. 그러곤 재빠르게 입으로 가져간다.

"그래, 바로 이 맛이지!"

야무지게 닭 다리를 뜯은 연수가 엄지를 척 치켜들었다. 조금 전까지만 해도 도끼눈을 뜨고 저를 관찰하더니. 지금은 완전히 잊은 얼굴이었다. 역시 집에 도착하자마자 치킨을 시킨 건, 잘한 선택이었던 것 같다.

"그렇게 맛있어?"

"응. 완전 맛있어. 오늘 공부 완전 잘될 거 같아!"

저렇게 치킨이 좋을까. 신나서 소리치는 모습이 귀여워 웃음이 살며시 나다가도 문득, 2만 원도 하지 않는 치킨 한 마리를 맘껏 사 주지 못한다는 사실에 씁쓸해진다. 물론 이런 것뿐만이 아니라 그녀로서는 동생에겐 미안한 것투성이였다.

연수는 너무 어린 나이에 부모님을 잃었다. 부모님과의 추억은커녕 부모님의 얼굴도 기억을 제대로 못 할 정도였다. 게다가 삼촌의 사업이 힘들어져 버린 것도 연수가 고작 열 살 때였다. 인생에서 가장 예민할 사춘기 시절. 부모님의 사랑을 듬뿍 받고 물질적으로도 여유롭게 보냈던 희수와 달리 연수는 너무도 열악한 환경이 아닐 수 없었다. 안쓰럽고 또 안쓰러운 내 동생……. 삶이 버겁고 힘들어서 다 포기하고 주저앉아 버리고 싶은 마음이 드는 순간은 수도 없이 많았다. 이렇게 사는 게 무슨 의미가 있을까. 죽으면 편해질까. 나쁜 생각들은 순식간에 그녀를 잠식했다. 그럼에도 그녀가 지금껏 악을 쓰고 버틸 수 있었던 건, 오직 동생 때문이었다.

"언니! 안 먹고 뭐해?"

"응. 먹어."

대답한 그녀는 얼른 치킨 한 조각을 집어 들었다.

"참, 언니."

두 번째 닭 다리를 집어 들던 연수가 문득 뭔가가 떠오른 듯 운을 뗐다. 응? 하고 바라보자 연수는 양념이 묻지 않은 반대쪽 손으로 거실 서랍장을 열었다. 더듬더듬 서랍장 안을 뒤지는가 싶더니 이내 뭔가를 꺼내 들었다.

"이거 언니 거지?"

연수의 손에서 반짝이는 건 낯익은 물체였다. 얇은 줄 가운데에 앙증맞은 하트 모양의 펜던트가 달려 있는 목걸이. 일순간 희수의 눈이 둥그렇게 커졌다.

"이걸 어떻게 네가 가지고 있어?"

그녀는 들고 있던 치킨을 던지듯 접시 위에 내려놓고는 얼른 연수의 손에 들린 것을 낚아챘다.

"어젯밤에 거실 청소하다가 발견했어. 구석에 박혀 있더라."

"거실 구석에?"

"며칠 전에 삼촌 와서 다 뒤엎었잖아. 그때 어디선가 튀어나와서 굴러 들어갔나 봐."

176

엉망진창이 되어 있던 집안 꼴이 생생하게 떠올랐다. 경식이 주기적으로 집을 뒤지는 이유는 하나였다. 돈 되는 물건을 팔아 도박 빚에 보태려고. 가장 먼저 팔려 나간 건, 대학 입학 선물로 경식이 사 줬던 명품 가방이었다. 그다음은 가지고 있었던 노트북과 액세서리들. 말 그대로 돈 되는 거라면 전부 내다 팔았다. 당연히 이 목걸이 역시 진작 내다 팔았을 거라 생각했는데…….

"그때 그 잘생긴 오빠가 사 준 거 맞지?"

손바닥에 올려 둔 목걸이를 새삼스러운 눈으로 바라보고 있는데, 연수가 대뜸 물었다. 희수의 눈이 조금 전보다 훨씬 더 둥그렇게 커졌다.

"뭐?"

"왜, 예전에 꽐라 된 언니 업고 왔던 오빠 있잖아. 집 앞에서 둘이 몰래 키스하다가 나한테 걸리기도…….."

"서연수!"

동생의 입에서 나오는 민망한 과거사에 얼굴이 새빨개진 희수가 빽 소리를 내질렀다.

"넌 뭘 그런 쓸데없는 것까지 다 기억하고 그래? 뇌 용량에도 한계가 있어. 그런 건 얼른 잊고 수학 공식이나 하나 더 외워."

민망한 마음에 괜히 잔소리를 하자 연수가 혀를 살짝 내밀고는 놀리듯 말했다.

"나도 기억하고 싶어서 기억하는 거 아니거든? 그때 충격이 너무 커서 잊지를 못하고 있는 거지."

"……."

"나 그때 고작 열 살이었어. 그런데 자기 언니의 뽀뽀도 아닌 키스 장면을, 무려 라이브로 보고 얼마나 놀랐겠어? 트라우마 안 생긴 것만 해도 다행이지."

희수는 아랫입술을 질끈 깨물었다. 입이 열 개라도 할 말이 없었다.

"언니."

"왜. 또 무슨 말을 하려고."

불퉁 내뱉는 목소리에 연수가 재미있다는 듯 씨익, 웃었다. 그러곤 치킨 하나를 집어 들며 아무렇지 않은 투로 물어 온다.

"혹시 아직도 그 오빠 못 잊은 거야?"

얘가 오늘따라 왜 이렇게 뜬금없는 말로 사람을 푹푹 찌르는 걸까. 생각지도 못했던 2연타에 당황한 희수가 선뜻 대답을 하지 못하자 연수가 말을 덧붙였다.

"그 뒤로 연애 한 번도 안 했잖아. 매일 일만 하고. 일주일 중에 고작 하루 쉬는 일요일에도 집에서 잠만 자고. 가끔 나간다 싶을 땐 전부 동은 언니 만나는 거고. 이게 다 그 오빠 못 잊어서 그런 거 아니야?"

아무래도 연수는 일 빼면 아무것도 남지 않는 단조로운 언니의 생활 패턴이 퍽이나 걱정스러웠나 보다. 진심으로 걱정하는 동생의 눈빛에 희수가 미간을 찌푸리며 대꾸했다.

"그런 거 전혀 아니거든?"

"정말 아니야?"

"그래. 아니야. 그냥 연애 같은 거 할 시간이 없어서 안 하는 것뿐이야."

"안 하는 거 맞아? 못하는 거 아니고?"

"뭐?"

"솔직히 그렇잖아. 바빠서 연애 안 한다는 건 너무 뻔한 핑계 아니야? 전쟁 통에도 사랑은 피어나는 법이라던데."

열 살이나 어린 동생에게, 다른 것도 아니고 연애에 관련된 잔소리를 듣게 되다니. 기가 막힌 희수는 허, 하고 크게 헛웃음을 흘렸다.

"언니, 내가 진지하게 하는 말인데. 한 살이라도 젊을 때 연애 좀 해. 청춘이 아깝지도 않아?"

"얼씨구. 이게 보자 보자 하니까 점점……."

"아니, 동생 충고라고 무조건 무시만 하지 말고."

"시끄러워. 쓸데없는 소리 그만하고 얼른 치킨이나 먹어. 빨리 안 먹으면 내가 다 먹어 버린다?"

가벼운 협박에 연수는 아, 진짜 치사해. 꿍얼거리면서도 얼른 들고 있던 치킨을 입에 물었다.

몇 시간째 집중해서 노트북 화면만 들여다봤더니 눈이 피곤했다. 눈을 감은 채 가볍게 스트레칭을 하는데 벨 소리가 울렸다. 윤희의 전화였다.

"네, 어머니."

— 바쁘니?

"용건만 간단하게 해 주심 감사하구요."

그의 대꾸가 못마땅했는지 쫏, 혀를 차는 소리가 들려온다.

─ 나정이한테서 전화 왔어. 네가 자기 전화 피하는 것 같다고.

 석현은 헛웃음을 흘렸다.

 "그런 시답잖은 통화도 할 정도로 두 사람이 친한 줄은 미처 몰랐네요."

 ─ 오죽했으면 나한테 전화를 다 했겠니? 한국 오고 한 번도 안 봤다며?

 "봐야 할 용건이 없었으니까요."

 ─ 얘가 또 정 없이……. 아무튼 전화 한 통 해 줘.

 "바쁩니다."

 ─ 아무리 바빠도 그렇지! 전화 한 통 못 받고 못 하는 게 말이나 돼.

 "잔소리하실 거면 끊습니다."

 통화를 막 끊으려는 찰나 다급하게 윤희의 목소리가 삐져나왔다.

 ─ 회장님은? 뵀어?

 그래. 문나정보다도 이게 더 중요했겠지. 석현은 쓰게 웃으며 대꾸했다.

 "네. 뵀어요."

 ─ 그래, 그럼 됐다.

 한결 편해진 목소리였다.

 ─ 나정이한테도 꼭 전화해 주고. 조만간 집에도 들르렴.

 어쩜 이렇게 싫은 말만 하는 건지. 석현은 대충 네, 대답하고 통화를 마무리 지었다. 휴대폰을 테이블 위에 내려놓은 그는 짜증이 가득 서린 얼굴로 노트북 화면을 탁, 덮었다. 탁상 위 시계를 확인한 후 그대로 자리에서 일어났다.

"오늘은 일찍 마감하자."

그가 평소보다 이르게 2층에서 내려왔을 때, 은성은 열심히 재고 정리를 하고 있었다. 까불거리게 생긴 외모와 달리 제법 성실한 녀석이었다.

"벌써요? 아직 두 시간이나 남았는데."

"어차피 손님도 없잖아."

"그래도……."

말과는 달리 이른 퇴근이 좋은지 입술이 씰룩거린다. 그래. 보통은 일찍 퇴근하라고 하면 이게 정상이지. 조퇴하라는 사장을 향해 뿌루퉁한 얼굴로 따져 물을 게 아니라. 쓸데없이 고집스럽고 쓸데없이 성실한 여자의 얼굴을 떠올리며 석현은 피식, 낮게 웃었다.

"먼저 갈게. 마감하고 가."

"네. 사장님!"

씩씩한 대답을 뒤로하고 입구를 향해 가려는데 문득 그의 시야에 가방 하나가 들어온다. 걸음을 뚝 멈추고 물었다.

"저건 뭐야?"

"희수 누나 가방이에요. 아까 바로 퇴근해서 못 챙겼잖아요."

"아, 그래."

무심히 대꾸하고 돌아서던 그의 몸이 다시금 제자리를 향했다. 그는 왜 그러세요? 하고 저를 바라보는 은성의 시선을 뒤로한 채 검지로 정확하게 가방을 가리켰다.

"그거 이리 줘."

＊

차창 밖으로 빠르게 지나가는 풍경들이 평소와는 달랐다. 새삼
스러운 시선으로 차창 밖을 바라보던 희수는 이내 시선을 내려 제
손을 바라보았다. 차마 목에 걸지 못한 목걸이가 들려 있었다. 연
수의 말대로 석현이 사 준 것이었다. 생일 선물이었다. 의미 있는
선물을 주고 싶어서 생전 해 본 적 없는 아르바이트까지 했다고.
그러니 절대 잃어버리지 말라고. 햇볕에 검게 그을린 얼굴로 나타
난 그는 진지하게 당부했었다.

그때 나는 뭐라고 답했더라……. 기억이 희미했다. 아득한 옛날
을 되짚는 대신 희수는 목걸이를 꽈악 그러쥐었다. 입 안이 썼다.

"하필이면 지금 이걸 찾을 게 뭐람……."

차라리 삼촌이 내다 팔았다고 생각했을 때가 마음이 더 편했었
다. 어쩔 수 없다고. 되찾을 수 없다고. 그렇게 억지로 체념할 수
있었는데……. 다신 볼 수 없을 거라 생각했던 목걸이를 물끄러미
바라보고 있자니, 마찬가지로 다신 볼 수 없을 거라 생각했던 남
자의 얼굴이 덩달아 떠오른다.

'네가 딴 놈이랑 시시덕거리는 꼴 같은 거, 봐줄 생각 따위 전
혀 없으니까.'

그 옛날과는 전혀 다른 눈빛을 가진 남자가.

"……."

희수는 두 눈을 질끈 감았다 느리게 떴다. 하지만 가슴을 시리게

만들었던 그의 서늘한 눈빛은 쉽게 사라지지 않았다.

'그 긴 시간 동안 나는 단 하루도 편한 적이 없었어.'
'그런데 정작 날 그렇게 만든 당사자는 다 잊고 딴 놈이랑 시시덕
대고 있다? 네가 내 입장이었다면 어떨 거 같아?'

굳이 그의 입장에서 생각해 보려 노력하지 않아도 충분했다. 저
를 향한 그의 분노는 너무도 당연했다. 제가 그렇게 만들었으니
까. 사실 지독한 건 그가 아니라 자신이었다. 그런데 어째서일까.
분노만 남아 있어야 할 눈에 또 다른 감정이 보이는 건……
"말도 안 되는데."
그래. 결코 있을 수 없는 일이었다. 아니, 절대로 있어서는 안 될
일이었다.
"웃긴다, 서희수."
픽, 서늘한 조소를 흘린 그녀는 창가에 이마를 갖다 댔다. 유리
가 머금고 있던 냉기가 뜨끈하게 달아오른 머릿속으로 느릿하게
전해졌다. 이건, 분명 제가 선택한 결말이었다.

거리가 온통 반짝였다. 곧 있을 크리스마스를 기대하는 불빛들
이었다. 아직 이르지만 길가엔 흥겨운 캐럴도 흘러나오고 있었다.
그녀가 도착한 커피숍 역시 크리스마스 분위기인 건 마찬가지였
다. 길거리보다 더 크게 울리는 캐럴을 들으며 희수는 내부를 빙

둘러보았다. 그녀의 시야에 홀로 앉아 있는 중년 여성의 모습이 보였다. 기품이 철철 넘치는 외형을 보자마자 그녀는 조금 전 제게 전화를 한 상대라는 것을 알아볼 수 있었다.

"안녕하세요."

거친 숨을 고르고 얼른 앞에 다가서 허리를 90도로 꾸벅 숙였다.

"앉아요."

자신의 맞은편 자리를 권한 여성은 그녀의 의견도 묻지 않고 제멋대로 뜨거운 아메리카노 한 잔을 더 시켰다.

"갑자기 연락 주셔서 놀랐어요."

어색한 정적을 먼저 깨트린 건 희수였다. 어색함을 애써 감추며 활짝 웃어 보였지만 여성은 여전히 무뚝뚝한 얼굴로 입술만 달싹일 뿐이었다.

"내가 왜 갑자기 아가씨를 보자고 했는지 알아요?"

알 턱이 없었다.

─나 석현이 엄마예요.

조금 전 모르는 번호로 뜬금없이 걸려온 전화를 받고, 하던 일을 멈추고 곧장 달려 나온 길이었다. 너무 놀라서 이유까지는 생각해 보지 못했다.

"석현이가 유학을 안 가겠다고 고집부리는 이유가 아가씨 때문이라고 들었어요."

"……네? 유학이요?"

"못 들었어요?"

금시초문이었다. 오늘 아침에 학교에서 만났을 때까지만 해도 아무 말이 없었는데. 희수가 커다란 눈을 느리게 껌뻑이자 여성은 알 만하다는 듯 혀를 쯧 찼다.

"보아하니 석현이가 아무 말 안 한 모양인데, 내가 설명하죠. 원래는 졸업하고 유학을 가기로 했지만 사정상 1년이 당겨졌어요. 그러니 곧 가야 한다는 뜻이고."

"······."

"이건 그 애 인생에서 아주 중요한 문제예요. 미국, 꼭 가야 해."

상상도 하지 못한 이야기였기에 너무도 당황스러웠지만 한 가지만은 확실히 알 수 있었다. 저도 모르는 새에 그에게 제가 짐이 되었음을. 뒤죽박죽인 머릿속을 빠르게 정리한 희수는 당혹감을 애써 감춘 채 차분하게 입을 열었다.

"제가 설득을······."

"성적 좋다고 들었는데, 말귀를 왜 이렇게 못 알아듣지? 아니면 일부러 못 알아듣는 척하는 건가?"

말허리를 끊으며 제 할 말을 하는 여성의 얼굴엔 짜증이 가득 서려 있었다.

"정말로 내가 왜 아가씨를 만나자고 했는지 모르겠어요? 우리 아들이랑 헤어지라는 거잖아."

설마, 했던 말이 나왔다. 어느 드라마에서 나왔던 남자 주인공 어머니의 대사와 토씨 하나 다르지 않았다. 너무도 진부한 그 말이. 하지만 웃음은 조금도 나오지 않았다.

"알아요, 나도. 한창 사랑놀이할 나이에 부모가 끼어들어 간섭하는 게 우습다는 거. 이런 모양 빠지는 짓 나도 하고 싶지 않았어."

여성은 마치 그녀를 달래려는 듯 한결 부드러워진 어투로 말을 이었다.

"그런데 이건 수준이 달라도 너무 다르잖아."

물론 내용까지 부드럽지는 않았다.

"장차 태광그룹 후계자가 될 녀석이 아무하고나 만나서 되겠어요? 아무리 먼지만 한 책이라도 우리 아들 앞길에 해가 되는 건 용납 못해요, 난."

목소리를 키우지 않아도. 욕을 섞지 않아도. 이렇게 말 한마디, 한마디가 상처가 될 수도 있는 거구나. 조곤조곤 귓속으로 들어오는 힐난의 말을 아프게 듣고만 있던 희수의 눈이 별안간 커졌다. 태광그룹. 후계자.

낯선 단어들이 귀에 꽂힌 탓이었다. 혹시 내가 잘못 들은 건 아닐까. 속으로 다시 한 번 곱씹어 보는데 그녀의 표정을 읽은 듯 여성이 황당하다는 듯 헛웃음을 흘렸다.

"설마, 이것도 몰랐어요?"

부유한 집안의 자식일 거라는 건 이미 예상하고 있었다. 그래도 설마 그 집안이 대한민국에서 손꼽는 대기업인 '태광'일 줄은 꿈에서조차 상상하지 못했었다.

"도대체 아가씨는 석현이에 대해 아는 게 뭐예요?"

"……."

비아냥거림 가득한 질문에 똑 부러지게 받아치고 싶은데, 도저히 할 말이 없었다. 누구보다 그를 잘 안다고 생각했는데, 이제 보니 그 어느 것 하나 제대로 아는 게 없는 것 같았다. 희수는 아랫입술을 질끈 깨물었다.

"뭐, 어쨌든 잘됐네요. 고작 그런 사이라면 더 쉬울 테니까."

여성은 한결 홀가분해진 얼굴이었다. 제 의지와는 상관없이 흘러가는 대화에 희수가 다급하게 입을 열었다.

"……저."

그러나 말을 이을 순 없었다. 이번에도 여성이 그녀의 말허리를 뚝 끊었기 때문이다.

"어차피 만나다가 헤어질 거 아니었어요? 설마, 결혼까지 생각한 건 아닐 거 아니야. 안 그래요?"

"……."

"결국 일어날 일이 조금 빠르게 당겨졌다고 생각해요."

여성의 목소리가 너무도 간결해서, 이별 따위 마치 정말로 간단한 일인 것처럼 느껴졌다. 희수는 느리게 눈을 깜빡였다. 모든 게 다 혼란스러웠다. 그의 집안도, 유학도, 헤어져 달라는 말도. 마치 꿈속에 서 있는 것처럼 전혀 와닿지 않았다. 이 모든 상황이 비현실적으로 느껴졌다.

"선배는……."

"석현이는 신경 쓸 거 없어요. 아가씨만 결정하면 돼."

단호함이 의아했다. 그러나 곧 숨은 뜻을 알아차릴 수 있었다. 지금 이 상황은 그의 뜻과 전혀 상관없는 일이었던 것이다. 그제야 폭탄이 떨어진 전쟁터처럼 정신없던 머릿속이 조금은 차분해지는 느낌이었다. 물론 여전히 뒤죽박죽이긴 하지만.

"죄송하지만, 이건 저 혼자 결정할 수 있는 문제가 아닌 것 같습니다."

희수는 떨리는 입가를 억지로 끌어 올리며 담담한 투로 말했다.

"우선 선배랑 상의를 해 보고 말씀드리겠습니다."

"흥정할 줄 아네."

티스푼으로 커피를 휘젓던 여성이 재미있다는 듯 피식, 웃었다.

"뭐, 나도 쓸데없는 소모전하는 것보단 이편이 훨씬 편하지."

들고 있던 티스푼을 탁, 소리 나게끔 테이블 위에 올려 둔 여성이 희수의 두 눈을 똑바로 바라보며 물었다.

"그래서 얼마를 원해요?"

"지금…… 무슨 말씀을 하시는 거예요?"

"내숭 떨지 않아도 돼요. 처음부터 위로금은 섭섭지 않게 챙겨 줄 생각이었으니까."

위로금이라니. 정말로 드라마 속에서 보던 장면이 하나도 빠짐없이 연출될 모양이었다. 이다음엔 물세례를 받게 되는 걸까. 기가 막히다 못해 화까지 울컥 치밀어 올랐지만 희수는 꾹 눌러 참으며 억지로 목소리를 꺼냈다.

"뭔가 오해를 하신 것 같은데요. 저는 우리 문제가 아닌 다른 일로 선배와 헤어질 생각 없습니다. 위로금 같은 거 받을 생각은 더 없구요."

"아직 어려서 그런가? 철이 없어도 너무 없네."

길어지는 대화가 귀찮아 죽겠다는 듯 여성은 인상을 잔뜩 찌푸린 채 말을 이었다.

"자존심 하나 챙기자고 여태껏 키워 준 삼촌 생각은 전혀 안 해요? 거긴 당장 한 푼이 급할 텐데."

일순간 희수의 눈빛이 크게 흔들렸다. 이건 정말이지 조금도 예상하지 못했다. 최근 삼촌의 사업이 갑자기 힘들어졌다는 것까지 이미 다 알고 있을 줄이야. 그녀도 고작 며칠 전에 알게 된 사실이었다.

"……제 뒷조사하셨어요?"

당연한 일을 했다는 듯, 여성은 우아한 동작으로 커피를 한 모금 홀짝였다.

"아들이 만나는 여자가 누군지 궁금한 건 당연하잖아. 왜요. 기분 나빠요?"

"궁금하다고 누구나 다 불법을 저지르진 않죠. 기분은 당연히 나쁠 수밖에 없구요."

더는 참을 수가 없어 뾰족한 말이 튀어나왔다. 못마땅하다는 듯 일그러지는 여성의 얼굴을 애써 외면하며 희수는 자리에서 일어났다.

"하실 말씀 다 하신 것 같은데, 저는 이만 일어나 보겠습니다."

사랑하는 남자와 꼭 닮은 얼굴을 더는 마주하고 있을 자신이 없었다.

"잘 생각해 봐요. 과연 아가씨가 지금 뭘 선택하는 게 이득일지."

깔끔하게 무시하고 돌아서는 희수의 뒤통수에 이어지는 조곤조곤한 음성이 날카롭게 꽂혔다.

"자존심은 밥 안 먹여 줘. 언제 어떻게 될지 모르는 풋사랑은 더욱더 그렇고."

그딴 돈을 받을 바엔 차라리 굶어 죽는 게 더 낫겠다고. 세상 사람들이 다 당신처럼 속물인 줄 아느냐고. 쏘아붙이고 싶었지만 꾹 참았다. 그래도 사랑하는 남자의 어머니였으므로. 사실 이해하려고 하면 못할 것도 없었다. 태광그룹이라니. 제가 성에 차지 않는 건, 어쩌면 당연한 걸지도 몰랐다. 특히나 지금 삼촌의 상황을 알고 있다면 더욱더.

커피숍에서 나온 그녀는 석현과 저녁 약속을 잡았다. 당신 어머니를 만났다는 말은 하지 않았다. 아직 자신조차 정리가 되지 않아서였다. 혼란스러운 머릿속은 도통 정리가 될 기미를 보이지 않았다. 요점 정리라면 자신 있었는데, 이 일만큼은 너무도 어렵기만 했다. 도대체 어디서부터 말을 해야 하는 걸까……. 끙끙거리며 집으로 향하던 그녀의 걸음이 별안간 뚝 멈춰졌다. 집 앞이 소란스러웠다. 의아해하는 그녀의 시야에 잔뜩 흥분한 사람들 가운데에서 이리 밟히고 저리 밟히고 있는 한 남자의 얼굴이 보였다. 믿을 수 없지만 경식이었다. 우악스러운 손길에 쥐어뜯긴 머리는 산발에 얼굴 여기저기 시퍼런 멍과 거뭇한 피딱지가 앉아 있었다. 정말이지 눈 뜨고는 봐 줄 수 없을 정도로 꼴이 엉망진창이었다.

"삼촌!"

앞뒤를 생각할 겨를이 없었다. 희수는 당장 경식을 향해 달려갔다.

"뭐야, 넌! 저리 못 비켜?"

갑자기 튀어나온 그녀를 보고 사람들은 짜증스레 소리쳤다. 이성을 잃은 듯한 눈빛과 음성들이 무서웠지만 희수는 양팔을 뻗어 경식의 앞을 단단하게 막아섰다.

"지금 뭣들 하는 거예요? 당장 멈춰요! 경찰에 신고할 거예요!"

"경찰?"

사람들은 코웃음을 쳤다.

"그래, 경찰 좋네. 불러, 당장! 우리 돈 떼먹은 이놈 당장 잡아다가 감방에 처넣으라고 하게! 뭐해, 당장 경찰 안 부르고!"

빚쟁이들이었다. 예상치 못한 정체에 희수는 뒤통수라도 맞은 듯 멍한 얼굴로 경식을 바라보았다. 그는 두 눈을 뜨는 것조차 버거워 보였다. 머릿속이 흰 페인트가 쏟아진 것처럼 하얗게 변했다. 상황이 이 정도인 줄은 미처 몰랐다. 얼마 전, 경식에게서 사업이 조금 어려워졌다는 말을 듣긴 했었다. 그땐 말 그대로 그냥 '조금' 어려워진 줄로만 알았었는데…….

"야, 이년아, 못 비켜!"

"내 돈 내놔, 이 새끼야!"

"이 사기꾼 새끼! 네가 그러고도 사람이야? 그 돈이 어떤 돈인데! 네가 그걸 해 먹어!"

다시금 흥분한 그들은 희수의 뒤에 숨은 경식을 향해 우악스럽게 손을 뻗었다. 내 돈 내놔. 내 돈! 욕설 가득한 고성과 무자비한 폭력이 쏟아졌다.

"희수야, 저리 비켜. 다쳐."

희수는 눈도 제대로 뜨지 못한 채로 저를 밀어내려 노력하는 경식을 꽈악 끌어안았다. 놓으면 터지는 지뢰라도 되는 것처럼 끝까지 놓지 않았다. 태산만큼 크게 느껴졌던 삼촌의 등이 언제부터 제 품에 안길 정도로 야위었던 걸까. 두드려 맞는 등짝보다, 휘어잡힌 머리채보다, 여린 살을 파고드는 날카로운 손톱보다, 그 사실이 더 가슴 아파 눈물이 차올랐다.

'잘 생각해 봐요. 과연 아가씨가 지금 뭘 선택하는 게 이득일지.'

'자존심은 밥 안 먹여 줘. 언제 어떻게 될지 모르는 풋사랑은 더욱더 그렇고.'

문득, 아까 들었던 비웃음 가득한 충고의 말이 귓가에서 생생하게 울렸다. 그리고 그 돈을 받느니 굶어 죽는 게 낫다는 말을, 끝까지 하지 않았다는 사실도 떠올랐다. ……다행이라고 생각했다.

✳

버스에서 내린 희수는 평소와 달리 편안한 걸음으로 익숙한 길을 걸었다. 커피숍 마감과 겹쳐 늘 아슬아슬하게 도착했었는데, 오늘은 출근 시간보다도 10분가량 이르게 도착할 수 있었다. 그녀가 가게에 들어섰을 때, 제일 먼저 출근한 자영이 낮에 도착한 술을 정리하고 있었다.

"안녕하세요."

"어? 희수 씨, 오늘따라 일찍 왔네?"

그녀를 반겨 주던 자영의 눈이 별안간 휘둥그레 커졌다.

"손이 왜 그래?"

"아, 이거요……."

민망함에 희수는 슬그머니 반대쪽 손으로 다친 손등을 가렸다. 출근하기 전에 떼어 낼 생각이었는데 정신이 없어서 그대로 와 버렸다.

"어디 다쳤어?"

"뜨거운 물에 살짝 데였어요."

"병원은? 다녀왔어?"

"네. 다녀왔어요."

자영은 걱정 가득한 눈으로 그녀를 바라보았다.

"그냥 하루 쉬지 그랬어. 다른 사람도 아니고 희수 씨가 아픈 걸로 쉰다는데, 뭐라고 할 사람이 누가 있다고."

"괜찮아요. 정말 하나도 안 아파요."

대답한 희수는 문득 떠오르는 생각에 말을 덧붙였다.

"아……. 손님들 보기가 불편하려나?"

당장이라도 거즈를 뗄 듯 손을 가져다 대자 자영이 기겁하며 소리쳤다.

"됐어! 그냥 붙이고 있어."

"없어도 돼요. 병원에 갔더니 쓸데없이 붙여 준 거라."

"병원에선 자원이 남아돌아서 붙여 줬겠니? 다 필요하니까 붙여 줬겠지."

"그래도 이렇게 붙이고 일하면 손님들 보기에 좀 그렇지 않을까요?"

"지금 그게 중요해?"

자영은 기가 막힌다는 듯한 얼굴로 되물었다. 그제야 희수는 거즈를 잡았던 손을 느릿하게 뗐다.

"하여튼, 전혀 안 그렇게 생겨서는 은근히 독한 구석이 있다니까."

낮게 혀를 차는 타박에는 애정이 담겨 있었다. 희수는 대답 대신 옅게 웃어 보인 후 대기실로 향했다. 옷을 갈아입고 머리를 만지는 사이 직원들이 하나둘 출근을 했다.

"희수 씨!"

처음으로 가장 먼저 준비를 끝마친 희수가 여유롭게 앉아 있는데, 대기실로 들어온 자영이 그녀를 다급하게 불렀다. 어쩐지 상기된 얼굴이 의아해 희수가 고개를 갸웃하자 자영이 손뼉을 큰소리 나게끔 짝, 쳤다.

"왔어!"

"네? 누가요?"

"그 남자 말이야! 왜, 그때 왔던!"

들뜬 자영과 반대로 희수의 얼굴은 딱딱하게 굳었다. 설마…….

복도 끝에서 희수는 걸음을 뚝 멈췄다. 꽉 닫힌 문을 향해 손을 뻗었지만 문고리에 닿기 전에 도로 팔을 내렸다.

[VIP]

문에 붙어 있는 금색의 명패가 오늘따라 유난히 반짝이는 것처럼 보이는 건 왜까.

"후…….'

얕은 한숨을 내쉬며 희수는 느릿하게 눈을 감았다 떴다. 그 움직임에 따라 기다란 속눈썹이 부채춤을 추듯 너울거렸다. 복도 끝에 있는 이 룸은, 이름 그대로 VIP 고객들을 위해 준비된 공간이었다. 특히나 자영의 VIP 기준은 꽤 엄격했다. 룸을 비우면 비웠지 절대 아무나 이용하게 하진 않았다. 그런데 어쩌자고 자영은 뜨내기손님인 그 남자를 이 룸으로 안내한 걸까. 찝찝했던 의문은 문을 열고 들어가는 순간 곧바로 해소가 됐다. 테이블 위에 떡하니 놓여 있는 건 가게에 들여놓은 것 중 가장 값비싼 양주였다. 한 병에 백만 원이 훌쩍 넘어가는 금액이었다.

"설마 했는데. 그 꼴을 해 놓고도 여긴 출근을 했네? 기껏 생각해서 조퇴시켜 줬더니."

희수의 머리끝부터 발끝까지를 한 번 쓱 훑으며 그가 못마땅하다는 듯 혀를 쯧, 찼다. 그러나 이 상황이 황당하고 기가 막힌 건 오히려 이쪽이었다. 누가 보면 제가 조퇴하겠다고 우긴 줄 알겠다. 협박까지 불사해 가며 제멋대로 집 앞에 내려 주고 간 게 누군데.

"나 출근했나, 안 했나. 그거 확인하러 온 거예요?"

"내가 그렇게 한가해 보여?"

그럼 무슨 다른 용건이 있느냐는 듯한 희수의 시선에 그가 옆에 두었던 뭔가를 테이블 위에 올렸다.

"가방 두고 갔더라."

반짝이는 테이블 위, 그리고 비싼 술 바로 옆에 놓인 것은 귀퉁이가 다 해진 천 가방이었다. 온통 반짝이는 것들 사이에서 홀로 초라한 가방의 행색이 꼭 제 행색과 같게 느껴져 수치심마저 느껴졌다. 희수는 쭈뼛거리며 다가가 가방을 집어 들었다.

"내일 출근해서 챙겨 가도 됐는데……."

"알아. 그래도 좋은 핑곗거린데 놓치긴 아까우니까."

뉘앙스가 어쩐지 묘했다. 희수는 멈칫하며 그를 바라보았다. 그러나 그는 아무렇지 않은 얼굴로 그녀를 바라보고 있을 뿐이었다.

"계속 그렇게 서 있을 거야?"

그가 앉으라는 듯 턱짓으로 빈자리를 가리켰다.

"술 마시려고요?"

"여기 술집 아니야?"

되묻는 얼굴에 황당함이 서려 있었다. 말을 뱉은 스스로가 생각해도 어이없는 질문이었다. 술집에 당연히 술 마시러 왔겠지. 가방 하나 챙겨 주러 왔겠어. 당연한 걸. 민망해진 희수는 아랫입술을 살짝 깨물었다.

"다른 직원 오라고 할게요."

"앉아."

몸을 채 돌리기도 전에 낮은 음성이 흘러나와 그녀의 발목을 붙들었다. 경고였다.

"……저 오늘 바빠요. 다른 손님 예약 있어요."

핑계라고 댄 게 고작 이거였다. 물론 그마저도 거짓말이었고. 가게에서 가장 한가한 게 그녀였다. 다른 직원들처럼 지명 손님을 만들기 위해 노력하지 않으니, 찾는 이가 있을 리 없었다.

"그거 알아? 너한텐 아주 간단하게 날 돌게 만드는 신기한 재주가 있다는 거."

인상을 굳힌 채 서늘한 음성을 뱉은 석현이 테이블 위에 붙어 있는 벨을 눌렀다. 몇 초 지나지 않아 가게 일을 돕는 웨이터가 룸으로 들어왔다.

"같은 걸로 한 병 더."

"네? 한 병 더요……?"

웨이터가 놀란 얼굴로 되물었다. 당연한 일이었다. 아직 테이블 위에 있는 술도 아직 오픈하지 않은 상태였다. 석현은 더 말하기 싫다는 듯 미간을 찌푸렸다. 그러자 웨이터의 시선이 이번엔 그녀를 향했다. 어떻게 해요? 묻는 시선에 당혹감이 그득했지만 희수라고 별다른 대답을 해 줄 수 있을 리가 없었다. 결국 웨이터는 나가서 주문받은 술을 하나 더 들고 왔다. 여전히 상황이 어떻게 돌아가는지 모르겠다는 듯 얼떨떨한 얼굴이었다.

테이블 위에 같은 모양의 술병이 나란히 놓였다. 석현은 상석에 느긋하게 다리를 꼬고 앉은 채로 병 두 개를 차례차례 오픈했다. 거침없는 그의 손길에 웨이터의 눈이 당장이라도 빠질 듯 크게 튀어나왔다. 불과 몇 초 만에 너른 테이블 위로 새빨간 뚜껑 두 개가 나뒹굴었다. 충격적인 광경에 웨이터는 눈만 끔뻑였다. 희수도 티를 내지는 않았지만 놀란 건 마찬가지였다. 그러나 정작 고작 몇 초 만에 몇백만 원을 쓴 남자는 덤덤한 얼굴이었다.

"이 정도면 돼?"

서늘한 물음이 그녀를 향했다. 안 된다고 하면 한 병을 더 주문할 기세였다. 희수는 속으로 길게 한숨을 내쉬며 빈자리에 엉덩이를 붙였다. 그런 그녀를 보며 석현은 그제야 만족스럽다는 듯 입꼬리를 말아 올렸다.

9. VIP

딸랑. 이제 막 설거지를 끝내고 수도꼭지를 잠그는데 풍경 소리가 들려왔다. 희수는 젖은 손을 앞치마에 닦으며 입구 쪽을 바라보았다. 쓰레기를 버리러 나갔던 은성이 들어오고 있었다.

"어우, 차가워."

은성이 젖은 머리카락을 털어 내며 인상을 찌푸렸다. 어깨도 한눈에 티가 날 정도로 젖어 있었다.

"밖에 비 와?"

"네. 갑자기 쏟아져서 깜짝 놀랐네."

희수는 몸을 틀어 창밖을 바라보았다. 어둑한 하늘 아래로 쏟아지는 빗줄기가 선명하게 눈에 들어온다. 잠깐 나갔다 온 사이에 흠뻑 젖은 게 이해가 될 정도로 제법 많은 양이었다.

"소나기인가?"

"아닐걸요."

"그럼?"

"일기예보 못 봤어요? 오늘 밤부터 내일 오전까지 계속 비 온다고 했는데."

평소엔 일기예보를 꼬박꼬박 챙겨 보는 편인데, 하필이면 오늘따라 일기예보를 놓쳤다. 당연히 우산도 챙겨 오지 못했다. 게다가 얼마 전에 대청소를 하는 바람에 손님들이 찾아가지 않은 낡은 우산들도 모두 처분한 터였다.

희수는 난감한 얼굴로 내리는 비를 바라보았다. 버스 정류장까지는 거리가 꽤 있었다. 이 빗속을 뚫고 간다면 흠뻑 젖을 게 뻔했다. 집으로 바로 가는 거라면 또 모를까. 일하러 가야 하는데…….

"은성아, 미안한데, 버스 정류장까지만 우산 좀 같이 쓰고 가 줄 수 있지?"

"저 우산 안 가져왔는데요?"

지나치게 당당한 대답이었다. 희수는 황당함이 그득한 얼굴로 은성을 바라보았다.

"뭐? 왜?"

"에이, 누나. 제가 그런 걸 챙길 성격이에요?"

"그럼 일기예보는 왜 본 거야?"

"어쩔 수 없이. 휴대폰을 켜면 제일 먼저 날씨 앱이 보이거든요."

황당함에 굳어 있는 희수를 지나친 은성은 수건 대신 마른행주를 집어 들었다. 그러곤 머리에 남아 있는 물기를 대충 닦아 내며 창고로 향했다. 그런 은성의 뒷모습을 보며 희수는 못 말린다는 듯 고개를 내저었다. 평소엔 전혀 생각하지 못하다가도, 이런 순간이면 은성과 자신의 나이 차이가 새삼 느껴졌다. 물론 제 나이로 보이는 건, 좋은 일이었다. 연수만큼이나 은성도 너무 이르게 어른이 된 것 같아 늘 한편으론 마음이 쓰였는데 말이다.

7살 차이. 스무 살. 그래. 스무 살은 아직 엉뚱해도 되는 나이였다. 스무 살은……. 느릿하게 내리까는 눈꺼풀 위로 자연스레 까마득한 그 시절이 떠올랐다. 그리고 그 위로 한 남자의 얼굴이 불쑥 끼어들었다. 지금보다는 조금 더 앳된 얼굴 위로 피어나는 미소. 한때는 너무도 당연했던 그의 미소가, 바로 어제 본 것처럼 여전히 생생해 희수는 입술을 살짝 깨물었다. 스무 살은, 그녀에게 가장 행복했던 시절이었다. 또한 가장 불행했던 시절이기도 했다. 그리고 그 시절엔…….

실타래처럼 엉켜 드는 생각들을 갈무리하려 눈꺼풀을 들어 올렸다. 그와 동시에 마침 계단에서 내려오고 있는 석현의 모습이 시야에 들어왔다. 세월이 그만 비켜 간 것처럼 그의 얼굴은 7년 전과 별반 다르지 않았다. 신이 공들여 빚은 조각상처럼 어디 하나 흠잡을 데가 없다. 피부마저 타고나 잡티 하나 없었다. 그의 뒤편으론 부처님의 그것처럼 후광이 비친다는 우스갯소리가 있을 정도였다.

물론 완전히 같을 순 없다. 그때보단 훨씬 여유로움이 묻어났다. 소년미를 완전히 벗어던진 그는 '어른 남자', 그 자체였다. 짙은 눈썹, 날카로운 콧대를 지나쳐 강인하게 보이는 턱선을 느릿하게 훑었을 때였다. 문득 느껴지는 시선에 희수는 고개를 들었다. 석현이 그녀를 빤히 바라보고 있었다. 그제야 자신의 시선이 너무 노골적이었음을 깨달은 희수는 황급히 시선을 피했다.

"더 감상해도 되는데."

낮은 목소리 끝엔 분명한 웃음이 매달려 있었다. 얼굴이 화끈 달아오른 희수는 아예 그의 반대편으로 몸을 돌려 버렸다.

"오예!"

별안간 벌컥 열리는 창고 문 너머로 은성의 환호성이 들려왔다. 그녀에겐 아주 좋은 타이밍이 아닐 수 없었다.

"무슨 일이야?"

일부러 말을 걸었다. 그러자 은성이 한 손에 들고 있던 우산을 척 들어 올려 보인다.

"저번에 놔두고 갔던 거 찾았어요! 완전 득템!"

보물찾기 게임에서 쪽지를 발견한 아이처럼 은성은 즐거워 보였다. 희수 역시 덩달아 활짝 웃었다.

"잘됐다. 오늘 버스 정류장까지만 부탁할게."

"당연히…… 안 돼요!"

대답이 급유턴을 한 것처럼 느껴지는 건 왤까.

"안 된다고?"

"……네."

이번에도 역시 어색한 대꾸였다. 수상쩍은 은성의 반응에 희수는 미간을 좁혔다.

"왜? 너도 어차피 가는 길이잖아."

"오늘은…… 거기로 안 가요! 약속이 있거든요. 1분 1초가 급한. 빨리 가야 해요."

급조한 변명 같은 말을 횡설수설 내뱉은 은성이, 그녀의 집요한 시선을 피하려는 듯 석현을 향해 고개를 획 돌렸다.

"사장님이 누나 좀 데려다주시면 안 돼요?"

갑자기 왜 얘기가 그리로 튀어? 번지수를 잘못 찾은 탱탱볼에 희수의 눈이 크게 떠졌다.

"버스 정류장까지면 되는데. 저 대신 부탁 좀 드릴게요."

"야, 차은성."

대체 누굴 누구한테 부탁한다는 건지. 기가 막혀 희수가 낮게 은성의 이름을 불렀지만, 대답은 다른 데서 나왔다.

"그러지."

"감사해요, 사장님."

"뭘. 어려운 부탁도 아닌데."

정작 당사자의 의견은 묻지도 않고 두 남자는 멋대로 대화를 마무리 지었다.

"그럼 마감하고 나와요, 서 매니저. 차 빼 올 테니까."

그는 황당해하는 그녀의 얼굴을 재미있다는 듯 슬쩍 바라보고는 가게를 빠져나갔다.

"잘됐네요, 누나."

문이 닫히자 은성이 희수를 향해 싱긋 웃었다. 하지만 희수는 따라 웃지 못했다.

"잘되긴 뭐가 잘돼?"

"손바닥만 한 우산 같이 쓰고 가는 것보단 차 타고 편하게 가는 게 훨씬 좋잖아요. 이런 걸 보고 전화위복이라고 하는 거죠?"

전화위복이라니. 기가 막히다 못해 이젠 코까지 막혀 왔다. 말도 안 되는 소리를 지껄이며 유유히 입구를 향해 걸어가는 은성의 뒤통수를, 희수는 멍하니 바라보았다. 그러다 뒤늦게 정신을 차리고 얼른 앞치마를 벗어 던지고 그 뒤를 따랐다. 밖으로 나오자 멀게만 느껴졌던 빗소리가 귀를 때렸다. 차양 위로 쏟아지는 빗줄기가 만들어 내는 소리 때문에 더 크게 들렸다.

"차은성."

입구 문을 잠근 은성이 보안 카드를 찍는 모습을 빤히 바라보던 희수가 붉은 입술을 달싹였다.

"너, 대체 요즘 왜 그래?"

"제가 뭘요?"

보안 카드를 그녀에게 돌려주며 은성은 어깨를 으쓱해 보였다. 그러나 어색한 표정까지는 숨기질 못했다. 희수는 눈을 가늘게 떴다.

"정말로 몰라서 물어? 요즘 네 행동들, 이상해도 너무 이상하잖아."

화상 때문에 그녀가 병원에 다녀왔던 그다음 날부터였을 것이다. 은성의 행동이 눈에 띄게 이상해진 것은. 반나절도 안 되는 시간 동안 자리를 비웠을 뿐인데, 그사이에 무슨 일이 있었는지 두 남자는 부쩍 친해져 있었다. 문제는, 그들의 급생성된 우정이 아니었다. 마치 나비효과처럼 그로 인해 그녀가 매우 불편해졌다는 것이 가장 큰 문제였다.

그 전엔 2층에서 커피를 혼자 마시던 그는, 그날 이후로 1층 테이블에 아예 자리를 잡고 티타임을 가졌다. 카운터와 가장 가까운 자리에서 은성과 별 대수롭지 않은 대화도 나눴다. 덕분에 희수는 그와 시선을 마주치지 않으려 괜히 창고를 수도 없이 들락날락거려야만 했다.

그뿐만이 아니었다. 점심을 먹을 때도 은성은 굳이 석현을 불렀다. 소화제 없이는 밥을 넘길 수 없을 정도였다. 하루 중 가장 기다려지던 점심시간이, 이제 그녀에겐 가장 피하고 싶은 시간이 되어 버렸다. 조금 전에도 그랬다. 부탁도 하지 않았는데 굳이 자신을 석현에게 부탁하지 않았던가. 어떻게든 그와 그녀를 붙이려고 하는 것처럼 느껴지는 건, 과연 기분 탓일까. 어쩐지 낯설지 않은 패턴이었다. 이건 마치…….

"……너, 설마."

문득 뇌리를 빠르게 스쳐 지나가는 생각에 희수가 입술을 달싹이는데, 별안간 은성이 한쪽 손목을 들어 올리더니 소리쳤다.

"앗, 이러다 늦겠네!"

"시계는 반대쪽 손목이거든?"

그제야 자신의 실수를 인지한 듯 은성은 재빨리 반대편 손목을 들어 올렸다.

"누나, 저 먼저 가 볼게요. 내일 봐요!"

그녀가 뭐라고 말을 하기도 전에 은성은 쌩하니 꽁무니를 내뺐다. 손바닥의 수십 배는 되어 보이는 커다란 우산을 홀로 쓰고 빠르게 사라지는 은성의 뒷모습을 보며 희수는 하, 허탈한 숨을 내뱉었다.

"……대체 뭐가 어떻게 돌아가고 있는 거야."

그때였다. 입구 바로 앞에 낯익은 차가 멈춰 섰다. 지잉. 천천히 내려가는 조수석 차창 너머로 석현의 얼굴이 보였다.

"타."

"괜찮아요."

"그냥 타. 어차피 목적지도 같은데."

가볍게 흘러나온 그의 말에 희수의 눈이 동그랗게 커졌다.

"설마 오늘도 오려는 거예요?"

은성과 마찬가지로 이쪽도 이상 행동을 보인지 일주일째였다. 최근 그는 하루도 빠지지 않고 '파라다이스'에 출근 도장을 찍고 있었다.

"왜. 안 돼?"

뻔뻔하게 되묻는 얼굴에 그걸 지금 말이라고 해요? 따져 묻고 싶은 마음이 목구멍까지 차올랐지만 뱉어 내지는 못했다. '파라다이스'에서만큼은 그는 손님이었다. 제 발로 술집에 와서 제 돈으로 술을 마시겠다는데, 그녀가 그걸 막을 권리는 없었다.

"마음대로 해요."

한숨처럼 뱉어 내자 석현이 만족한 얼굴로 고개를 끄덕였다.

"네가 그렇게 말 안 해도 내 마음대로 할 생각이었어."

얄미워서 찌릿, 밉게 쳐다봤지만 그는 눈 하나 깜빡하지 않고 제 할 말을 했다.

"그나저나 이제 그만 타지 그래? 안으로 비 들어오잖아."

"창문 올려요."

담백한 충고를 뱉어 낸 희수는 눈살을 살짝 찌푸리는 석현을 외면한 채 빗속으로 뛰어들었다.

＊

가게에 막 들어섰을 때, 마침 그 앞을 지나가고 있던 자영이 놀란 얼굴로 그녀를 바라보았다.

"어머, 희수 씨! 이게 무슨 꼴이야?"

요즘 들어 출근할 때마다 여러모로 자영을 놀라게 만드는 것 같아 민망해진 희수는 옅게 웃었다.

"완전히 물에 빠진 생쥐네. 우산 없었어?"

"일기예보를 못 봤어요."

"편의점에서 비닐우산이라도 하나 사지."

안 그래도 석현의 차를 무시하고 빗속으로 뛰어들었을 땐 그럴 생각이었다. 하지만 잠시 후 편의점에 도착했을 땐 이미 비를 쫄딱 맞은 상태였다. 더 이상 우산이 의미 없을 것 같아 그냥 포기했다.

"얼른 대기실로 가. 수건 가져다줄게."

건물 입구에서 물기를 최대한 털었지만 머리에서 뚝뚝 떨어지는 물까진 어쩔 수 없었다. 걸을 때마다 흔적을 남기며 희수는 대기실로 향했다. 젖은 옷을 모두 벗었을 때, 자영이 커튼을 열고 조심스럽게 안으로 들어와 두꺼운 수건 하나를 건넸다.

"얼른 닦아. 감기 걸리겠다."

"감사합니다."

"속옷까지 다 젖었네. 여분은 있어?"

"아뇨. 조금 찝찝하겠지만 그냥 참으려구요."

"내 거라도 빌려 줄까? 난 여분 있는데."

"마음만 받을게요."

"그래. 속옷은 좀 그렇지. 내가 너무 오버했네."

작게 웃은 자영이 문득 생각났다는 듯 참, 하고 운을 뗐다.

"그 남자 또 왔다?"

'그 남자'가 누구를 뜻하는지는 너무도 명확했다. 기어이 나보다 먼저 출근을 했구나. 이젠 별로 놀랍지도 않았다. 그래요? 덤 덤하게 대꾸한 희수는 수건으로 젖은 머리카락을 꾹꾹 눌렀다.

"오늘도 여전히 미모가 자체 발광을 하더라. 요즘은 출근할 맛이 난다니까, 정말."

자영은 신이 나서 싱글벙글거렸다. 꼭 평소 자신이 좋아하던 연예인을 봐서 기뻐하는 여고생 같았다. 그러거나 말거나. 희수는 젖은 수건을 내려놓은 후 묵묵히 옷을 갈아입었다.

"내가 이 바닥에서 십 년 넘게 굴러먹고 있는데, 손님 중에 저렇게 순정적인 남자는 진짜 처음이야. 희수 씨한테 완전히 꽂혔나 봐."

"……그런 거 아니에요."

"아니긴 뭘 아니야. 딱 보니까 눈빛이 완전 다른데."

자영은 확신했다. 반박해 봐야 입만 더 아플 것 같아 희수는 속으로 낮게 한숨을 내쉬며 다시금 옷 갈아입는 것에 집중했다.

"그런데 가만 생각해 보면 저 특 A급도 진짜 짠해. 안 그래?"

등 뒤에 달린 지퍼를 채우기 위해 그녀가 낑낑거리자 자영이 도와주며 계속해서 말을 이어 갔다.

"어쩌다가 희수 씨한테 꽂혔을까. 하필이면 우리 가게에서 가장 꼬시기 어려운 상대인데 말이야."

특 A급. 돈 잘 쓰고 외모 괜찮은 남자 손님들을 지칭하는 이곳만의 은어였다. '파라다이스'를 찾는 손님은 수도 없이 많았지만, 그들 중 그 호칭으로 불리는 이는 한 손에 꼽을 수 있을 정도로 적었다.

"희수 씨, 정말 웃음기 하나 없이 진심으로 하는 말인데."

어느덧 옷을 다 갈아입고 나온 희수의 뒤를 재빠르게 따라붙으며 자영이 연신 종알거렸다.

"너무 철벽 치지 말고 밖에서 한번 만나 보기라도 하는 건 어때?"

"밖에서 손님 만나면 안 되잖아요."

"또 순진한 소리한다. 그 룰 지키는 사람이 몇이나 된다고 그래? 괜찮은 손님 오면 다들 뒤로 작업 걸기 바빠. 사장님만 모르면 돼."

은근한 유혹에도 희수가 별 반응이 없자 자영이 답답하다는 듯 그녀의 옆구리를 쿡 찔렀다.

"돈 많지, 잘생겼지, 술자리 매너도 깔끔하지. 거기다가 근방 100미터까지 수컷 냄새를 폴폴 풍길 정도로 섹시하기까지 해. 심지어 희수 씨한테 꽂혀서 허우적거리기까지 해. 이런 남자를 가게에서 손님으로만 대하기엔 진짜 너무 아깝지 않니?"

자영의 말을 뒤로한 채 드라이어를 집어 들며 희수는 낮게 웃었다. 1년 전, 일을 시작하던 첫날. 자영이 제게 해 줬던 충고의 말이 떠올라서였다.

'손님이 아무리 잘해 줘도 무조건 무시해. 여기 오는 남자들 다

뻔하니까.'

그녀가 너무도 순진해 보여서 상처받을 것 같다고. 그래서 너무도 걱정이 된다고. 자영은 몇 번이고 같은 말을 반복하며 신신당부했었다. 그랬던 자영에게서 이런 말을 하게 만들다니. 역시 최석현의 능력 하나는 인정해 줘야 했다. 하긴. 객관적으로 봐도 대단한 남자긴 하지.

입 안에 맴도는 쓴맛을 삼켜 내며 희수는 드라이어의 전원을 껐다. 젖은 머리카락이 적당히 말랐을 때 아예 코드를 뽑아 내고는, 빗으로 대충 머리를 빗은 후 자리에서 일어났다.

"오늘도 VIP룸이죠? 다녀올게요."

그 어떤 유혹에도 눈 하나 깜빡하지 않는 그녀를 보며 아쉽다는 듯 입맛을 쩝 다시는 자영을 뒤로한 채, 희수는 대기실 문을 열었다. 밖으로 나와 문을 닫으려고 할 때였다. 누군가가 그녀의 뒤를 바짝 붙어 대기실을 빠져나왔다.

"서희수."

단조로운 부름에 희수는 고개를 돌렸다. 함께 일하는 직원 중 그녀와 유일한 동갑내기인 인혜였다.

"무슨 할 말 있어?"

그녀의 질문에 공들여 세팅한 머리카락을 가볍게 쓸어내리며 인혜가 새빨간 입술을 도도하게 달싹였다.

"진심으로 듣는 거 아니지?"

"뭘?"

"방금 마담이 한 말 말이야. 특 A급."

"아아……."

그제야 희수는 인혜가 무슨 말을 하려는 건지 알 수 있었다.

"마담 정말 어떻게 된 거 아니야? 이런 데서 '순정'이라니. 정말 웃기지도 않아."

욕심 가득한 인혜의 새빨간 입술 끝이 휘어지며 조롱이 매달렸다.

"목적은 뻔하지. 그냥 한 번 정도 자빠뜨려 보려고. 흥미 잃으면 액세서리보다 더 쉽게 버려지는 게 우리 같은 여자들 아니야? 어디 한두 번 당해 봐? 게다가 다른 남자들도 아니고. 저 정도 되는 남자가 대체 뭐가 아쉬워서 이런 데서 일하는 여자한테 진심이겠어? 엄연히 급이라는 게 있는데. 그러니까 괜한 기대 하지 마. 나중에 상처받을 네가 걱정돼서 하는 소리야."

말과는 달리 그녀의 눈빛엔 걱정이라고는 눈곱만큼도 담겨 있지 않았다. 그 대신 시기와 질투가 넘칠 듯 출렁이고 있었다.

보통 여자들끼리 모여 있는 곳엔 어느 정도 시기와 질투가 오가는 게 당연했다. 게다가 남자들에게 지명을 받아야 하고, 그게 곧 돈이 되는 이 일의 특성상 '파라다이스'는 조금 더 심할 수밖에 없었다. 그중에서도 인혜가 유독 예민한 편이었다. 특히나 동갑인 희수에겐 더 과하게 경쟁의식을 느꼈다. 정작 희수는 별생각이 없는데도 말이다. 정말이지 스스로를 피곤하게 만드는 성격이 아닐 수 없었다.

"충고 고마워. 꼭 명심할게."

늘 그랬던 것처럼 희수는 가볍게 웃으며 말을 받아쳤다. 그러나 원하는 반응이 아니었던 모양이다. 인혜의 입꼬리가 불만스레 씰룩거렸다. 그런 인혜를 뒤로한 채 희수는 다시금 걸음을 옮겼다.

또각또각. 하이힐의 높다란 굽이 바닥을 찍어 누르는 소리가 복도를 크게 울렸다. 1년째 밤마다 하이힐을 신고 있었지만, 여전히 걷는 게 어려웠다. 넘어지지 않으려 온 신경을 집중해서 걸어야만 했다. 한 걸음, 또 한 걸음. 앞으로 걸어 나갈수록 그녀의 입가에 희미하게 걸려 있던 웃음기는 사라져 갔다. 이미 알고 있었다. 그 어떤 누구보다 자신이 더 잘 알고 있었다. 최석현은, 제가 감히 넘봐선 안 될 존재라는 것을. 7년 전에 그랬던 것처럼, 지금도 역시.

VIP룸 앞에서 짧게 한숨을 내쉰 희수는 이내 문을 열었다. 활짝 열린 문 너머로 불과 한 시간 전까지도 마주했던 남자의 얼굴이 보인다. 낮에는 카페에서. 밤에는 bar에서. 최근 두 사람은 자는 시간을 제외하고는 계속 붙어 지내는 중이었다. 사람은 간사한 동물이라더니. 처음엔 불편하기만 하던 저 잘난 얼굴이 이제는 익숙하다 못해 지겹게까지 느껴질 정도였다. 특히나 bar에서 이렇게 마주 보고 있을 때면, 순간순간 우리 사이에 7년이라는 간극이 정말로 있었던가, 하는 의문마저 들었다.

"머리 덜 말랐어."

"알아요."

자연스럽게 그의 맞은편 자리에 앉으며 희수가 무뚝뚝하게 대꾸했다. 그러자 그녀의 반응이 재미있다는 듯 석현이 낮게 웃었다.

"그러게. 태워 준다니까."

"마음이 불편한 것보다 몸이 불편한 게 훨씬 나아요."

고집스러운 대답에 그는 손목 스냅을 이용해 술잔을 가볍게 저으며 물었다.

"정말로 나랑 있으면 불편한 거 맞아?"

"선배 눈엔 제가 편해 보여요?"

"처음보다는."

"……."

"첨엔 눈도 제대로 못 마주치더니 이젠 말대꾸를 참는 법이 없잖아. 요샌 꼭 스무 살의 서희수를 보는 기분이야. 재밌어."

씨익, 입꼬리를 시원하게 말아 올리는 그의 미소는 근사했다. 심장 가장자리가 간질거렸다. 꼭 스물넷의 최석현을 마주한 느낌이었다. 희수는 저도 모르게 든 생각에 눈살을 찌푸렸다. 스물넷의 최석현이라니. 쓸데없는 환상이었다. 더 이상 그는 존재하지 않는다. 스무 살의 서희수가 없듯이.

아랫입술을 질끈 깨문 희수는 짐짓 못 본 체 앞에 놓인 빈 잔에 각 얼음을 채워 넣었다. 기계적으로 몇 개의 얼음을 옮긴 그녀가 테이블 위에 놓인 술병을 집어 들며 말했다.

"이제 그만 와요."

저를 향하는 빤한 시선이 느껴졌지만, 희수는 술병을 기울여 얼음 위로 술을 흘려보내며 덤덤하게 말했다.

"우리 가게 사람들이 선배를 뭐라고 부르는 줄 알아요?"

"뭐라고 부르는데?"

"술집 여자한테 미쳐서 하루에 돈 몇백씩 술값으로 꼬박꼬박 처박는 호구."

그는 피식, 낮게 웃었다. 기분 나쁜 눈치는 아니었다. 오히려 이 상황을 즐기는 것처럼 보였다.

"지금 내 걱정해 주는 거야?"

아까 인혜가 이런 기분이었을까. 원하는 대답과는 전혀 다른 그의 반응에 희수의 미간이 좁혀졌다.

"내 걱정하는 거예요. 선배 때문에 눈치 보여서 일하기 힘들어서."

"너한테 미친 어떤 놈이 하루에 돈 몇백씩 꼬박꼬박 처박는데, 고마워하지는 못할망정 누가 눈치를 주는데?"

"전부 다요."

"장사할 줄 모르네, 다들."

석현은 믿지 못하는 눈치였지만 결코 거짓말은 아니었다. 사실 인혜뿐만이 아니었다. 다들 대놓고 티를 내지는 않았지만 자영을 제외한 모두가 자신을 시샘하고 있다는 건, 희수도 잘 알고 있었다. 당연한 일이었다. 누가 봐도 근사한 남자가 가게에 꼬박꼬박 찾아와 찾아 주고, 심지어 출근 시간부터 퇴근 시간까지 버텨 주기까지 한다. 속사정을 알 리 없는 다른 이들의 눈에는 희수가 엄청난 혜택을 보며 일하는 것처럼 보일 것이다. 다만 하루에 그가 내는 술값이 너무 어마어마하기에, 그 누구도 차마 딴죽을 걸지 못하고 있는 것뿐.

"차라리 잘됐어."

무슨 말이냐는 듯 바라보자 그가 술을 한 모금 마신 후 잔을 내려놓으며 가벼운 투로 말했다.

"이 기회에 그냥 때려치우면 되겠네."

"남의 일이라고 너무 쉽게 말하는 거 아니에요?"

"어려울 게 뭐 있어. 정상적인 직장도 아니고. 싫으면 그만두면 되는 거 아닌가?"

일순간 희수의 미간이 확악 그러모아졌다. 그의 입에서 나온 말이 하염없이 가벼워서, 먹고살아 보겠다고 밤낮없이 용을 쓰는 제 인생까지 덩달아 가벼워진 것처럼 느껴지는 것이다.

어려울 게 뭐 있냐고. 싫으면 그만두면 되는 거 아니냐고…….

속으로 그의 말을 곱씹는 그녀의 입가가 딱딱하게 굳었다. 헛웃음조차 나오지 않았다. 그의 눈에는 제 인생이 그저 우습게만 보이는 걸까. 무시당해도 어쩔 수 없는 삶을 살아가고 있다는 걸 알고 있지만. 다른 누구의 강요도 아닌 제 손으로 선택한 삶이었지만. 그래도 이럴 때면 매번 상처가 되는 건 어쩔 수 없다. 상대가 다른 누구도 아닌 당신이라서 더욱더…….

"선배 눈엔 어떻게 보이는지 모르겠지만, 여긴 내 또 다른 직장이에요."

희수는 술잔을 꽈악 그러쥐며 단호한 음성을 뱉어 냈다.

"여기에서 일을 하고 그에 합당한 돈을 벌어요. 나한텐 이곳도 커피숍과 다를 바 없어요. 그러니 기본적인 예의는 지켜 줬으면 좋겠어요."

"예의?"

말이 끝나기가 무섭게 되묻는 그의 입가가 삐딱하게 말려 올라간다. 입꼬리에 맺힌 웃음이 서늘했다.

"지금. 나더러."

뚝뚝 끊어지는 음성이 매섭게 귓속을 파고들었다.

"네가 다른 남자 앞에서 웃으며 술 따르는 꼴을 존중하기라도 하란 거야?"

한층 더 짙어진 그의 새카만 눈동자가 희수를 온전히 담았다. 마치 보이지 않는 손이 다가와 목을 옥죄는 것 같았다. 숨이 막히는 느낌에 시선을 피하고 싶었지만 꼼짝도 할 수가 없었다. 아니. 피하고 싶지 않았다. 또다시 그에게 휘말려 버릴 것만 같아서. 언젠가 그랬던 것처럼.

"……존중까진 바라지도 않아요. 굳이 선배한테 존중을 받고 싶은 마음도 없고."

희수는 애써 덤덤한 척 입술을 달싹였다.

"다만 내 인생에 더는 신경 쓰지 말아 달라는 거예요. 내가 어떤 인생을 살든 선배랑은……."

"머리 나쁜 척을 하는 거야. 아니면 정말로 못 본 새에 머리가 굳어 버리기라도 한 거야?"

그녀의 말허리를 뚝 끊으며 그가 짜증스레 인상을 찌푸렸다.

"같은 얘길 대체 몇 번이나 해야 해? 분명히 말했을 텐데. 네가 딴 놈이랑 시시덕거리는 꼴, 봐줄 생각 없다고."

분명 들었다. 하지만 그 말이 지금 상황에서도 통용될 줄은 몰랐다. 희수는 어이가 없다는 듯 석현을 바라보았다.

"그 말이 여기서 왜 나와요? 이건 엄연히 일……."

"글쎄. 나한텐 별로 다르게 느껴지지 않아서 말이야."

이번에도 그는 그녀의 말허리를 뚝 잘라 내며 제가 할 말을 내뱉었다. 두 사람의 시선이 허공에서 부딪혔다. 짙은 눈빛은 여전히 고집스럽게 그녀를 가둬 두고 있었다. 무슨 대화를 더 할 수가 있을까. 따져 물을 의욕조차 들지 않았다. 그와의 관계에서 그녀는 언제나 '을'일 수밖에 없었다.

"내가 이러는 게 싫다면 네가 그만둬."

끝까지 본인은 고집을 굽히지 않겠다는 뜻이었다. 고집스러운 그의 눈빛에 희수는 포기했다는 듯 한숨을 길게 내쉬었다. 대답 대신 술이 가득 담겨 있는 잔을 입으로 가져갔다. 잔잔하게 일렁이는 호박색 액체가 식도를 넘어가자 순식간에 몸이 뜨거워졌다. 그러나 답답한 가슴은 여전했다. 꽤 많은 양의 술을 눈 하나 깜빡하지 않고 단번에 비워 냈다. 얼음만 덩그러니 남은 잔을 테이블 위에 내려놓고 자리에서 일어났다.

"어디 가?"

덩달아 그의 짙은 시선이 위를 향했다.

"화장실 가요."

자리에 앉은 지 5분도 채 되지 않아 일어선 그녀를 못마땅한 듯 바라보았지만 붙잡지는 않았다.

탁. 문이 닫히는 것과 동시에 석현의 얼굴이 한층 더 어두워졌다. 그는 목까지 반듯하게 잠겨 있는 셔츠의 단추를 하나 풀고 뒤로 몸을 젖혔다. 와인색의 소파가 그의 너른 어깨를 푹신하게 받쳤지만 편한 느낌은 아니었다.

"……이게 뭐 하는 짓인지."

후우, 잇새로 자조적인 한숨이 흘러나온다. 그는 거칠게 마른세수를 하고는 눈꺼풀을 느릿하게 내리깔았다. 제가 생각해도 최근자신의 행동은 어이가 없었다. 꼭 뭐 마려운 강아지처럼 그녀의뒤를 졸졸 쫓아다니고 있는 모습이 자존심 상하기까지 했다. 그럼에도 도저히 무시할 수가 없었다. 어차피 제 방 침대 위에 누워있어도 다른 남자에게 술 팔고, 웃음 팔 서희수를 생각하면 속이편할 리가 없었으니까. 차라리 이렇게 제 눈앞에 두는 게 모양은조금 빠져도 속은 훨씬 편했다.

"3억이랬던가……."

제게도 그리 적은 돈은 아니었다. 그러니 서희수에겐 암담하게느껴질 돈일 것이다. 한국에 돌아온 그가 가장 먼저 한 일은, 당연하게도 서희수에 대해 알아보는 것이었다. 어렵지 않게 그녀의지난 7년에 대해 알 수 있었다.

7년 전, 돈 때문에 저를 버리고 떠난 여자는. 7년이 지난 지금도그 빌어먹을 돈 때문에 술집에서 일을 하고 있었다. 기가 막힐 수밖에 없었다. 날 버리고 떠나 얼마나 잘 사나 보자고. 저주를 퍼붓긴 했지만 진심으로 네 불행을 바란 건 아니었는데. 미친 듯이 그리울 때마다 저따위는 잊고 잘 먹고 잘 살고 있을 네 모습을 떠올리며 이를 악 깨물었는데. 그랬는데 너는…….

"후."

눈꺼풀을 들어 올린 석현은 낮게 숨을 뱉었다. 답답한 속으로잔에 남아 있던 술을 퍼붓고 남은 얼음 하나를 신경질적으로 씹었다. 사실 이해를 해 보자면 못할 것도 없었다.

7년 전과 달리 지금의 그는 '돈'이 어떤 건지, 어떤 무게를 지니고 있는 건지, 잘 알고 있었다. 아마 그녀의 입장에선 지푸라기라도 잡아야만 했을 테다. 그 지푸라기가 영 마음에 들지 않는다는 게 문제지만, 그녀에겐 그게 최선이었을지도 모른다.

내가 갚아 주겠다고 하면, 어떨까. 과연 너는 이번에도 돈을 받을까……. bar에서 처음 그녀를 마주한 순간부터 목구멍 끝까지 차오른 말이었다. 하루에도 수십 번 울컥했지만 차마 뱉어 내지 못하고 속으로 삼켜야만 했다. 그녀의 반응이 너무도 뻔했기에. 기껏 힘들게 좁혀 낸 거리가 단번에 세상의 끝과 끝처럼 멀어질 게 분명했다. 그럴 순 없었다.

그는 다시금 빈 잔에 술을 채웠다. 쪼르르 얼음과 섞여 드는 호박색 액체를 물끄러미 응시했다. 널 위해서가 아니라 날 위해서라고 한다면 조금은 통할까. 그냥 하는 말이 아니라, 정말로 내 속 편하려면 3억쯤이야 기꺼이 쾌척할 수 있는데.

'술집 여자한테 미쳐서 하루에 돈 몇백씩 술값으로 꼬박꼬박 처박는 호구.'

일순 술병을 든 손이 멈칫했다. 귓가에 맴도는 그녀의 목소리에 그는 피식, 입술을 비틀었다.

"사람 볼 줄 아네, 여기."

낮은 목소리를 자조적으로 흘려보냈을 때였다. 별안간 룸의 문이 열렸다. 벌써 왔을 리가 없는데. 한 번 화장실을 간다고 룸을 나서면 함흥차사인 여자였다. 정말로 화장실을 가려는 게 아니라 절 피하는 게 목적이라는 걸, 그 역시 모르지 않았다. 의아하게 열린 문 너머를 바라보는데, 역시나 안으로 들어오는 이는 그녀가 아니었다.

"어머, 죄송해요. 방을 착각해서……."

역시 서희수가 입고 있는 옷은 양반이었구나. 깨달을 수 있을 정도로 과한 옷차림의 여자가 역시나 과하게 놀란 표정을 지었다. 여자는 '우연'을 가장한 '운명'을 연출하고 싶었던 모양이지만, 안타깝게도 그는 그런 얕은수가 통할 상대가 아니었다. 지금껏 살아오면서 수도 없이 많이 겪어 본 유형이었다. 석현은 심드렁한 얼굴로 여자를 바라보았다. 별다른 대꾸가 없자 머쓱한지 여자는 구불대는 긴 머리카락을 귀 뒤로 넘겼다.

"저는 인혜예요."

시키지도 않은 자기소개를 한다. 석현은 그래서 뭐 어쩌라고. 하는 얼굴로 바라보았다.

"……저기, 뭐 하나만 여쭤봐도 될까요?"

웬만하면 민망해서 도로 나갈 법도 한데. 여자는 제법 뻔뻔하게 질문을 던졌다. 뻔뻔함에 집요함까지 있었다. 정말이지 딱 질색인 유형이었다. 서희수에게 눈치를 준다는 이가 이 여자일까. 석현은 강남에서 흔히 볼 수 있는 여자의 얼굴을 빤히 바라보며 어디 한번 말해 보라는 듯 턱짓을 했다. 그러자 여자가 척 보기에도 무거워 보이는 인조 속눈썹을 연신 깜빡이며 묻는다.

"왜 매번 희수만 지정하세요?"

설마 예뻐 보인다고 생각해서 그러는 거냐고. 묻고 싶은 걸 참으며 그는 무뚝뚝하게 되물었다.

"그게 왜 궁금하죠?"

"그냥요. 다른 직원들이랑도 같이 대화하고 하면 좋을 것 같아서요."

보기 불편할 정도로 가식적인 미소를 지으며 여자는 말을 덧붙였다.

"사실 희수가 저희 가게에서 제일 재미없거든요."

"뭐, 확실히 재미있는 타입은 아니지."

"그죠? 다들 그렇게……."

"그쪽은 재미있고?"

제 말에 동조를 했다 여겨 신난 목소리를 뱉어 내는 여자의 말허리를 석현이 무뚝뚝하게 끊어 냈다.

"네?"

"개인기라도 있습니까?"

"아니……."

"있으면 해 봐요. 어디 얼마나 재미있는지 궁금하네."

기꺼이 관람해 주겠다는 듯 느긋하게 등받이에 몸을 기대자, 여자의 눈빛이 바람 앞의 등불처럼 흔들렸다. 뭐 이런 남자가 다 있어? 불쾌해하는 것도, 황당해하는 것도 같았다.

"안 할 겁니까?"

여자는 대답도 못하고 입꼬리만 바들바들 떨었다.

"재미없긴."

석현은 들으라는 듯 낮게 혀를 쯧, 찼다.

"재롱부릴 생각 없다면 이만 나가 줬음 좋겠는데. 독한 향수 냄새 때문에 머리가 아파서."

귀찮다는 듯 손을 휘휘 젓자 얼굴까지 시뻘겋게 달아오른 여자

220

가 씩씩거리며 문밖으로 나갔다. 쾅! 신경질적으로 닫히는 문이 여자의 기분을 대변해 주고 있었다.

비로소 룸 안이 고요해졌다. 여자가 남기고 간 지독한 잔향은 여전히 마음에 들지 않았지만, 그의 입가가 느슨해졌다.

"서희수가 재미있기까지 하면 내가 무척이나 곤란하거든."

낮게 중얼거린 그는 여유롭게 술잔을 입으로 가져갔다.

10. 실망

  화장실 거울을 멍하니 바라보던 희수는 손목시계를 확인했다. 아주 잠깐 나와 있었던 것 같은데 시간은 어느덧 훌쩍 지나 있었다. 그 말은 즉, 그녀가 용무도 없이 춥고 냄새나는 화장실에서 거울만 바라보고 서 있은 지도 꽤 됐다는 뜻이기도 했다. 보통은 대기실에서 시간을 때우곤 했지만 최근엔 눈치가 보여서 잘 이용하기가 힘들었다. 가게 밖에 덩그러니 놓여 있는 외부 화장실만이 그녀에겐 유일한 휴식처였다.

  "죗값 한번 톡톡히 치르는구나, 네가."

거울 속 제 모습을 바라보며 희수는 비식, 실소를 흘렸다. 석현 때문에 곤란한 요즘이었지만, 비참해지는 순간들이 수도 없이 많았지만, 한편으로는 이기적이게도 마음 한구석이 편하기도 했다. 7년 동안 혼자 묵혀 왔던 죄책감의 귀퉁이가 아주 조금씩 허물어지는 것처럼……. 물론 이런다고 제 죄가 사라질 순 없다는 걸 안다. 그래도 실낱같은 희망이 깊은 저 아래에서부터 슬그머니 고개를 드는 것이다. 이렇게 지내다 보면 어느 날엔 마음의 응어리가 녹을 수도 있지 않을까. 7년 전 일이 비로소 과거가 되는 날이 올 수도 있지 않을까. 그때가 되면 더는 과거에 얽매어 있지 않고 벗어날 수도 있지 않을까. 그도, 저도……. 메마른 눈동자 속에 헛된 희망의 빛이 찰나처럼 스쳐 지나갔다.

"후우."

낮게 숨을 내쉰 희수는 딱딱하게 굳은 입가를 매만지며 화장실을 벗어났다. 꼭 발등에 돌덩이를 얹기라도 한 것처럼 내딛는 걸음이 무겁게 느껴졌다. 입구에 이제 막 가까워졌을 때였다. 별안간 문이 활짝 열리더니 누군가가 빠르게 밖으로 나왔다. 방심하고 있던 그녀와 어깨가 턱, 부딪혔다.

"죄송합니다."

분명 제 잘못이 아니었음에도 입이 절로 달싹였다. 다년간 서비스직에 종사하다 보니 죄송하다는 말이 입에 붙은 탓이었다. 꾸벅, 고개를 숙였다 들어 올리는데 별안간 희수의 눈이 둥그렇게 커졌다. 그건 상대방도 마찬가지였다. 제발 몰라라. 제발……. 1초도 되지 않는 짧은 순간 동안 속으로 빌고 또 빌었다. 그러나 언제나 그랬듯 하늘은 이번에도 그녀의 편이 아니었다.

"어……? 너!"

단번에 그녀를 알아본 듯 남자가 오동통 살이 오른 검지를 척 치켜들며 그녀를 가리켰다.

희수는 굳은 얼굴을 살짝 숙여 시선을 피했다.

"우리 본 적 있지?"

남자가 비틀대며 한 걸음 성큼 다가왔다. 훅 끼쳐오는 지독한 술 냄새에 미간이 절로 찌푸려졌다.

"응? 너 나 알잖아. 맞지?"

번들거리는 남자의 입술 끝이 말려 올라갔다. 반대로 희수의 입가는 바르르 떨려 왔다. 어떻게 모를 수가 있을까. 잊을 만하면 한 번씩 찾아와 잊지 못할 장면들만 보여 준 남자였는데. 형님이 보내서 왔다며, 남자는 마치 제집이라도 되는 것처럼 막무가내로 그녀의 집으로 들이닥쳤다.

'돈을 빌렸으면 갚아야 할 거 아니야! 누군 땅 파서 장사해? 가진 게 없으면 몸을 팔아서라도 돈을 만들어 오라고, 쌍!'

위협적으로 집 안 물건들을 하나씩 툭툭 건드리며, 바들바들 떠는 두 자매를 구석으로 몰아 놓고서 기세등등하게 소리치던 남자의 음성은 아직도 생생했다. 그때마다 느꼈던 지독한 공포감까지도.

"너랑 내가 인연이긴 한가 보다. 이런 데서 다 보고. 집에서 보는 것보다 더 반갑네."

남자는 마치 아주 오래전 친구를 만난 것처럼 반가운 얼굴로 낄

낄 웃었다.

"그동안 잘 지냈지? 최근에 내가 바빠서…….."

"죄송한데, 바빠서요."

반갑게 안부를 물을 사이는 결코 아니었다. 아니, 마주하고 있는 것만으로도 소름이 끼쳤다. 남자의 말이 채 끝나기도 전에 까딱, 고개를 숙인 희수는 몸을 틀어 도망치듯 화장실로 빠르게 내달렸다. 이 와중에도 '죄송하다'라는 말을 습관처럼 하는 제 신세가 참으로 초라했다.

쾅! 화장실 문을 꼭 닫고 거울 앞에 섰다. 조금 전과 달리 새하얗게 질린 제 얼굴이 보인다. 마찬가지로 핏기가 가신 입술 끝도 미세하게 떨리고 있었다.

"하필이면……."

주먹을 꽈악 그러쥐어 심장께를 눌렀다. 쿵쿵쿵. 불규칙적으로 크게 뛰는 심장 박동이 고스란히 느껴졌다. 그때였다. 별안간 닫혀 있던 화장실 문이 벌컥 열린 것은. 설마, 하고 바라보는데 성큼 안으로 들어오는 건 아까 그 남자였다.

"뭐하는 거예요? 여기 여자 화장실……!"

"나도 알아. 그게 분간 안 될 정도로 취하진 않았거든."

태연하게 대꾸하는 남자의 뒤편으로 화장실 문이 닫혔다. 탁, 작은 소리가 마치 천둥소리처럼 좁은 화장실 안을 크게 울렸다.

"근데 뭐 어때? 어차피 지금 여기엔 너랑 나밖에 없는데."

희수가 주춤 뒤로 물러서자 남자는 기름기가 가득 낀 얼굴로 씨익, 웃었다.

"진작 너 예쁜 줄은 알았지. 사실 너 맡겠다고 하는 놈들이 한

둘이 아니었거덩. 결국 승리자는 나였지만."

어느덧 가까이 다가온 남자가 그녀의 어깨를 가볍게 붙들었다.

"그런데 이제 보니 얼굴보다 몸매가 더 죽여주는 것 같네?"

귓가에 습한 공기가 흩어졌다. 등허리를 타고 불쾌한 소름이 좌악 돋아났다. 몸을 틀어 남자의 손을 뿌리치려 했지만 쉽게 떨어지지 않았다.

"이거 놔요."

"참 나. 이런 데서 일하는 주제에 웬 내숭 질이야?"

남자는 누런 이를 드리내며 이죽거렸다.

"한 번 대줄래? 그럼 내가 형님한테 빚 좀 깎아 달라고 말해 볼게."

"이봐요!"

"뭘 발끈하고 그래? 어차피 여기서 일하는 것도 돈 때문 아니야?"

"……."

"아, 2차 없는 곳이랬나. 여기서 술 따르고 웃음 팔면서 일하면 얼마나 주냐? 몇 푼 되지도 않을 것 같은데. 내가 비싸게 쳐줄 테니까 그냥 쉽게 벌어."

굵은 손가락 사이로 그녀의 결 좋은 머릿결이 부드럽게 빠져나갔다. 남자는 그녀의 머리카락을 제 입술께로 가져가며 비릿한 미소를 흘려 댔다.

"하룻밤에 삼십. 어때? 서비스 좋으면 팁 좀 더 얹어 줄 수도 있는……."

말이 채 끝나기도 전에 희수는 무릎으로 남자의 급소를 공격

했다.

"억!"

단말마의 비명과 함께 커다란 몸뚱이가 휘청였다. 그제야 남자에게서 벗어난 희수는 재빨리 몸을 돌렸다. 이제 막 화장실 문고리를 잡은 순간이었다. 바로 뒤에서 인기척이 느껴지는가 싶더니 이내 우악스러운 손아귀가 그녀의 머리채를 낚아챘다.

"이년이 죽으려고 환장했나!"

흥분한 남자의 음성과 함께 가녀린 몸은 그대로 화장실 바닥으로 내동댕이쳐졌다. 머리부터 발끝까지 퍼지는 공포감에 통증조차 느껴지지 않았다.

"살려…… 읍!"

소리를 지르기도 전에 남자가 그녀의 위로 올라타 입을 틀어막았다. 두터운 손바닥에 가로막힌 목소리는 끙끙거리기만 할 뿐이었다. 벗어나려 바동거렸지만 소용없었다.

"가만히 있어."

경고하는 가느다란 눈구멍이 뱀의 그것처럼 섬뜩하게 빛났다.

"비루한 네 몸뚱이를 내가 기꺼이 사 주겠다는데. 어? 그럼 감사합니다, 넙죽 절하고 벌려야지. 이게 어디서 주제도 모르고 팅기고 지랄이야, 지랄은!"

퉤, 바닥에 가래침을 뱉은 남자가 다른 한 손을 훤히 드러난 가슴골 위로 가져다 댔다. 그러곤 그대로 옷을 찢으려는 듯 확 내렸다. 무식한 힘에 얇은 천 조각은 힘없이 찌익, 찢어졌다. 속옷이 고스란히 드러나고 차가운 공기가 맨살을 후벼 팠다. 몸이 얼어붙는 듯했다.

그 순간이었다.

콰앙! 엄청난 소리와 함께 화장실 문이 벌컥 열렸다. 두 사람의 시선이 동시에 같은 곳을 향했다. 문을 발로 차고 안으로 들어오는 건 석현이었다. 그는 마치 저승사자처럼 서늘한 시선으로 바닥의 두 사람을 바라보았다. 희수는 바르르 떨리는 두 눈을 질끈 감았다. 살았다는 안도감보다도 뱃속을 헤집는 수치심에 속이 울렁였다. 왜 당신 앞에서 나는 항상 이렇게 비참한 꼴만 보여야 하는 건지. 어째서 당신은 이런 순간마다 내 앞에 나타나는 건지. 도대체 어디까지…….

"뭐야, 넌?"

불만 가득한 목소리와 함께 그녀의 몸을 짓누르고 있던 무게가 사라졌다. 희수는 느릿하게 눈꺼풀을 들어 올렸다. 아주 천천히 넓혀지는 시야 너머로 두 남자가 대치하고 있는 모습이 보였다. 남자는 엄청난 덩치를 자랑하고 있었지만, 그 앞에 당당히 서 있는 석현의 모습은 조금도 작아 보이지 않았다. 기가 죽기는커녕 살인이라도 저지를 듯 매서운 석현의 눈빛에 오히려 남자는 저도 모르게 주춤했다. 그와 동시에 석현의 팔이 남자의 얼굴을 향해 날아갔다. 엄청난 속도였다. 때문에 남자는 바로 앞에서 날아오는 주먹을 피하지 못했다. 퍼억! 하는 묵직한 소리와 함께 두툼한 턱이 반대편으로 돌아갔다. 그 충격이 꽤 강했는지 그와 동시에 묵직한 몸도 덩달아 바닥으로 쓰려졌다.

"커억……!"

제대로 맞은 모양이었다. 남자는 양손으로 한쪽 턱을 부여잡은 채 말도 제대로 하지 못했다. 그러나 그것만으로도 성에 차지 않앉는지 석현은 남자의 얼굴로 주먹을 몇 번 더 내리꽂았다. 퍽. 퍽. 퍽. 둔탁한 마찰음이 화장실 안을 울렸다. 그때마다 남자의 입에서는 짧고 굵은 비명 소리가 흘러나왔다. 청소년 관람 불가 영화에서나 볼 법한 잔인한 폭력 장면이었다. 그러나 희수는 커다란 눈만 껌뻑일 뿐, 아무것도 할 수 없었다. 이성을 잃은 그를 말릴 자신이 없었다. 애초에 제가 그런 오지랖을 부릴 상황이 아니기도 했고.

더 이상 남자의 입에서 신음조차 흘러나오지 않을 때 즈음, 석현은 그제야 느릿하게 몸을 일으켰다. 피떡이 된 남자의 얼굴을 보고도 그는 눈 하나 깜빡하지 않았다. 오히려 제 주먹에 묻은 피가 더럽다는 듯 인상을 찌푸리며 손수건을 꺼내 닦아 낼 뿐이었다. 값비싼 명품 손수건에 핏자국이 선명하게 새겨졌다. 석현은 그것을 미련 없이 쓰레기통에 처박았다. 그런 다음 지갑을 꺼내 들었다. 대충 수표 몇 장을 꺼내 든 그는, 조금 전 손수건을 버렸을 때 그랬듯 아주 우아한 손짓으로 가볍게 돈을 내던졌다. 바닥에 나자빠진 남자의 머리 위로 수표 몇 장이 팔랑이며 떨어졌다.

"병원비는 하고도 남을 거야."

바닥에 아무렇게나 떨어진 건 모두 100만 원권 수표였다. 이 와중에도 금액을 확인한 남자의 두 눈이 크게 흔들렸다.

"그래도 부족하면 연락해."

석현은 마지막으로 네모반듯한 명함 한 장을 남자의 눈앞으로 던졌다.

"태광그룹과 부딪혔을 때 박살 나지 않을 자신 있다면."

명함을 확인한 남자의 눈이 조금 전보다 훨씬 더 크게 흔들렸다. 마치 세상이 무너지기라도 한 것 같은 표정이었다. 반항할 의지조차 상실한 듯 두 눈을 감아 버리는 남자를 보며 석현은 크게 쯧, 혀를 찼다. 한겨울 칼바람처럼 서늘한 그의 시선이 구석에 처박혀 숨죽이고 이 상황을 지켜보고 있던 희수에게로 옮겨졌다. 허공에서 두 사람의 시선이 얽혔다. 뭔가에 홀린 듯 마주하고 있던 시선을 먼저 피한 건 희수였다. 뒤늦게 잊고 있던 지금 제 꼴이 새삼 떠오른 탓이었다.

풀썩. 그녀의 위로 두툼한 코트가 떨어졌다. 비릿한 피 냄새 사이로 특유의 청량한 향이 훅 끼쳐 왔다. 희수가 시선을 천천히 들어 올렸다. 석현은 이번엔 그녀와 시선을 마주하지 않은 채 바닥에 무릎을 꿇었다. 그는 그녀의 허리와 다리 사이로 양손을 집어넣더니 가볍게 안아 들었다. 아차, 하는 새에 몸이 붕 떠올랐다.

"……선배……."

"입 다물어. 지금 전부 다 엎어 버리고 싶은 거, 힘들게 참고 있으니까."

처음 보는 낯선 얼굴이었다. 이렇게 무서운 그는 7년 전, 일방적으로 이별을 고했을 때도 본 적이 없었다. 달싹이려던 입술이 죽은 조개처럼 딱 다물렸다. 얌전히 그의 품에 안겨 화장실을 빠져나갈 수밖에 없었다.

띠릭. 도어 록 잠금이 해제되는 기계음이 귓속을 파고들었다. 그와 동시에 활짝 열리는 현관문 너머로 낯선 집의 전경이 펼쳐졌다.

석현이 멍하니 서 있는 그녀의 어깨를 잡고 안으로 밀어 넣었다.

주차장에서 내릴 때 또 한 번 공주님 안기를 하려는 그의 손길을 뿌리치고 제 발로 걸어오긴 했지만, 이번엔 무리였다. 그의 손길에 의해 힘없이 현관 안으로 들어서자 냉기와 함께 익숙한 향이 은은하게 코끝을 적셔 왔다.

그가 실내화를 건넸다. 사용감이 전혀 보이지 않는 새것이었다. 제 몫으로 내어 준 실내화를 물끄러미 바라보던 희수는, 이내 신고 있던 슬리퍼를 가지런하게 벗어 두고는 실내화로 갈아 신었다.

"앉아 있어."

그는 거실 소파에 그녀를 앉혀 놓고 돌아섰다. 그러곤 보일러를 켠 뒤 집 안을 왔다 갔다 분주하게 오가기 시작했다. 방으로 들어간 석현은 꽤 오래 나오지 않았다. 주인 없는 집에 혼자 앉아 있는 것처럼 어쩐지 어색해서 희수는 시선을 이리저리 움직였다. 집은 한눈에 봐도 깔끔했다. 불필요한 장식 같은 건 보이지 않았다. 꼭 필요한 것들만 질서정연하게 놓여 있었다. 집주인의 성격과 꼭 닮은 집이었다.

조금 전 bar에서 나오자마자 석현은 그녀를 자신의 차에 태우고 대리 기사를 불렀다. 그는 조수석이 아닌 그녀의 옆자리에 앉았다. 차창 밖으로 낯선 풍경들이 스쳐 지나갔지만, 어디로 가는 거냐고 묻지 않았다. 그저 멍하니 차창 밖을 바라봤을 뿐. 목적지가 어디든 상관없었다. 그 어디가 됐든 집보단 나을 테였다. 이 꼴로 집에 들어가 연수를 마주할 순 없었다.

"일어나."

한참 만에 방에서 나온 그가 그녀의 손을 잡아끌었다. 얼결에 자리에서 일어난 그녀는 그의 뒤를 따랐다. 그가 데려간 곳은 방이 아니라 욕실이었다. 입욕제 거품이 풍성하게 올라와 있는 욕조에서는 뿌연 김이 뭉게뭉게 올라오고 있었다.

"씻고 나와. 옷은 이걸로 갈아입고."

그의 표정은 여전히 딱딱했다. 선반 위에 깔끔하게 개켜진 옷을 손으로 가볍게 툭툭, 친 그는 그녀와 시선을 마주치지도 않고 그대로 욕실을 나갔다. 탁. 무심하게 닫히는 욕실 문소리에 어쩐지 그의 화가 실려 있는 것 같았다. 희수는 천천히 고개를 돌려 거울을 마주했다. 머리는 산발에 눈가는 팅팅 부어 있고 입가엔 피딱지까지 매달려 있었다. 정말이지 꼴이 엉망이었다. 웃음도 나오지 않았다.

몸을 감싸고 있던 코트를 벗어 잘 개켜 선반 위에 올려 두었다. 찢어진 원피스는 쓰레기통에 버리고 속옷까지 모두 벗었다. 욕실 문이 잠긴 걸 확인한 후 느릿하게 욕조로 향했다. 물의 온도는 딱 적당했다. 따뜻한 물속에 잠기자 잔뜩 경직됐던 근육들이 노곤하게 풀리는 듯했다. 손끝과 발끝에서 미세하게 이어지던 떨림도 멈췄다. 다른 사람도 아니고 그의 집에서, 팔자 좋게 이러고 있는 날이 올 줄이야……. 쓴웃음을 목구멍으로 삼켜 낸 희수는 무릎을 세우고 얼굴을 묻었다. 턱 아래에서 물이 찰박거렸다.

술 취한 사람을 상대하는 일은 결코 쉽지 않았다. '파라다이스'에서 고작 1년 일하는 동안, 그녀는 생각지도 못했던 별의별 일을 다 겪어 봤다. 웬만한 일엔 눈 하나 깜빡하지 않을 정도였다. 당연히 웃으며 모든 일을 받아들일 순 없었지만, 그래도 더러운 기억은 금방 털고 일어날 수 있는 멘탈까진 다져졌다고 생각했는데…….

문득 눈가가 뜨거워져 희수는 두 눈을 질끈 감았다. 감은 눈 위로 아까 화장실 안에서 있었던 일들이 파노라마처럼 빠르게 스쳐 지나갔다. 특히나 바닥에 나뒹구는 저를 발견했던 석현의 그 눈빛은, 마치 방금 현상한 사진처럼 선명했다.

"최악이다, 정말……."

입술 틈으로 건조한 숨이 힘없이 흘러나왔다. 희수는 눈을 감은 채 물속으로 얼굴을 처박았다. 그리고 생각했다. 이대로 물거품이 되어 사라질 수 있다면 얼마나 좋을까, 하고.

평소엔 신경도 쓰지 않던 초침 소리가 신경을 예리하게 긁어 댔다. 석현은 굳은 얼굴로 거실 벽에 붙어 있는 시계와 꽉 닫힌 욕실 문을 번갈아 보았다. 욕실에 그녀를 두고 나온 지 벌써 30분이 흘러가고 있었다. 여자들은 씻는 시간이 길다는 걸 알고는 있었지만, 이건 길어도 너무 긴 것 같았다.

설마…….

문득 치밀어 오르는 찜찜함에 석현은 자리에서 벌떡 일어났다. 오버라는 생각이 들었지만 무시할 순 없었다. 아까도 왠지 모르게 느껴지는 불길한 촉에 그녀를 찾으러 나갔다가 큰일을 막을 수 있지 않았던가. 만약 그때 제 감을 무시했더라면……. 뒷일이 얼마나 끔찍했을지는 상상하고 싶지도 않았다.

얼굴을 딱딱하게 굳힌 채 그는 빠른 걸음으로 욕실 문 앞에 섰

다. 소파에서 여기까지. 고작 몇 걸음을 걸었을 뿐인데 초조함이
배가 됐다. 떨리는 손을 문고리에 가져다 대려는 찰나 달칵, 하고
욕실 문이 열렸다. 뿌연 김이 훅 끼쳐 와 석현은 뒷걸음질을 쳤다.
젖은 머리카락을 수건으로 꾹꾹 누르며 나오던 그녀가 코앞에 다
가와 있는 석현을 발견하곤 눈을 크게 떴다.

"너무 늦는 것 같아서."

변명 아닌 변명에 그녀는 작게 고개를 끄덕였다. 젖은 머리카락
에서 풍기는 옅은 샴푸 냄새가 후각을 자극했다. 분명 매일 맡았
던 향인데 어쩐지 느낌이 새로웠다. 원래 이렇게 달달한 향이었
던가.

"저기, 그런데 바지는……."

흐려지는 목소리가 조심스러웠다. 석현은 덤덤한 시선으로 그녀
를 훑었다. 헐렁한 면 티 아래로 새하얀 맨다리가 쭉 뻗어 있었다.

"내 바지는 사이즈가 안 맞을 것 같아서. 난방 빵빵하게 틀었는
데, 추워?"

"그게 아니라……."

"그런 거 아니면, 그냥 원피스 입었다고 생각해."

그녀는 어쩔 수 없다는 얼굴로 수긍했다.

"따뜻한 거 마실래? 커피랑 허브티 있어."

자연스러운 물음에 희수는 잠깐 머뭇거리는가 싶더니 이내 대
답했다.

"허브티로 할게요."

"앉아서 기다려."

거실 소파를 가리키자 그녀는 얌전히 걸음을 옮겼다. 석현은 그

런 그녀의 뒷모습을 빤히 쳐다보았다. 제 말에 순순히 따르는 서희수가 너무도 낯설었다. 따박따박 반박할 때도 그랬지만, 이 역시 썩 유쾌하지만은 않았다.

주방으로 들어온 그는 찬장에서 머그잔과 허브티를 꺼내 뜨거운 물을 부었다. 투명한 물은 금세 노랗게 물들었다. 은은하게 퍼지는 허브 향을 맡으며 그는 거실로 향했다. 희수는 그가 말한 자리에 얌전히 앉아 있었다. 짧은 옷이 신경 쓰이는지 옷자락을 끌어 내리는 조그마한 손이 보인다. 그리고 그 아래로 뻗어 있는 늘씬한 맨다리가 다시 한 번 그의 시야에 선명하게 들어왔다. 석현은 헛웃음을 흘렸다. 이 와중에도 아랫배가 뻐근해지는 게 황당해서였다.

"마셔."

김이 폴폴 나는 머그잔을 희수는 조심스럽게 건네받았다. 석현은 맞은편에 앉아 다리를 꼰 채 그녀를 물끄러미 응시했다. 빤한 시선이 불편한지 그녀는 어색한 얼굴로 허브티를 홀짝였다. 실수로라도 그와 시선을 마주치는 법이 없었다.

"당장 그만둬."

석현의 입에서 단조로운 음성이 툭 던져지듯 뱉어졌다. 그제야 내내 다른 곳을 향해 있던 시선이 느릿하게 그를 향했다.

"설마 이딴 일까지 겪어 놓고 계속 다닐 생각은 아니었겠지?"

커다란 눈망울이 미약하게 흔들렸다.

"……오늘 일은 고마워요. 정말 너무 고마운데."

뒷말을 굳이 듣지 않아도 충분히 예상이 됐지만, 석현은 참을성 있게 기다렸다. 그녀는 그런 그의 눈치를 보며 조심스럽게 말을 덧붙였다.

"이건 내 일이에요. 내가 알아서 할게요."

반듯하게 선을 긋는 말에 석현의 눈썹이 씰룩였다.

"알아서 뭘 어떻게 할 건데?"

"……"

"또 이런 일이 생기면? 그땐 어떻게 할 건데? 아까 내가 안 나타났으면 어떻게 됐을 것 같아? 네가 할 수 있는 게 뭐가 있다고 알아서 하겠다는 말을 하는 거냐고, 대체!"

아까 일이 떠올라 감정이 점점 격해졌다. 격해진 감정은 격앙된 목소리에 실려 고스란히 그녀를 움츠러들게 만들었다. 그녀는 끝내 아무런 말을 하지 못했다. 너무도 당연한 일이었다. 할 말이 있을 리가 없었다. 죽은 조개처럼 딱 다물어진 그녀의 새빨간 입술을 보며, 석현은 낮게 숨을 골랐다.

"서희수."

조금은 누그러진 목소리가 흘러나왔다.

"넌, 정말로 그 일이 너랑 어울린다고 생각해?"

일순간 그녀의 눈이 살짝 늘어났다. 그러다 이내 눈꼬리가 크게 휘었다. 마치 세상에서 가장 우스운 질문을 들은 사람처럼 그녀는 작게, 그리고 힘없이 웃었다.

"왜 웃어?"

"질문이 우스워서요."

석현이 눈썹을 찌푸렸지만 그녀의 입가엔 여전히 쓴웃음이 매달려 있었다.

"그 일이 나랑 어울린다고 생각하냐고요? 글쎄요. 그런 생각은 한 번도 안 해 봤어요. 이 세상에 나랑 어울리는지, 안 어울리는지를 따지면서 돈 버는 사람이 몇이나 있겠어요. 선배처럼 엄청난 집안의 자제들은 이해 못할 수도 있겠지만, 보통은 그래요. 당장 돈이 필요하니까. 그래서 하는 거예요. 커피숍 일도, 이 일도."

마치 세상천지 분간 못하는 초등학생을 앞에 두고 설명하는 것처럼 차분한 어조였다. 이제 이해가 좀 돼요? 하는 것 같은 그녀의 두 눈을 똑바로 마주한 채 석현이 입을 열었다.

"줄게, 그 돈."

앞뒤 다 잘린 말이었다. 그녀는 무슨 뜻인지 알아듣지 못한 얼굴로 그를 바라보았다.

"3억. 내가 주겠다고."

명확하게 뱉어 낸 숫자에 그녀의 눈이 미약하게 흔들린다.

"……대체, 어디까지 알고 있는 거예요?"

"아마도 네가 상상하는 것 이상으로."

하. 그녀의 붉은 입술을 비집고 낮은 숨이 터져 나왔다.

"그러네."

그녀는 자조적으로 낮게 중얼거렸다.

"선배는 내가 상상한 그 이상으로 잔인한 사람이었네."

건조한 음성만큼이나 메마른 시선이 그를 빤히 응시했다. 그녀는 기분이 나빠 보였다. 자존심이 상하고 화도 난 것 같았다. 그리고 상처를 받은 것 같기도 했다. 아니, 상처를 받았다는 표현보다는…….

실망.

그래, 분명한 실망이었다. 지금껏 그 어떤 못된 말을 멋대로 뱉었을 때조차도 이런 눈빛을 보이지는 않았는데. 지금 그녀는 제게 정말로 질려 버린 것 같았다. 순간 심장이 쿵, 하고 발치로 떨어졌다. 물 밖에 나온 생선처럼 팔딱팔딱 바닥을 헤집어 가며 정신없이 뛰어 댔다.

기꺼워하지 않을 줄은 알았다. 자존심이 상할 거라는 것도. 화를 낼 거라는 것도. 충분히 예상하고 있었다. 하지만 거기까지였다. 지금 그녀가 보이는 반응은, 눈곱만큼도 예상하지 못했을뿐더러 도저히 제 상식으로는 납득하기가 어려웠다. ……어째서? 그가 혼란스러워하는 사이 그녀가 사리에서 일어났다.

"미안한데, 이 옷 좀 빌릴게요."

스쳐 지나가는 그녀에게서 찬바람이 불었다.

숫자가 빠르게 바뀌는 LED 화면을 빤히 응시하던 희수의 미간이 일그러졌다. 머리가 깨질 듯 아파 왔다. 속도 메스꺼웠다. 고작 술을 한 잔 마셨을 뿐인데, 꼭 지독한 숙취가 찾아온 것 같았다. 지끈거리는 이마를 짚고서 한숨을 내쉬는데 엘리베이터 문이 열렸다. 아직 밖으로 나가지도 않았는데 벌써부터 찬 기운이 훅 끼쳐 왔다.

맨다리에 닿는 냉기에 희수는 저도 모르게 어깨를 움츠렸다. 슬리퍼 앞코로 툭 튀어나와 있는 발가락도 시려 왔다. 그나마 속에서 들끓는 열 때문에 얼어 죽을 일은 없을 테니, 불행 중 다행이라고 해야 할까. 희수는 느릿하게 걸음을 옮겼다. 정신없는 통에

잃어버린 구두 한 짝 대신 빌려 신은 그의 슬리퍼는 한 발을 내디
딜 때마다 발이 앞으로 쑥 빠질 정도로 사이즈가 컸다.

　이제 곧 겨울이었다. 이 날씨에 이 꼴로 돌아다니는 그녀를 보면
사람들이 미쳤다 손가락질할지도 몰랐지만, 지금 그녀에겐 타인
의 시선을 신경 쓸 여유가 조금도 없었다. 꽉 닫혀 있던 유리문을
열자 조금 전과 비교도 할 수 없는 서늘한 바람이 불어왔다. 저도
모르게 발가락을 바짝 오므리는데, 뒤편에 있는 계단에서 기척이
들려왔다. 다급하게 느껴지는 발소리는 점점 가까워졌다.

　"설마."

　그의 집은 20층이었다. 아무리 걸음이 빠르다고 해도 엘리베이
터를 타고 내려온 자신과 속도가 같을 순 없을 테다. 그렇게 생각
하면서도 한편으로 불안한 건 어쩔 수 없었다. 희수는 걸음을 조
금 더 서둘렀다. 그러나 질질 끌리는 슬리퍼를 신고서는 속도를
낼 수가 없었고, 결국 금세 뒤를 바짝 쫓아온 남자의 손에 붙들
려야만 했다.

　"대체 뭐가 문젠 건데!"

　"이거 놔요."

　"내가 너더러 돈 갚으래? 빚 갚아 주겠다잖아! 널 벼랑 끝까지
밀어붙이는 그 빌어먹을 돈, 내가 갚아 주겠다고!"

　거친 숨과 함께 크게 터져 나온 그의 목소리가 적막한 주위를
쩌렁쩌렁 울렸다.

　"그런데 내가 왜 잔인하단 소릴 들어야 해! 날 잔인하게 버린 네
입에서 어떻게 그런 소리가 나와!"

　그는 거칠게 그녀를 돌려세웠다. 속에서 들끓는 감정을 애써 억

누르느라 오히려 차게 식어 버린 시선이 그녀에게 꽂혔다.

"자존심이 상해서 거절하는 거야?"

희수는 대답하지 않았지만 그는 꼭 대답을 들은 것처럼 미간을 좁혔다.

"네 자존심은 어째서 내 앞에서만 나타나는 건데? 아까 그 꼴을 당한 건, 자존심 안 상해? 어떻게 한 번 해 보려고 침 질질 흘리는 새끼들 앞에서 술 팔고 웃음 파는 건 괜찮고?"

말끝에 매달린 조롱이 귓속을 아프게 파고들었다. 희수는 입 속의 여린 살을 질끈 깨물었다. 비릿한 맛이 금세 입 안으로 피져 나갔다. 그래. 당신은 아마 죽었다 깨어나도 이해하지 못할 것이다. 돈이라면 자존심이고 뭐고 없이 넙죽 받는 게, 당신이 기억하는 서희수일 테니까.

그래서 참으려고 했다. 당신한테 나는 평생 죄인이었으므로. 7년 만에 나타나 멋대로 내 인생을 휘저어도. 이미 너덜너덜해진 자존심을 무자비하게 짓밟아도. 그래도 이를 꽉 깨물고 견뎌 내려고 했다. 피해자인 당신에겐 그럴 자격이 있었으니까. 그런데…… 이젠 한계였다. 자존심보다 더한 게 아파서, 도무지 더 이상은 괜찮은 척할 수가 없었다.

"그래요. 선배가 맞아요."

그의 시선은 여전히 냉담했다. 희수는 그의 시선을 똑바로 맞받아치며 말을 이었다.

"나 하나도 안 괜찮아요. 어떻게 괜찮을 수가 있겠어. 나도 쪽팔려요. 남자한테 술 팔고 웃음 파는 거, 미치도록 지긋지긋해. 이런 내가 부끄럽고 혐오스러워. 하루에 열두 번도 넘게 생각해요. 오늘은 그만둬야지, 내일은 그만둬야지. 모레는, 그다음 날은……. 가슴에 사표 한 장 늘 품고 살아요."

"……."

"그런데요, 선배. 정말 미치도록 싫은데도. 당장 때려치우고 싶은데도…… 목구멍이 포도청이라 나는 참아야만 해요. 오늘 같은 일 당해도 어쩔 수 없지. 한숨 자고 잊자. 떨쳐 내려 노력하고 또 노력해야만 해요. 그러지 않으면 살 수가 없으니까. 개똥밭에 굴러도 이승이 낫다고. 죽는 것보단 이편이 나을 테니까. 어떻게든 악착같이 버텨 보는 거예요."

그의 미간이 좁아졌다. 조금도 이해하지 못한 얼굴이었다.

그럼 그렇지. 희수는 비식, 헛웃음을 흘렸다. 애초에 이해를 바라고 한 말도 아니었다. 최석현이 어떻게 서희수를 이해하겠어. 지나가던 개가 웃을 소리였다.

"알아요. 남들이 보기엔 우습고 하찮은 인생처럼 보인다는 거. 왜 저러고 사나. 저럴 바엔 차라리 죽는 게 낫지. 한심하게 보일 수도 있다는 거. 선배가 그랬던 것처럼."

그는 부정하지 않았다.

"근데 그게 선배랑 무슨 상관인데요."

희수는 눈에 힘을 주어 삐딱하게 그를 올려다봤다.

"선배가 왜 내 빚을 갚아 주겠다는 건데?"

아무 말 못 할 거라 생각했다. 내내 입을 다물고 있었던 것처럼 이번에도 역시 그저 저를 한심하게 바라보기만 할 거라고. 그런데 그녀의 예상이 틀렸다. 이어지는 그의 대답엔 망설임이 없었다.

"내가 싫으니까."

지나치게 간단한 이유였다. 길고 길게 주절거렸던 제 입이 민망해질 정도였다. 끝까지 당신은……. 그를 담고 있던 희수의 눈이 서늘하게 식었다.

"돈지랄 하고 싶으면 딴 데 가서 해요."

"서희수."

"이 정도 했으면 됐잖아. 아직도 부족해요?"

일그러지는 그의 표정을 똑바로 보면서도 희수는 한껏 비아냥거렸다.

"얼마나 더 나를 비웃고 짓밟을 생각이에요? 내가 못 견뎌 죽을 때까지? 그러면 멈춰 줄래요? 선배가 원하는 게 그거예요?"

"서희수!"

"이거 놔요!"

말리려는 듯 제 팔을 다급하게 붙잡는 손길을 단번에 떨쳐 내며 희수는 악에 받쳐 소리쳤다.

"내가 잘못했다고 했잖아! 너무너무 미안하다고! 뻔뻔한 거 아는데. 정말로 나 선배한텐 너무 나쁜 년인 거 아는데. 그런데 그땐 나도 정말로 어쩔 수가 없었다고!"

눈가가 불에 덴 것처럼 뜨겁게 달아올랐다. 희수는 두 눈을 질끈 감았다.

"……용서해 달란 말 안 해요. 바라지도 않아. 다만…… 오죽했으면 그랬을까. 불쌍한 년. 박복한 년. 그렇게 동정해 주면 안 돼요? 꼭 끝까지 가야겠어요? 이제 그만…… 나 좀 놔주면 안 돼요……?"

바락바락 악을 쓰던 목소리는 끝내 울음이 되어 어둠 속으로 빠르게 스며들어갔다. 귓가에서 작게 메아리치는 제 목소리를 들으며 희수는 털썩 바닥에 주저앉았다. 더는 서 있을 힘이 없었다. 시멘트 바닥에 쓸린 맨다리에서 피가 났다. 손바닥엔 바닥에서 아무렇게나 굴러다니던 작은 돌멩이들이 쿡쿡 찔러 왔다. 하지만 통증은 조금도 느껴지지 않았다. 너덜너덜해진 제 가슴에 비하면 이까짓 통증 따위 아무것도 아니었다. 숨만 쉴 수 있다면, 이까짓 고통 따위 수십 번, 수백 번도 더 견딜 수 있었다.

"서희수. 대체 언제까지 모르는 척할래."

그런 희수를 아프게 바라보던 석현이 덩달아 바닥에 무릎을 꿇으며 그녀와 시선을 맞춰 왔다.

"네가 더 잘 알잖아. 나는……."

그녀보다 더 상처받은 얼굴로 느리게 입술을 달싹였다.

"널 못 놔."

끝까지 고집스러운 말이었지만, 이번만큼은 차마 그를 원망할 수가 없었다. 지금까지 내 얘길 듣긴 했냐고. 어떻게 당신만 생각하느냐고. 너무하다고 소리칠 수 없었다. 뒤에 이어질 말이 어떤 내용일지 짐작이 가는 탓이었다.

"처음엔 나도 쉽게 잊을 수 있을 줄 알았어."

주위로 짙게 깔린 어둠만큼이나 낮은 목소리가 그와 그녀의 사이로 무겁게 가라앉았다.

"그깟 돈 몇 푼 때문에 사람을 비참하게 버린 못된 계집애니까. 보란 듯 꼭 잘 살아야겠다고. 먼 훗날 길에서 마주치면 모르는 척 쿨하게 지나쳐야지. 후회한다, 미안하다, 네가 울고불고해도 거들떠도 안 봐야지. 난 이미 다 잊었어. 코웃음 한번 치고 냉정하게 돌아서야지."

촉촉하게 젖어 드는 그의 새카만 눈동자 속의 여자가 흔들렸다. 아니, 그녀를 담아 둔 그의 눈빛이 바람 앞의 등불처럼 위태롭게 흔들리고 있었다.

"그런데 널 다시 만나고 내가 가장 먼저 든 생각이 뭔 줄 알아?"

희수는 바들바들 떨리는 입가에 힘을 줬다. 그만 들어야 할 것 같은데. 듣기 싫다고. 제발 멈춰 달라고. 당장이라도 그의 입을 막아야 할 것 같은데……. 마음과 달리 목소리가 나오질 않았다.

"빌어먹게도 후회였어."

기어이 한숨처럼 뱉어진 한마디가 그녀의 가슴으로 아프게 파고들었다.

"그때 내가 집요하게 널 찾아 이유를 물었더라면 어땠을까. 괜한 자존심 세우지 않고 네 입장부터 생각했더라면. 하다못해 내가 조금만 더 일찍 인정했더라면. 조금만 더 일찍 널 찾았더라면. 그랬다면……."

흐려지는 목소리엔 물기가 그득했다.

"적어도 지금 네가……."

끝맺지 못한 말이 불어오는 바람에 실려 허공으로 흩어졌다. 무거운 것에 짓눌리는 것처럼 그의 고개가 힘없이 아래로 꼬꾸라졌다.

"……"

바람결에 흐트러지는 그의 머리카락을 멍하니 응시하는 희수의 눈망울이 미친 듯이 흔들리기 시작했다. 머릿속이 멍했다. 아니, 머리뿐만이 아니었다. 눈이, 귀가, 가슴이…… 전신이 온통 먹먹

했다. 꼭 진공 상태에 갇힌 것처럼.

조금 전 본인이 한 말 그대로, 그는 7년 전 이별을 고하던 그녀에게 아무것도 묻지 않았다. 퍽이나 갑작스러웠을 텐데도. 이유가 궁금했을 텐데도. 그저 조금은 화가 난 얼굴로 그래. 대답했을 뿐. 예상했던 반응이었다. 그가 얼마나 자존심이 강한 남자인지는 그녀도 잘 알고 있었으니까. 오히려 영악하게도 그 부분을 이용한 건 바로 자신이었다. 비참한 제 처지를 굳이 말하지 않고 깔끔하게 이별할 수 있었다.

그렇게 서희수는 최석현을 버렸다. 세상에서 가장 이기적인 방법으로. 그런데 지금 버림받은 남자가 버린 여자의 앞에서 무릎을 꿇었다. 원망은커녕 너의 불행마저 다 내 탓이라고……. 꿈인걸까. 만약 이게 꿈이라면 정말이지 지독한 악몽이 아닐 수 없다.

물론, 전혀 몰랐다고 하면 거짓말일 것이다. 7년 만에 나타난 그와 마주했을 때. 문득 저를 보는 그의 시선에서 예전의 다정하던 눈빛이 스칠 때. 저를 붙잡는 손에서 익숙한 온기가 느껴질 때. 이러면 안 되는 걸 알면서도 못내 가슴이 떨려 왔었다. 그러나 그녀는 몰라야만 했다. 착각한 것이어야만 했다. 아니어야 했다. 할 수만 있다면 끝까지 외면하려 했다. 마지막까지 버거운 이 현실에서 그저 비겁하게 도망치려고만 했던 것이다. 7년 전, 그때 그랬던 것처럼. 이번에도 또다시.

희수는 두 눈을 느리게 깜빡였다. 하지만 여전히 온 세상에 뿌연 안개가 가득 낀 것처럼 시야는 흐릿하기만 했다. 그때였다. 그가 푹 숙이고 있던 고개를 천천히 들어 올렸다. 시선이 얽혀 들었다.

우스운 일이었다. 모든 건 다 흐릿하기만 한데, 저를 향한 빨갛게
충혈된 그의 두 눈만큼은 또렷하게 보이는 것이다.

"······어려울 거 없잖아."

떨리는 목소리만큼이나 떨리는 손이 그녀의 손등을 가볍게 잡
았다. 그러곤 그대로 잡아당겨 자신의 입술로 가져다 댔다.

"날 이용해, 희수야."

뽀얀 살점 위로 꽉 잠긴 그의 목소리가 스며들었다.

"이번에도······."

입술이 닿은 자리기, 숨결이 닿는 자리가 대인 듯이 뜨겁다.

"나는 기꺼이 이용당해 줄 테니까."

결코 꿈이 아니었다. 악몽 같은 게 아니었다. 이 남자의 무거운
진심은 분명한 현실이었다.

"······."

희수는 눈을 질끈 감았다. 뜨거운 눈물 한 방울이 뺨을 타고 내
려가 바닥으로 뚝 떨어졌다.

11. 현실

　한 해의 마지막, 12월이 시작됐다. 올겨울은 예년보다 따뜻할 거라더니 하룻밤 새에 거짓말처럼 기온이 뚝 떨어졌다. 오늘 아침 버스에서 들은 라디오에서는 이제부터 본격적인 겨울이 시작된다고 했다. 그런가 보다, 생각하고 말았는데 문득 설거지를 하다 희수는 새삼 계절의 변화를 실감했다. 고무장갑 너머로 전해지는 냉기만으로도 손끝이 얼얼해진 것이다.

　"누나, 손이 뻘게요. 또 냉수로 설거지했어요?"

　"응. 근데 앞으론 온수 쓰려고."

"으이그, 첨부터 내 말 좀 듣지."

"그러게. 네가 나보다 훨씬 똑똑하네."

물이 뚝뚝 떨어지는 고무장갑을 싱크대 한편에 잘 개켜 두며 희수는 옅게 웃었다. 그때 뒤편에서 인기척이 느껴졌다. 두 사람의 고개가 동시에 뒤로 휙 돌아갔다. 카운터 앞에 삐딱하게 기대선 석현이 두 사람을 바라보며 말했다.

"아이스 아메리카노 한 잔 부탁해."

딱히 누구를 겨냥하고 한 말은 아니었다. 희수가 먼저 선수를 쳤다.

"나 창고 정리하고 올게."

자리를 피하려는데, 은성이 빠른 걸음으로 그녀의 뒤를 따라붙었다.

"누나."

"응?"

뒤에 있는 석현을 의식하는 듯 은성은 낮은 목소리로 그녀의 귓가에 속삭이듯 말했다.

"혹시 사장님이랑 무슨 일 있었어요?"

"아니."

"정말이에요?"

희수는 다시 한 번 고개를 끄덕였지만, 은성의 눈에는 의심이 그득했다.

"근데 왜 이렇게 내 눈엔 요 며칠 두 사람 사이에 찬바람이 부는 것 같을까요. 사장님이 내려올 때마다 누나가 온갖 핑계를 대면서 자리를 피하는 것 같은 건, 내 기분 탓일까?"

"그렇지 않을까?"

못마땅하다는 듯 입을 비죽 내미는 은성을 뒤로한 채 희수는 덤 덤하게 걸음을 옮겼다. 아니, 뒤통수에 꽂히는 따가운 시선에 쫓 기듯 걸었다는 게 정답이리라.

탁. 희수는 누가 들어올세라 빠르게 창고 문을 닫았다. 그대로 문에 등을 기댄 채 한숨을 길게 내쉬었다. 사방이 꽉 막힌 조그 마한 창고에 들어왔음에도 답답하기는커녕 오히려 숨통이 더 트 이는 느낌이었다.

'날 이용해, 희수야.'

그날로부터 3일이 지났다. 희수에겐 지난 3일이 3년. 아니, 30 년처럼 느껴졌다.

'이번에도······.'
'나는 기꺼이 이용당해 줄 테니까.'

지독하게도 달콤한 유혹이었다. 앞뒤 재지 않고 당장이라도 그 의 품으로 뛰어들고 싶은 충동이 일었을 정도로. 하지만 제가 어 떻게 그럴 수가 있을까. 이미 충분했다. 마음의 빚도, 물질적인 빚 도. 더는 감당할 수 없었다.

'나 선배한테 못 돌아가요.'

떨리는 입가를 애써 다잡으며, 그에게 잡힌 손을 빼냈다. 그녀를 붙든 손에 힘이 스륵 빠졌다.

'우린 이미 끝났어요.'

느슨해진 틈새로 살을 에는 듯한 찬바람이 비집고 들어왔다.

'그러니까 선배도 이제 그만해요.'

느리게 허공으로 떨어지는 커다란 손은 바짝 마른 낙엽 같았다.

'제발……'

그날, 그녀는 무릎 꿇고 애원하는 남자를 등지고 매정하게 돌아섰다. 또 한 번 그를 버린 것이다. 미안하다는 말은 하지 않았다. 할 수가 없어서였다. 차마 저를 붙잡지도 못하는 그의 진심이 너무 무거워서, 이제 더는 고작 '미안하다'는 말로 용서를 구할 염치가 없었다.

다행히 그는 그날 일에 대해 그 어떤 말도 하지 않았다. 마치 아무 일도 없었던 것처럼. 그러나 그녀까지 뻔뻔하게 모르는 척할 순 없는 노릇이었다. 그와 얼굴을 마주하는 것이, 처음 다시 만났던 그 순간보다도 훨씬 더 불편해졌다. 아니, 불편하다기보는 아팠다. 그를 보면…… 가슴께가 너무도 아파 왔다. 견딜 수 없을 정도로.

꼭 7년 전 그날로 돌아간 기분이었다. 하루하루 이별을 곱씹고 또 곱씹었던, 사무치게 외롭고 아프던 그 시간들로.

"역시 그만두는 게 맞는 거겠지……."

사실 고민할 거리도 안 된다는 걸 알고 있었다. 이미 처음부터 답은 정해져 있었다. 다만 하나 걸리는 것이 있었으니, 바로 돈이었다. 그와 자신의 사이에는 갚아야 할 돈 문제가 남아 있다. 결코 적지 않은 금액이었다. 그의 입장에선 그녀를 잡고 있을 핑곗거리가 충분히 되고, 그녀의 입장에선 도저히 무시할 수 없는 빚. 깔끔하게 끝내려면, 그에게서 벗어나려면, 그를 단념시키려면, 그 돈을 갚아야 했다. 하지만…….

"대체 그 돈을 어디서 구해. 대출도 안 되는데."

삼촌이 그녀의 이름으로 진 사채 빚 때문에 저도 모르는 새에 신용 불량자가 된 지 오래였다. 은행 대출은 불가능했다. 그렇다고 사채 빚을 질 수도 없는 노릇 아닌가.

"하아, 정말이지……."

눈앞이 캄캄해지는 느낌이었다. 절망스러운 제 처지가 새삼 답답했다. 길게 한숨을 내쉬는데, 앞치마 주머니에 넣어 둔 휴대폰에서 진동이 울렸다. 액정에 뜬 건, 저장이 되지 않은 숫자 열한 자리였다. 원래 모르는 전화번호는 잘 받지 않지만, 어쩐지 이 전화는 꼭 받아야 할 것 같다는 느낌이 들어 희수는 조심스럽게 통화 버튼을 눌렀다.

– 서희수 씨 전화 맞습니까?

수화기 너머로 들리는 건 중년 남성의 목소리였다.

"네. 제가 서희순데……. 누구시죠?"

– 서연수 양 때문에 전화드렸습니다.

뜬금없이 나온 이름에 희수는 깜짝 놀라 되물었다.

"네? 연수요?"

수화기 너머에서 남자의 말이 이어졌다.

– 지금 바로 병원으로 와 주셨으면 합니다.

쿵, 심장이 발치로 떨어졌다.

"도대체 어떻게 된 거예요?"

테이블 위에 그가 주문한 아이스 아메리카노 한 잔이 놓였다. 그제야 석현은 꽉 닫힌 창고 문에 고정돼 있던 시선을 옮겼다.

"뭐가."

"뭐긴 뭐예요. 두 사람 얘기지. 누나랑 사장님."

은성은 마치 비밀 얘기라도 하듯 목소리를 낮추며 자리에 앉았다.

"누나는 아무 일 없다는데. 아무리 봐도 도저히 아무 일 없는 사람들의 분위기가 아니잖아요."

호기심에 가득 찬 은성의 눈이 부담스러울 정도로 반짝였다. 그러나 석현은 짐짓 모르는 척 커피를 한 모금 들이켰다.

"아, 진짜! 저한테까지 이러시기예요? 제가 한의사 쌤 배신하고 사장님을 얼마나 밀어줬는데. 너무하네, 정말!"

그가 대답할 생각이 전혀 없어 보이자 은성은 입이 불퉁 튀어나와 투덜거렸다. 그러거나 말거나. 석현은 태연자약하게 커피 잔을 다시금 입으로 가져갈 뿐이었다. 그간 있었던 은성의 노고는 인정하는 바였다. 하지만 딱히 해 줄 말이 없었다. 아니, 그날 일을 굳이 제 입 밖으로 꺼내고 싶지 않았다.

물론, 쉽지 않을 거라는 건 이미 예상하고 있었다. 그녀의 마음이 저와 같지 않을 거라는 것도 모르지 않았다. 서희수가 제 돈을 넙죽 받지 않으리라는 것 역시 너무도 잘 알고 있었다. 그러나 이건 명백한 반칙이었다. 7년을 참아 온 마음을 기껏 고백하는데, 흔들리는 시늉도 하지 않는 건. 가슴에 칼을 꽂는 주제에 그렇게 미안해 죽겠다는 얼굴을 하는 건……. 너도 나만큼이나 아팠다고. 아프다고. 그래도 너는 나에게 못 온다고. 우린 안 된다고. 일말의 여지도 주지 않았다. 희망 고문조차 할 수 없게 단호히 선을 그었다. 결국 그는 이번에도 그녀를 붙잡지 못했다. 7년 전과는 다른 이유였지만, 어쨌든 결과는 같았다.

'우린 이미 끝났어요.'

며칠 동안 그를 괴롭히던 냉정한 목소리가 다시금 머릿속을 울렸다. 석현은 미간을 잔뜩 그러모았다. 입 안에 맴도는 커피도 갑자기 쓰게 느껴진 탓이었다.

탁. 제법 큰 소리가 나게끔 테이블 위에 잔을 내려놓자, 은성이 움찔하면서 그를 바라보았다. 은성의 미묘한 시선이 느껴졌지만 석현은 굳은 표정을 풀지 못했다. 태연하고 싶지만 아무리 용을 써도 쉽지가 않았다. 살면서 이렇게까지 가슴이 답답한 적이 또 있었던가. 서희수는 정말로 저를 마주하는 게 괴로운 얼굴이었다.

그런 얼굴을 바란 적은, 하늘에 맹세코 추호도 없었다. 그럼 이쯤에서 놓아줘야 하는 게 맞는 것 같은데. 저 혼자 쌓아 온 미련과 집착은 이제 그만 단념해야 하는 게 맞는 것 같은데. 그게 그녀를 위해서도, 저를 위해서도. 최선의 방법인 것 같은데…….

7년을 못했던 걸 이제 와서 하루아침에 할 수 있을 리가 없었다. 어쩌면 앞으로도 영원히 불가능할지 모른다. 그럼 나는 도대체 뭘 어떻게 해야 하는 걸까. 저도 모르게 길고 긴 한숨이 입 밖으로 흘러나왔을 때였다. 별안간 닫혀 있던 창고 문이 벌컥, 열렸다. 거의 달리다시피 빠른 걸음으로 창고를 빠져나온 희수가 앞치마를 훌렁 벗어 은성에게 다급하게 건넸다.

"나 잠깐……!"

"응? 갑자기 무슨……. 누나? 어디 가는데, 누나!"

당황한 은성이 다급하게 불렀지만, 그녀는 대답도 없이 커피숍 입구를 아주 빠르게 빠져나갔다.

"뭔데 저렇게 급하지? 무슨 일 생겼나?"

그녀가 남기고 간 앞치마를 멍하니 바라보며 은성은 고개를 갸웃했다.

"사장님, 방금 누나 표정……. 아."

생각 없이 입술을 달싹이던 은성은 딱딱하게 굳어 있는 그의 얼굴을 보고 눈치껏 입을 다물었다. 석현은 무심한 얼굴로 커피 잔을 들고 자리에서 일어났다. 그녀가 사라진 쪽은 시선도 주지 않고 덤덤하게 2층으로 향하려던 그는, 고작 두 걸음을 옮기고는 젠장할! 낮게 욕지거리를 뱉어 냈다. 더 이상의 망설임은 없었다. 빙글, 몸을 튼 그는 들고 있던 커피 잔을 테이블 위에 도로 내려놓고는 걸음을 옮겼다.

"가게 잘 지키고 있어."

"가게는 걱정 마세요! 파이팅!"

은성의 응원을 들은 체 만 체 빠르게 밖으로 나온 석현은 기다란 다리로 주차장을 빠르게 가로질렀다. 가게를 완전히 벗어나자 골목 끝 큰길가에 서 있는 희수의 모습이 보였다. 택시를 잡으려는 듯 팔을 크게 흔들었지만, 좀처럼 택시는 서지 않는 듯했다. 애초에 빈 택시가 자주 다니는 길이 아니었다. 동동 구르는 발이 퍽이나 다급해 보였다. 석현은 빠른 걸음으로 그녀를 향해 다가갔다.

"서희수."

앞으로 바짝 다가섰을 때에서야 인기척을 느낀 듯 그녀가 이쪽을 바라보았다. 가까이에서 보니 안 그래도 하얗던 얼굴이 새하얗게 질려 있는 게 보였다. 핏기가 너무 없어서 창백해 보일 정도였다.

"무슨 일이야, 대체?"

"아…… 전화가……."

"전화?"

"……연수가 다쳤다고……. 사고가……. 병원으로……."

그녀답지 않게 횡설수설하는 모습에 석현의 눈빛이 덩달아 진지해졌다.

"연수? 네 동생 말하는 거야?"

그녀는 멍한 얼굴로 고개를 끄덕였다. 대충 짐작해 보자면, 아무래도 그녀는 동생에게 사고가 났다는 연락을 받은 모양이었다. 그녀의 동생은 그도 몇 번 본 적이 있었다. 똘망똘망하던 연수의 얼굴을 떠올리는 석현의 입가가 딱딱하게 굳어 갔다. 그는 잘게 떨리는 희수의 어깨를 붙들어 인도 안쪽으로 밀어 넣었다.

"잠깐 기다려. 금방 차 가지고 올 테니까."

여전히 명한 그녀를 등지고 돌아선 석현의 걸음이 아까보다 훨씬 더 다급했다.

병원 응급실 안으로 달려가는 희수의 걸음이 다급했다. 넘어질 듯 말 듯 아슬아슬하게 안으로 들어선 그녀는 주위를 살폈다. 응급실 안은 여전히 정신이 없었다. 부러진 다리를 부여잡고 통증을 호소하는 환자와 피를 철철 흘리며 신음만 흘리고 있는 환자들, 그리고 부족한 인력으로 그런 그들을 케어하고 있는 간호사와 의사들의 모습이 영화 필름처럼 그녀의 눈앞을 빠르게 지나쳤다. 조금 사그라지는가 싶던 심장 박동이 다시금 쿵쿵, 빠르게 뛰기 시작했다.

작게 심호흡하며 희수는 조금 더 자세히 베드 위를 하나하나 살폈다. 그러다 문득 가장 안쪽에 있는 베드에서 시선을 멈췄다. 발에 붕대를 칭칭 감고서 베드 위에 누워 휴대폰을 만지작거리고 있는 실루엣이 보였는데, 허공에 들린 핑크색 휴대폰 케이스가 아주 익숙했다.

"서연수!"

재빠르게 앞으로 달려간 희수가 낮게 으르렁거렸다. 병원이라

차마 큰 소리를 낼 수가 없어서였다.

"언니?"

연수는 마치 저승사자라도 본 것처럼 눈을 크게 떴다. 들고 있던 휴대폰이 툭, 베드 위로 떨어졌다.

"언니가 여긴 어떻게……."

"지금 그게 중요해?"

무섭게 쏘아봤지만 겁먹은 눈치는 아니었다. 오히려 짚이는 게 있다는 듯 인상을 찌푸리며 낮게 꿍얼거린다.

"아 씨, 사장님 진짜 너무하시네. 언니한테 연락하지 말아 달라고 그렇게 부탁을 했는데……."

그러다 문득 생각났다는 듯 그녀를 보며 물었다.

"사장님은?"

응급실로 들어오던 찰나, 그녀를 알아본 중년의 남자가 알은체를 해 왔다.

'처음 뵙겠습니다. 서연수 양이 아르바이트하는 고깃집의 사장입니다.'

남자는 자신을 그렇게 소개했다. 어려운 소개가 아니었건만, 희수는 바로 알아듣지 못해 다시금 되물어야 했다. 네? 하고 멍청하게.

"가셨어. 방금."

"뭐? 정말? 그럼 병원비는? 언니가 계산했어?"

"너희 사장님이라는 분이 내주고 가셨어."

"정말이야?"

"내가 너한테 뭐 하러 거짓말을 해?"

"역시. 좋은 사람이라니까, 우리 사장님은."

그제야 마음이 좀 놓이는 모양이었다. 연수는 언제 그랬냐는 듯 굳은 미간을 풀고는 싱글거렸다. 희수는 입을 살짝 벌렸다. 그런 동생을 보고 있자니 기가 막히다 못해 코까지 막혀 오는 것이었다.

"넌 대체……."

말을 채 끝맺지 못하고 지끈거리는 두통에 이마를 짚었다. 그제야 연수도 아차 싶었는지 그녀의 눈치를 슬금 보기 시작했다.

"언니, 많이 놀랐지?"

"그걸 지금 말이라고 해?"

"있잖아, 이게 어떻게 된 거냐면 말이야. 고깃집 불판이 생각보다 꽤 무겁거든? 그거 신경 쓰느라 앞에 손님 신발이 떨어져 있는 걸 못 본 거야. 그런데 하필이면 그걸 밟고……."

이미 연수의 사장님에게서 상황 설명을 다 듣고 오는 길이었다. 희수는 길어지는 연수의 말을 뚝 끊으며 되물었다.

"난 그것보다 네가 왜 고깃집에서 불판을 날렸는지가 더 궁금한데?"

"……아, 그렇지. 그걸 먼저 설명해야지."

연수가 머쓱한 듯 이마를 긁적였다.

"그러니까 이건……."

"됐어. 일단 집부터 가. 가서 제대로 얘기해."

"여기서…… 얘기하면 안 될까?"

"너 정말!"

희수가 무섭게 쳐다보자 연수는 얼른 고개를 내저었다.

"알았어. 집에 가서 합시다, 집에 가서."

뒷일을 생각하니 이제 걱정이 되는 모양이었다. 비 맞은 강아지처럼 시무룩해진 연수가 낑낑거리며 상체를 일으켰다. 여우 같은 동생이 괜히 동정표를 좀 얻어 보려고 불쌍한 척 연기하는 게 뻔했지만, 다 알면서도 뻔히 그 꼴을 보고 있자니 마음이 편치만은 않은 건 어쩔 수 없다. 희수는 길게 한숨을 내쉬며 연수를 부축했다.

"발목은 좀 어때. 많이 다친 거야?"

"아냐. 많이는 안 다쳤어. 인대가 살짝 부었다는데. 평소에 조심하고 물리치료만 받으면 된대. 완전 다행이지?"

"퍽이나 다행이겠다."

"그래도 아프긴 아퍼. 쪼끔, 아니, 꽤 많이."

혓바닥을 살짝 내밀며 혀 짧은 소리를 하는 연수를 보는 희수의 얼굴은 무감하기만 했다.

"애교는 그만 부리는 게 좋겠어. 안 통할뿐더러 오히려 역효과가 날 가능성이 농후하니까."

"넵."

눈치 빠른 연수는 냉큼 고개를 끄덕였다.

"걸을 순 있겠어?"

"목발 있으니까 어떻게든 되지 않을까?"

희수가 건네는 목발을 받아 든 연수가 별안간 그녀의 귓가에 대고 작게 속삭였다.

"근데, 언니."

"왜."

"저기 뒤에 서 있는 남자 말이야. 혹시 언니가 아는 사람이야?"

희수는 연수가 가리키는 곳을 향해 고개를 돌렸다. 그와 동시에 흠칫, 작게 어깨를 떨었다. 우뚝 서서 이쪽을 보고 있는 남자는 석현이었다. 정신이 없어서 완전히 잊고 있었던 것이다. 내가 못살아, 정말…….

희수는 주먹으로 제 머리를 세게 한 대 내려치고 싶은 충동을 애써 억눌러야만 했다. 그렇게 모질게 돌아서 놓고 아쉬운 순간에 또 그에게 신세를 졌다. 정말 구제 불능이 아닐 수 없었다. 이 상황을 어떻게 수습해야 할지 몰라 난감해하는데, 문득 그녀의 귓가로 연수의 중얼거림이 흘러 들어왔다.

"……이상하게 낯이 익네. 어디서 봤지?"

커피포트에 들어왔던 빨간불이 꺼졌다. 희수는 김이 펄펄 나는 커피포트를 들고 생수가 반쯤 담겨 있는 잔에 쪼르르 따라 부었다. 물은 금방 미지근한 온도가 되었다. 약국에서 받아 온 약봉지 하나를 뜯어 쟁반에 함께 올려 주방을 나서려던 그녀는, 문득 떠오르는 얼굴에 걸음을 뚝 멈췄다. 연수에겐 석현을, 이번에 새롭게 커피숍을 인수한 사장님이라고 설명했다. 급한 사정을 듣고 여기까지 데려다준 것이라고. 그는 자신에 대한 소개를 내심 못마땅해하는 눈치였지만 다행히도 그녀의 연극에 기꺼이 동참해 주었다.

문제는 연수였다. 그와 인사를 주고받은 후에도 미심쩍은 시선을 좀처럼 거둬들이질 않았다. 그래서였다. 집까지 데려다주겠다는 그의 호의를 끝끝내 거절했던 것은. 물론 그에게 더는 신세를 져선 안 된다는 것도 이유 중 하나였지만 말이다.

7년 전 최석현이 바로 이 남자라는 것을 연수가 알게 된다면, 어떤 식으로든 과거 얘기가 나올 게 뻔했다. 안 그래도 그를 못 잊어 연애를 못하는 거라 철석같이 믿고 있는 동생이었다. 모닥불에 기름을 붓는 거나 다름없었다. 되새김질해 봐야 좋을 것 없는 과거 때문에 집에서까지 시달리고 싶진 않았다. 희수는 들고 있던 쟁반을 식탁 위에 올려 두었다. 그러곤 휴대폰을 꺼내 석현의 번호를 찾았다.

'집에 가면 전화해.'

연수를 잡아끌고 도망치듯 돌아서는 그녀의 뒤통수에 대고 그가 했던 말이었다. 무시해도 될 일이었지만, 그래도 신세를 졌는데 잘 도착했다는 말은 전해야 하는 게 예의가 아닐까. 잠깐 망설이던 그녀는 결국 통화 버튼을 눌렀다. 신호음이 한 번도 채 가지 않았는데 달칵, 하는 소리와 함께 전화가 연결됐다.

"저예요."

― 알아.

수화기 너머로 전해지는 그의 음성은 건조했다.

― 집엔 잘 도착했어?

"네. 방금 들어왔어요."

— 동생은 좀 어때.

"심각한 건 아닌 것 같아요."

— 다행이네.

잠깐 정적이 일었다. 희수는 아랫입술을 살짝 깨물며 조심스레 말을 뱉었다.

"……오늘 고마웠어요. 병원까지 데려다준 것도, 조퇴할 수 있게 배려해 준 것도."

미안하다는 말은 굳이 하지 않았다.

— 가게 일은 걱정 마. 필요하면 하루 정돈 더 쉬어도 되고.

"아니에요. 내일은 출근해야죠."

— 그래. 마음대로 해. 무리는 말고.

용건이 명확했던 통화는 담백하게 끝이 났다. 마치 정말로 커피숍 사장과 직원, 그 이상도 이하도 아닌 이들의 것처럼. 통화를 끝내고도 그녀의 시선은 휴대폰에서 좀처럼 떨어지질 못했다. 식탁에 걸터앉으며 그녀는 액정을 빤히 내려다보았다. 최석현. 저장된 이름 석 자가 아프게 눈에 들어온다.

"내가 뭘…… 어떻게 해야 해요……?"

한숨처럼 나온 말은 허공으로 느리게 흩어졌다. 당연하게도 돌아오는 대답은 없었다. 잠시 후, 액정이 검게 물들며 그의 이름을 집어삼켰다. 마치 제 앞날을 예견하기라도 하듯 검게 변한 액정을 물끄러미 내려다보다 한참 만에야 그녀는 휴대폰을 바지 주머니에 도로 집어넣었다.

식탁에 내려놓았던 쟁반을 들고 부엌을 나서며 후, 짧게 숨을 내뱉었다. 입 안에 작은 모래알들이 굴러다니는 것처럼 까끌거렸다.

"아! 생각났다!"

방문을 이제 막 열고 들어갔을 때였다. 침대에 정자세로 누워 천장만 바라보던 연수가 손뼉을 짝, 쳤다.

"뭐가?"

"아까 그 남자 말이야! 언니네 커피숍 사장이라던!"

잠깐 잊고 있었다. 동생에겐 집요한 구석이 있다는 것을. 희수는 짐짓 덤덤한 얼굴로 쟁반을 책상 위에 내려놓았다. 그런 그녀를 향해 연수는 생글거리며 말을 이었다.

"예전에 그 오빠 맞지? 목걸이 주인공."

"아니야."

"아니긴 뭐가 아니야? 그 오빠 맞잖아. 내가 그 잘생긴 얼굴을 똑똑히 기억하는데."

"글쎄, 아니라니까. 네가 잘못 본 거야."

희수는 단호하게 대꾸하며 약봉지를 찢었다.

"언니, 나도 웬만하면 모르는 척해 주고 싶거든? 그런데 그 오빠 얼굴이 예전하고 너무 똑같아서 도저히 그럴 수가 없다. 세월을 혼자 피했나 봐."

연수의 능청에 희수의 미간이 확 찌푸려졌다.

"헛소리하지 말고 앉아. 약 먹게."

꾸물거리며 상체를 반듯하게 일으킨 연수는 그녀가 건네는 약과 물을 얌전히 받아 입에 털어 넣고 꼴깍 삼켰다.

"물 다 마셔. 정형외과 약 독하댔어."

그녀의 잔소리에 연수는 배부른데, 투덜거리면서도 남은 잔을 깔끔하게 비워 냈다. 희수가 만족스럽게 빈 잔을 건네받았을 때였다. 연수가 다시금 입술을 달싹였다.

"근데 그 오빠……."

"아니라고 했어."

희수는 들을 가치도 없다는 듯 말허리를 끊었다.

"하여튼, 고집은."

연수는 졌다는 듯 고개를 절레절레 내저었다. 물론 그녀의 부정을 믿는 눈치는 아니었다.

"그보다."

뒷정리를 끝마친 희수는 팔짱을 끼고서 연수의 앞에 떡하니 섰다.

"지금 네가 해야 할 말은 따로 있을 텐데?"

언니를 올려다보는 연수의 어깨가 흠칫 떨렸다. 단번에 전세 역전이었다.

"언제부터야?"

"두 달쯤……."

"뭐? 두 달이나?"

기어 들어가는 목소리에 희수는 기가 막힌다는 듯 되물었다.

"왜 여태 말을 안 했어?"

"언니가 하지 말라고 할 테니까."

꿍얼거리는 대답에 또 한 번 기가 막혀 왔다.

"알면서 왜 이런 일을 벌여?"

"나는……."

"당장 그만둬."

더 들을 것도 없다는 듯 냉담한 그녀의 반응에 연수는 다급하게 말을 덧붙였다.

"언니, 나 계속하고 싶어."

"서연수."

"정말로 어렵게 구한 아르바이트 자리란 말이야. 다른 데선 고등학생들 잘 안 써 주는데……."

"그 이유가 뭐라고 생각해? 학생의 본분은 공부야. 돈 버는 게 아니라."

정신 차리라고 한 말이었는데, 연수는 마치 하늘에서 내려오는 동아줄이라도 본 것처럼 눈을 반짝이며 소리쳤다.

"공부도 열심히 할게!"

"뭐?"

"성적 떨어지면 그땐 정말로 그만둘게. 약속해. 그러니까 그전까지만. 응?"

"너 자꾸 고집부릴래?"

"솔직히 책상에 오래 앉아 있는다고 공부 잘하는 건 아니잖아. 효율성 있게 하겠다고. 공부할 땐 평소보다 두 배로 더 집중해서."

누굴 닮아서 이렇게 말을 잘하는 건지. 퍽이나 간절해 보이는 연수의 눈빛에 희수는 낮게 한숨을 내쉬었다.

"용돈이 부족했어? 뭐 사고 싶은 거 생겼니?"

"그런 거 아니야. 그냥 하고 싶어서 그래."

일을 하고 싶다니. 월요일 아침 눈을 뜨는 직장인들이 들으면 뒷목 잡고 넘어갈 말이었지만, 그렇다고 이해가 아예 안 되는 건 아니었다. 저 나이 때는 빨리 어른이 되고 싶어 하는 법이니까. 역시 애는 애네.

희수는 동생을 따뜻한 눈으로 바라보며 달래듯 부드러운 음성을 뱉어 냈다.

"나중엔 하기 싫어도 해야 하는 날 와. 그러니까 조급하게 굴지 말고 지금은 공부만……."

"둘 다 잘할 거야."

끝까지 고집스러운 대꾸였다. 잠깐이나마 느슨하게 풀어졌던 희수의 입매가 딱딱하게 굳었다. 아무래도 좋게 타이른다고 끝낼 수 있는 일이 아닌 것 같았다.

"왜 이렇게 쓸데없이 고집을 피워?"

짐짓 매서운 시선이 연수를 향했다.

"솔직하게 말해. 너 혹시 사고 쳤어? 그래서 돈이 필요한 거야?"

"아, 글쎄! 그런 거 아니라니까!"

이젠 저도 슬슬 짜증이 나는 모양이었다. 돌아오는 대꾸가 영 삐딱했다. 그래서 더 어이가 없었다. 지금 누가 누구한테 짜증을 내. 희수는 눈을 크게 치뜨고 소리쳤다.

"그럼 도대체 왜!"

"언니가 술집에서 일하는 거 싫단 말이야!"

연수가 악을 쓰듯 맞받아쳤다. 그와 동시에 희수의 입매가 바르르 떨려 왔다.

"뭐……?"

"정말로 내가 모른다고 생각했어?"

그녀를 쏘아보는 연수의 눈에 투명한 눈물이 그득했다.

"내가 어떻게 몰라? 새벽 늦게 집에 들어오고. 지독한 향수 냄

새, 담배 냄새. 머리카락에 다 배서 오는데. 어느 호프집이 직원한
테 술 먹이면서 일 시키는데? 내가 바보야? 나도 열일곱이야. 알
거 다 아는 나이라고!"

　고래고래 소리치는 연수의 눈에서 닭똥 같은 눈물이 후드득 떨
어졌다. 그리고 희수는, 동생의 눈물로 젖어 드는 이불을 멍하니
내려다보며 그저 마른 입술만 깨물 뿐이었다. 다 알고 있었다는
동생에게, 지금까지 알면서도 모르는 척했다는 동생에게, 그녀는
그 어떤 말도 할 수가 없었다.

"……나 지금, 언니 비난하려는 거 아니야."

　손등으로 눈물을 쓱쓱, 훔쳐 내며 연수는 조금 차분해진 어조
를 뱉어 냈다.

"나도 알고 있어. 하고 싶어서 하는 일 아니라는 거. 돈 때문이
라는 거."

"……."

"조금이라도 도움 되고 싶어. 내가 아무리 벌어 봐야 몇 푼 못 보
탠다는 거 아는데. 빚 갚는 덴 어림도 없다는 것도 아는데. 그래
도……. 단 하루만이라도. 아니, 1분 1초라도 언니가 그 일 빨리
그만둘 수 있게……."

　잦아들던 울음이 다시금 차오르는 듯 연수는 고개를 푹 숙였다.

"언니는 그렇게 힘든데 어떻게 나만 맘 편하게 공부해. 어떻
게……."

　결국 참지 못하고 다시금 터져 나온 울음이 방 안을 축축하게
적시기 시작했다.

12. 제안

이제 막 주차를 끝마치고 운전석에서 내리는 석현의 걸음이 무거웠다. 느리게 내딛는 걸음마다 한숨이 묻어났다. 그가 기억하는 서희수의 동생 서연수는, 제 허리에 겨우 머리가 닿을락 말락하던 꼬맹이었다. 제 언니를 닮아 눈이 초롱초롱하고 웃는 게 예쁘던. 그런데 조금 전 마주한 연수는 어렸을 때의 모습이 생각나지 않을 정도로 어여쁜 숙녀가 돼 있었다. 아마 연수를 길에서 마주쳤더라면 분명 그는 못 알아보고 그냥 지나쳤을 테다.

7년이라는 게 얼마나 긴 시간이었는지 새삼 와 닿았다. 다만, 지금 그의 마음에 걸리는 건 이제 와 새삼스럽게 느껴지는 시간 따위가 아니었다. 그녀가 자신을 '최석현'이 아닌 일개 사장으로 소개했다는 것 따위가 아니었다. 두 자매의 얼굴에 드리워 있던 그늘……. 분명 전에 없던 것이었다. 일부러 들으려던 건 아니었다. 걱정되는 마음에 급하게 주차를 하고 뒤따라 들어가는 길이었다. 우연히 희수와 낯선 남자를 봤고, 저도 모르게 걸음을 멈췄다.

'오늘까지 계산한 일당이에요. 조금 더 넣었어요.'

남자는 그녀에게 조심스레 흰 봉투를 내밀었다.

'비단 오늘 일 때문만은 아니고……. 사실 고깃집 일이 쉬운 게 아니에요. 돈이 너무 급하다고, 잘할 수 있다고. 너무 간절해 보여서 받아 주긴 했는데, 아무래도 열일곱 여자애가 할 일은 아닌 것 같단 생각이 들었어요. 보니까 언니분도 아르바이트하는 걸 전혀 모르셨던 것 같고…….'

그의 눈에 보이는 건 희수의 옆모습뿐이었지만, 굳이 정면에서 확인하지 않아도 충분히 예상이 갔다. 바들바들 떨리는 손으로 봉투를 받아 든 그녀가 지금 얼마나 절망적인 얼굴을 하고 있을지. 남자가 떠나고 홀로 남은 그녀의 가냘픈 뒷모습이 너무도 아슬아슬해 보였다. 조금만 더 그녀의 걸음이 늦었다면, 그는 충동을 참지 못하고 그녀의 작은 등을 끌어안았을지도 몰랐다.

망설임 없이 응급실 안으로 향하는 걸음은 짐짓 씩씩했다. 그리고 동생의 앞에서 그녀는, 어른의 얼굴을 하고 있었다. 그는 뒤통수라도 맞은 듯 명하게 서서 그녀를 바라보았다. 문득 낯설게 느껴졌다. 스물일곱의 서희수가. 갑자기 숙녀가 되어 버린 그녀의 동생만큼이나.

"……당연한 건가."

그는 나지막이 쓴 숨을 뱉어 내며 커피숍 입구의 유리문을 열었다. 역시 비정상인 건, 변해 버린 그녀가 아니라 아직도 과거에 갇혀 살고 있는 자신일 테다.

"사장님!"

머리 위에서 떨어지는 맑은 풍경 소리와 그를 부르는 은성의 목소리가 겹쳤다. 은성이 빠른 걸음으로 이쪽으로 다가왔다.

"서 매니저는……."

"누나 일은 사장님이 알아서 잘 해결하셨겠죠. 믿어요. 그보다 지금은 더 중요한 문제가 있는데요."

다급한 얼굴의 은성이 검지를 들어 천장을 콕콕 가리켰다. 그러고 보니 먼젓번에 희수를 걱정하던 것과는 조금 다른 표정이었다.

"아까부터. 아니, 꽤 오래전부터요. 2층에 손님이 와 계시거든요."

"손님이라니? 내 손님?"

"사장님을 찾아오신 분이니까 사장님 손님이겠죠?"

석현은 의아하다는 얼굴로 저를 바라보는 은성을 똑같은 시선으로 바라보았다. 주변에 그가 커피숍을 인수했다는 걸 아는 이는 없었다. 미친놈 소릴 들을 게 뻔해서 우진에게조차 말하지 않았는데 말이다.

"여자분이세요. 엄청 예쁜데, 또 엄청 싸가지가……."

은성의 말이 끝나기도 전에 석현은 몸을 휙 틀어 커피숍 차창 밖을 바라보았다. 자갈이 깔려 있는 주차장의 전경이 한눈에 들어왔다. 아까는 미처 보지 못했던 것이 보인다. 주차장 한편에 떡하니 서 있는 새빨간 스포츠카였다.

"그래. 비정상이 하나 더 있었지."

낮게 혀를 찬 그는 2층으로 곧장 올라갔다. 닫혀 있는 유리문 너머로 낯익은 얼굴이 보였다. 허락도 없이 주인 없는 방에 들어온 주제에 너무도 자연스럽게 떡 하니 한 자리를 차지하고 있는 건, 나정이었다.

"사장이라고 자리를 마음대로 비워도 되는 거야?"

들어서는 그를 향해 나정이 장난스레 인사를 건넸다. 마치 어제도 본 것처럼 자연스러운 인사가 아닐 수 없었다.

"뭐야. 너."

"반응이 별로 재미없다. 반가운 척이 힘들면 놀라는 척이라도 해 주지."

"여긴 어떻게 알았어?"

"뭐 그런 시시한 질문을 해? 아마추어도 아니고."

낭창하게 웃으며 나정은 짧은 머리카락을 귀 뒤로 꽂았다. 드러난 다이아 귀걸이가 형광등 불빛에 반사돼 번쩍였다. 빛을 받은 석현의 눈이 절로 찌푸려졌다.

"그나저나 웬 커피숍?"

나정이 꼬고 있던 다리를 풀며 자리에서 일어났다.

"자리도 영 별론 것 같은데. 이 동네 재개발이라도 된대?"

마치 건물을 보러 온 사람처럼 사무실 이곳저곳을 훑어보는 그녀를 바라보는 석현의 얼굴엔 귀찮은 기색이 역력했다.

"왜 왔어?"

"왜 오긴. 비싼 얼굴 보러 왔지. 이렇게 해야만 볼 수 있는 얼굴이잖아, 최석현은."

"남의 사업장에 연락도 없이."

"연락을 받든가, 그럼."

석현은 입을 딱 다물었다. 그녀의 말대로 줄기차게 오는 연락을 죄다 무시한 건 자신이었다.

"아빠가 필드 한 번 나가자고. 약속 잡아 오랬어."

"골프에 취미 없어."

"없어도 만들어. 한국에서 사회생활하려면 골프는 필수인 거 몰라? 1월부터 출근도 할 거라며. 지금부터 시작해도 늦어."

석현은 낮게 한숨을 내쉬며 노트북 전원을 켰다.

"그건 또 누구한테 들었는데?"

"며칠 전에 같이 저녁 한 끼 했어. 아저씨, 아주머니랑."

그리 넓지 않은 사무실 한 바퀴를 빙 돌아본 나정은 책상 가장자리에 기대섰다. 그러곤 노트북 화면을 보고 있는 그의 옆모습을 삐딱하게 바라보며 말을 덧붙였다.

"너 한국 들어온 기념으로."

"무슨 기념?"

하, 석현은 헛웃음을 흘렸다. 주인공 없는 식사 자리를 가졌다는 게 기가 막혔다. 하긴. 작년 제 생일에도 세 사람이 같이 식사를 했다고 했던가.

"친한 척이 과하다 싶지 않아?"

272

"척이 아니라 정말로 친한 거지. 아마 너보다 내가 더 두 분이랑 친하지 않을까?"

부정할 수 없는 사실이었다. 아마도 부모님껜 지난 7년간 연락이 닿는 것조차 쉽지 않던 무심한 친자식보단 근처에서 살갑게 챙기는 나정이 더 가깝게 느껴질 터였다.

"그래. 네가 이겼어. 축하한다."

석현이 졌다는 듯 무뚝뚝하게 대꾸하자 나정은 후후, 승리의 미소를 지었다.

"점심을 건너뛰었더니 배가 너무 고프네. 저녁 아직이지? 같이하자. 보니까 가게도 조용한 것 같던데."

나정은 그의 대답도 듣지 않고 책상 위에 올려 둔 자신의 핸드백을 집어 들며 나갈 채비를 했다.

"먹고 싶은 거 있어? 딱히 없음 파스타 어때? 얼마 전에 괜찮은 가게 찾았거든. 생긴 지 얼마 안 됐는데, 분위기도 좋고 맛도 좋더라. 아마 네 입에도……."

"문나정."

무심히 말허리를 끊어 내자, 그제야 나정의 시선이 석현을 향했다. 여전히 노트북에만 시선을 고정하고 있는 그는 일어날 생각이 전혀 없어 보였다.

"남자 소개시켜 줄까?"

"뭐?"

"내 주변 놈들도 좋고. 가볍게 만나려면 연예인도 괜찮겠네."

석현은 굳어 가는 나정의 얼굴을 보면서도 덤덤하게 말을 이었다.

"아무나 골라 봐. 연이 없으면 만들어서라도 네 앞에 대령할 테니까. 누가 됐든, 나보단 괜찮지 않겠어?"

"너 지금 그걸 말이라고 해?"

하, 나정은 기가 막힌 듯 코웃음을 뱉어 냈다.

"야, 최석현. 적당히 해."

내내 웃고 있던 나정의 눈이 날카롭게 빛났다.

"내가 날 우습게 보이게끔 행동한 거 인정하는데. 다른 사람들은 다 비웃어도 너는 그러면 안 되지."

화가 실린 음성이었다. 석현은 가볍게 되받아쳤다.

"비웃은 적 없어. 그럴 처지도 못 되고."

"그럼 방금 그 말은 뭔데?"

"내 진심."

"……."

"이제 그만 포기해. 널 위해서 진심으로 하는 말이야."

일순간 나정의 눈빛이 흔들렸다. 그럴 수밖에 없었다. 지금껏 그에게 숱한 무시는 당해 왔지만 이렇게 대놓고 포기하라는 말을 들은 건 처음이었으니까.

"우리가 어디 하루 이틀 이랬어? 새삼스럽게 왜 이래?"

나정은 애써 입꼬리를 말아 올렸다. 하지만 입가의 떨림까지는 막을 수 없었다. 그런 그녀를 무심히 바라보며 그가 말을 뱉었다.

"불쌍해서."

"뭐……?"

"새삼스럽게 네가 불쌍해 보여서."

나정은 석현의 두 눈을 빤히 바라보았다. 아무래도 저를 놀리려는 것 같지 않았다. 진심으로 하는 말인 것 같았다. 그래서 더 황당했다. 일순간에 발밑이 꺼지는 것처럼 온 정신이 무너져 내리는 느낌이었다. 그녀가 지금껏 7년을 기다리며 그에게 기대했던 건 사랑이었다. 이따위 값싼 동정이 아니라…….

"너 오늘 정말 이상하다. 뭐 잘못 먹었니? 쥐약이라도 주워 먹었어?"

울컥, 차오르는 울음을 꾹 누르며 나정은 끝까지 표정 관리를 했다.

"덕분에 나까지 식욕이 뚝 떨어지네. 오늘은 먼저 갈게. 다음에 봐."

도도하게 돌아선 그녀는 당장이라도 주저앉고 싶은 걸 참으며 악착같이 걸음을 옮겼다. 또각또각. 하이힐이 바닥을 찍어 누르는 소리가 사무실을 크게 울렸다.

"……"

석현은 닫히는 유리문 너머로 보이는 나정의 뒷모습을 물끄러미 바라보았다. 낮은 한숨이 절로 나왔다. 처음이었다. 나정의 뒷모습에서 짜증이 일지 않은 건. 난생처음 그녀가 불쌍하단 생각이 들었다. 아닌 걸 알면서도 포기하지 못하는 저 집요함이, 미련함이……. 그녀의 뒷모습에서 제 모습이 겹쳐 보인 까닭이었다.

희수는 느리게 눈을 껌뻑였다. 밖에서 희미하게 흘러 들어온 빛이 낡은 벽지에 새겨진 꽃무늬를 흐릿하게 비추고 있었다. 늘 잠이 부족해서인지 베개에 머리만 닿으면 곯아떨어지곤 했는데, 오늘은 어쩐 일인지 양까지 세어 봤지만 좀처럼 잠이 오질 않는다. 새근새근. 귓가에 들려오는 연수의 숨소리는 곤했다. 한참을 울어 대더니 피곤했던 모양이었다.

자영에게는 몸이 아파 출근을 하지 못하겠다고 연락했다. 오늘만큼은 도저히 술을 따르며 웃을 자신이 없었다. 나 다녀올게. 연수에게 당당하게 말할 자신도 없었다. 한참이나 몸을 뒤척이던 희수는 결국 자리에서 조심스럽게 일어났다. 혹여나 연수를 깨울까 염려돼 까치발로 방을 나섰다. 부엌으로 가 냉수 한 잔을 따라 마시고 거실 소파로 향했다. 곧게 세운 무릎에 턱을 괴고는 멍하니 허공을 바라보았다.

'언니가 술집에서 일하는 거 싫단 말이야!'

닭똥 같은 눈물 흘리며 소리치던 연수의 얼굴이 선명하게 떠올라 희수는 두 눈을 질끈 감았다. 정말이지 눈곱만큼도 생각하지 못했다. 연수가 알고 있으리라고는……. 제 언니가 술집에서 일한다는 걸 알았을 때 얼마나 충격적이었을까. 매일 새벽 술 냄새, 담배 냄새에 절어 들어오는 언니를 모르는 척하며, 동생은 대체 무슨 생각을 했을까.

연수는 끝까지 그녀를 비난하지 않았다. 오히려 저만 편히 공부해서 미안하다 했다. 조금이라도 도움이 되고 싶다 했다. 열일곱. 한창 사춘기를 겪을 나이였다. 공부, 친구, 이성, 외모. 그런 것들만 해도 충분히 머리가 아프고도 남을 나이. 누군가에게 기대고 힘들다 말하고 울어도 되는…… 그래도 되는 나이였다. 친구들이

276

책상 앞에 앉아 공부하는 동안 저 혼자 연기 자욱한 고깃집에서 교복 소매를 걷어붙이고 낑낑거리며 불판을 나르면서. 그렇게 번 돈을 한 푼, 두 푼 모으면서. 동생은 어떤 미래를 꿈꿨을까…….

희수는 주먹으로 가슴께를 꾸욱 힘주어 눌렀다. 누군가가 심장을 빨랫감처럼 쥐어짜는 듯 고통스러웠다. 지금껏 절망을 맛본 날들은 수도 없이 많았다. 7년 전, 그 이후로 지금까지 매일이 절망이었다. 하지만 오늘에 비하면 그것들은 아무것도 아니었다.

도대체 어디서부터 잘못된 걸까. 꽃길은 못 되더라도 이 시궁창만은 벗어나게 해 주고 싶었는데. 부모 대신일 순 없겠지만, 그래도 힘들 땐 기댈 수 있는 든든한 어깨가 되어 주고 싶었는데…….

많은 걸 바라는 건 아니라고 생각했다. 열심히 살고 있다고. 최선을 다하고 있는 거라고. 그러니 이 정도는 꿈꿔도 되는 거라고. 그런데 오늘 하늘은 그녀에게 그것마저 과한 욕심이었노라 비웃었다. 감은 눈 위로 경식의 얼굴이 스쳐 지나갔다. 그다음은 아버지와 어머니였다. 눈가가 삽시간에 뜨거워졌다. 감았던 눈꺼풀을 천천히 들어 올리자 고여 있던 뜨거운 눈물이 뺨을 타고 줄줄 흘러내렸다. 그녀는 무릎에 얼굴을 깊게 파묻었다. 잠옷 바지는 금세 축축하게 젖어 들어갔다.

이제 나는 어떻게 해야 할까…….

꽉 깨문 잇새로 새카만 절망이 신음처럼 흘러나왔다.

그가 이제 막 욕실을 나섰을 때였다. 현관 벨이 울린 것은. 석현은 수건으로 젖은 머리를 대충 털며 시간을 확인했다. 자정이 다 되어 가고 있었다.

"이 시간에 찾아올 사람이 없는데."

누군가가 잘못 누른 걸까. 생각하는데 다시 한 번 더 벨 소리가 집 안에 울려 퍼졌다. 석현은 인터폰을 확인했다. 네모난 액정으로 상대방을 확인한 그의 눈이 크게 떠졌다. 쥐고 있던 수건에 힘이 바짝 들어갔다.

있을 리 없는 사람이 서 있었다. 헛것이 보이는 건가. 눈을 질끈 감았다 떴지만 변하는 긴 없었다. 그는 재빠르게 현관으로 걸음을 옮겼다. 거의 달리다시피 빠른 걸음이었다. 달칵, 반쯤 열린 문 너머로 어색하게 서 있는 희수가 보였다. 두 눈으로 직접 확인하고야 현실감이 느껴졌다. 그녀는 흰 면 티에 검은 일자바지, 도톰한 회색 카디건을 입고 있었다. 편안한 차림이었다. 한 손에는 조그마한 쇼핑백 하나가 들려 있었다.

빤한 시선이 부담스러운지 그녀가 고개를 숙였다. 일순 그의 눈이 가늘어졌다. 그는 저도 모르게 손을 뻗어 그녀의 턱을 쥐었다. 강제로 저를 보게 만들었다. 잘못 본 게 아니었다. 그녀의 눈가는 발갛게 부어 있었다.

"울었어?"

그녀는 대답 대신 그의 손을 가볍게 떨쳐 냈다.

"잠깐…… 들어가도 돼요?"

꽉 잠긴 목소리가 조심스러웠다. 석현은 뒤로 한 걸음 물러났다. 그 틈으로 그녀는 목소리만큼이나 조심스럽게 들어왔다.

"갑자기 찾아와서 미안해요. 너무 늦었죠."

그녀가 들고 있던 쇼핑백을 건넸다.

"그때 빌려 갔던 옷이에요."

쇼핑백을 받아 든 석현은 삐딱하게 서서 불편한 기색이 역력해 보이는 그녀의 얼굴을 향해 말했다.

"고작 이거 전해 주러 여기까지 온 거야?"

"……."

"용건 있으면 해."

뭔가를 말하려는 듯 달싹이던 붉은 입술은 금세 닫혔다. 석현은 더 이상 재촉하지 않았다. 한참 만에야 그녀는 시선을 들어 똑바로 그를 바라보았다. 투명한 유리구슬 같은 눈동자 속엔 어떠한 결심이 담겨 있었다.

"그때 그 말, 아직 유효해요?"

무슨 말이냐는 듯 바라보자 그녀는 주먹을 살짝 그러쥐며 말을 덧붙였다.

"이용당해 주겠다고……."

흐려지는 말끝과 함께 결연하던 눈동자도 미약하게 흔들렸다. 무슨 말을 하려는 건지 단번에 이해했다. 사실 딱히 놀랍진 않았다. 인터폰 화면으로 그녀를 본 순간 예상했던 전개였다. 하루아침에 왜 마음이 변한 건지는 궁금했지만, 짚이는 구석이 아예 없는 것도 아니었다.

"유효하다면?"

석현은 흔들리는 그녀의 두 눈을 똑바로 바라보며 되물었다.

"그렇게 매몰차게 가 버릴 땐 언제고. 이제 와서 날 이용하기라도 하려고?"

건조하게 뱉어진 말에 일순간 그녀의 낯이 하얗게 질렸다. 그의 이런 반응을 예상하지 못한 눈치였다. 유리구슬처럼 투명한 눈동자엔 뒤늦게 후회의 빛이 스쳐 지나갔다.

"내가 괜한 소릴 했나 봐요."

그녀는 아랫입술을 살짝 깨물었다.

"미안해요. 그냥 못 들은 걸로……."

석현이 돌아서려는 희수의 손목을 탁, 붙들었다. 그러곤 당황해하는 그녀를 소파에 억지로 앉힌 후 휴대폰을 들었다.

"늦은 시간에 미안합니다, 임 변."

희수는 그가 누군가와 통화하는 모습을 멍하니 바라보았다.

"저번에 말했던 거, 최대한 빠르게 정리 부탁하려고요. 그래요. 연락 기다릴게. 수고해요."

통화는 짧게 끝났다. 휴대폰을 테이블 위에 내려놓고, 덤덤한 얼굴로 그녀를 물끄러미 내려다보는 그의 행동에는 군더더기가 없었다.

"내일쯤 정리될 거야."

희수는 그가 무슨 말을 하는 건지 알아들을 수 없었다. 그 속을 읽은 건지 그는 퍽 친절하게 말을 덧붙였다.

"다 알아서 정리하라고 해 뒀으니까 신경 쓸 거 없어. 네가 해야 할 일은, bar에 그만두겠다고 연락하는 거. 그거 하나면 돼."

깔끔한 정리였다. 그제야 어지럽게 뒤엉키던 머릿속도 정리가 됐다. 1년 동안 밤낮없이 일하게 하고, 수치감과 모멸감을 맛보게 하고, 동생의 가슴에 피멍까지 만들게 하고, 그녀를 절망의 끝까지 몰아붙였던 그 모든 것들이…… 고작 전화 한 통에 해결이 된 것이었다.

뭐가 이렇게 쉬워.

희수는 쓰게 웃었다. 그러나 바짝 굳은 입가에 살짝 걸쳐졌던 미소는 언제 그랬냐는 듯 금세 휘발되었다.

"그 돈, 나 아마 평생 못 갚을 거예요."

그는 마치 별 우스운 소리를 들었다는 듯 그녀를 빤히 보다 가볍게 대꾸했다.

"애초에 받을 생각도 없었어."

"마음도 못 줘요."

기다렸다는 듯 덧붙여지는 그녀의 말에 그가 못마땅하다는 듯 눈썹을 씰룩였다.

"그래서. 아쉬운 대로 몸이라도 주겠다는 거야?"

"그걸로 괜찮다면요."

하. 그의 입에서 헛웃음이 흘렀다.

"뭐 하자는 건데, 지금?"

되묻는 목소리가 서늘했다. 희수는 눈 하나 깜빡하지 않고 대답했다.

"선배 자선 사업가 아니잖아요. 세상에 공짜가 없다는 건, 나도 잘 알고 있어요."

"네가 이러면 내가 한발 물러날 줄 알았어?"

"진심이에요."

고집스러운 대꾸에 석현의 입가에 옅게 걸쳐져 있던 웃음기가 싹 사라졌다. 새카만 눈동자가 낮게 가라앉았다.

"마음은 죽어도 못 주겠으니, 차라리 몸을 팔겠다?"

"……."

"이게 네 머릿속에서 나온 최선이야? 내 고백에 대한 대답으로?"

그녀를 바라보는 눈빛이 냉담했다. 화가 난 것 같기도, 상처를 받은 것 같기도 했다.너란 여잔 어쩜 이렇게 잔인할까. 원망이 묻어나는 눈빛을 마주하고 있자니 명치끝이 조여드는 느낌이었지만, 희수는 그의 시선을 피하지 않았다.

잘 알고 있었다. 지금 제 행동이 얼마나 뻔뻔하고 이기적인지. 저 때문에 상처받았다는 그에게, 그럼에도 여전히 저를 그리워하고 있다는 그에게 해선 안 될 짓이었다. 그러나 어쩔 수 없었다. 고작 돈 때문에 또 그를 이용하려 이곳에 서 있는 제가, 감히 그의 진심까지 이용할 순 없는 노릇이었으니까.

"후회하는 날, 올 거예요."

그는 무슨 말이냐는 듯 바라보았다. 희수는 그의 시선을 여전히 피하지 않은 채 다시 한 번 덤덤하게 입술을 달싹였다.

"며칠 전 그 고백도, 오늘 이 제안을 받아들이는 것도…… 분명 후회하게 될 거예요."

희수는 확신했다. 지금까진 갖지 못한 미련이 켜켜이 쌓여 진심과 집착이 헷갈리는 것뿐. 분명 머지않아 그도 알게 될 것이라고. 당신이 놓지 못했던 여자가 얼마나 가치 없는 존재였는지. 당신의 진심이 얼마나 아까운 거였는지. 분명 이 시간들을 후회하게 될 거라고.

"그땐 가차 없이 버려 줘요. 조용히 사라져 줄게요. 처음부터 없었던 것처럼 깔끔하게."

덤덤한 목소리는 술술 흘러나왔다. 마치 연습이라도 한 것처럼. 무슨 개소리를 그리 길게 하느냐고. 버럭 화를 낼 줄 알았던 그는, 의외로 덤덤한 얼굴로 그녀의 이야기를 끝까지 경청했다. 그리고 역시나 덤덤하게 물었다.

"꼭 날 위해서 네가 배려하겠다는 것처럼 들리는데. 내가 제대로 들은 것 맞아?"

희수는 부정하지 않았다. 피식, 서늘한 웃음과 함께 그의 한쪽 입꼬리가 삐딱하게 말려 올라갔다.

"내가 널 버릴 때까진 옆에 있어 주겠다? 마음은 절대 못 주지만, 몸 정도는 기꺼이 내어 주면서?"

이번에도 희수는 부정하지 않았다. 당신이 이해한 것 맞다고. 나는 이런 여자라고. 무언의 대답을 확인한 그의 눈동자에 복잡한 감정이 스쳐 지나갔다. 그는 무언가를 생각하는 듯 한참 동안 고집스럽게 다물려 있는 새빨간 입술을 빤히 바라보았다. 그러다 이내 그녀를 향해 성큼성큼 긴 다리를 옮기기 시작했다. 특유의 청량한 향이 코끝을 듬뿍 적셨다. 어느덧 바짝 다가선 그는 그녀의 턱을 가볍게 쥐고는 고개를 들어 올리게 했다.

"지금 네가 한 이 제안, 너야말로 후회 안 할 자신 있어?"

"후회, 안 해요."

마주한 시선이 얽혀 들었다.

"희수야."

나긋한 음성과 함께 형광등을 등지고 선 그의 새카만 눈동자가 위험한 빛을 냈다.

"만약 이런 식으로 날 떨궈 낼 수 있을 거라 생각했다면, 네가 단단히 잘못 생각하고 있는 거라고 말해 줄게."

"……."

"넌 아마 상상도 못할 거야. 내가 얼마나 너를 원하는지."

욕망을 가감 없이 표출하는 목소리에 차츰 열기가 스며들었다.

"당장이라도 너를 내 침대에 눕히고 그 위로 올라타고 싶은 걸. 네 살점에 내 흔적을 새기고 싶은 걸. 하루하루 어떤 마음으로 참아 냈는지……."

그가 천천히 허리를 숙였다. 그의 입술이 그녀의 입술에 닿을 듯 아슬아슬하게 스쳐지나 귓가에서 뚝 멈췄다.

"나는 이 기회를 놓칠 생각이 없어."

뜨거운 숨이 귓불을 자극하자 머릿속이 아찔해졌다.

"고작 자존심 하나 때문에 허비한 세월이 7년이야. 똑같은 실수를 반복할 리가 없잖아."

"……."

"껍데기라도 기꺼이 가질 거야. 몇 번이고 널 파고들고. 날 새기고. 널 흔들어 댈 거야. 결국 백기를 드는 건 네가 될 때까지."

순식간에 속에서 팽배해진 긴장감에 희수는 저도 모르게 숨을 참았다. 아랫배가 바짝 조여들며 통증마저 느껴졌다.

"감당할 자신 없으면 지금이라도 포기해."

마지막 경고였다. 들끓는 욕망을 애써 억누르는 듯 꽉 잠긴 목소리가 귓속을 뜨겁게 파고들었다. 뒤늦게 짙은 공포감과 함께 얼어 있던 심장이 쿵쿵 뛰기 시작했다. 내가 과연 이 남자를 감당할 수 있을까. 감히 그를 위한다는 가증스러운 위선은 그만 떨고. 그의 말대로 여기서 백기를 드는 게 낫지 않을까.

애써 외면하려 했던 현실감이 돌아오고 후회마저 얼핏 들었지만 이미 엎질러진 물이었다. 망연한 시야로 연수의 얼굴이 흐리게 떠올랐다 사라졌다. 아마 동생은 지금 그녀가 한 선택을 바라진 않을 것이다. 어쩌면 지금보다 훨씬 더 상처받을지도 몰랐다. 그러나 지금 그녀의 입장에선 선택의 여지가 없었다. 무엇을 선택한들 뭐가 다를까. 그렇다면 그중 '차악'을 고르는 게 최선인 법이었다. 그게 비록 누군가를 상처 입히고, 결국엔 자신마저 상처 입게 될 선택일지라도……. 이기적인 자기 합리화였다.

새빨간 입술은 죽은 조개처럼 꽉 다물려 있었다.

1초. 2초. 3초…….

긍정. 석현은 제멋대로 판단을 내렸다. 사실 '마지막 기회'라는 둥 여유로운 척을 하긴 했지만, 이제 와 그만둘 생각은 추호도 없었다. 다시없을 기회였다. 만족스러운 전개는 아니었지만, 지금 자신이 어디 찬밥 더운밥 가릴 입장이던가. 머지않아 끊어질 게 뻔한 썩은 동아줄일지라도 필사적으로 잡아야만 했다.

허리를 숙여 그녀와 시선을 마주했다. 그가 조금 더 다가서자 그녀는 아주 천천히 눈꺼풀을 내리깔았다. 그의 입술이 닫혀 있는 입술 위에 닿았다. 메말라 보이던 입술에선 온기가 느껴졌다. 갈라진 틈을 건드리자 다물려 있던 입술이 하릴없이 열렸다. 그는 망설임 없이 안으로 파고들었다. 훅 풍겨오는 뜨거운 열기와 짙은 단내에 아랫배가 바짝 조여들었다.

성급하게 들어선 혀가 입 안을 멋대로 휘저었다. 고른 치열을 훑고 점막들을 자극하고, 깊숙이 숨어 있는 도톰한 살점을 기어이 찾아내 옭아맸다. 마치 빈 생수통을 쥔 채 사막을 횡단하다 열흘 만에 오아시스를 만나기라도 한 것처럼 게걸스럽게 그녀의 타액을 삼켜 내기 시작했다.

"으음……."

맞붙은 입술을 비집고 옅은 신음이 흘렀지만 좀처럼 멈출 수가 없었다. 오히려 청각을 자극하는 그 소리가 그의 결핍을 더 부추길 뿐이었다. 마치 상극 자석에 이끌리듯 그의 몸이 그녀에게로 가까워졌다. 그 힘에 밀려 가녀린 몸이 소파 등받이에 깊숙이 닿았다. 석현은 뒤로 젖혀지려는 그녀의 머리통을 감싸며 키스를 이어 갔다.

조금만 더. 아주 조금만……. 어째서 맛보고 또 맛봐도 갈증은 그대로인 건지 알 수가 없었다. 아니, 오히려 바닷물을 마시는 것처럼 오히려 그녀를 삼켜 낼수록 갈증이 더 짙어지고 있는 느낌이었다. 숨이 가쁘다 못해 호흡이 곤란해질 정도로 격정적이던 키스가 멈춘 건, 그녀의 입 안이 바짝 말라 더 이상 삼켜 낼 타액이 남아 있지 않았을 때였다.

느릿하게 떨어져 나가는 그의 입술엔 질척한 아쉬움이 그득했다. 석현은 혀끝으로 아랫입술에 남은 타액을 나른하게 훑어 내며 숙였던 상체를 곧게 펴고 그녀를 내려다봤다. 거친 숨을 꾹 눌

러 삼켜 내며 부르튼 아랫입술을 지그시 깨물고 있는 뽀얀 얼굴
엔 여전히 이렇다 할 표정이 없었다. 마치 조금 전 나눴던 격정적
인 키스 따위 없던 일인 것처럼. 하지만 몸을 달구는 열기까지는
숨길 수 없는 법이었다. 발갛게 상기된 그녀의 양 볼. 그 이율배반
적인 모습이 그의 본능을 뭉근하게 자극해 왔다. 그리고 동시에
저 가면을 제 손으로 망가뜨리고 싶어지는 것이다.

"벗어."

다소 강압적인 어조였음에도 그녀의 표정엔 조금의 변화도 없었
다. 천천히 자리에서 일어선 그녀는 망설임 없이 옷을 벗기 시작
했다. 도톰한 카디건을 벗어 소파 팔걸이에 걸치듯 올려 뒀다. 그
위로 티와 바지가 차례차례 놓였다. 속옷을 남겨 두고 그녀는 그
를 바라보았다. 정말로 끝까지 갈 생각이에요? 담담하게 그를 올
려다보는 눈이 꼭 그렇게 묻고 있는 것만 같았다. 마치 같잖은 기
회를 주기라도 하려는 것처럼.

"뭐해? 마저 벗지 않고."

그런 기회 따위 고민할 것도 없이 사양이었다.

"설마 내가 벗겨 주길 기다리는 건가?"

그녀는 체념한 것처럼 손을 등 뒤로 보냈다. 아니, 애초에 그녀
는 그 어떤 표정 따위도 짓고 있지 않았다. 그저 그가 제멋대로 해
석하고 판단했을 뿐.

툭. 끈이 풀리며 속옷이 어깨 아래로 흘러내렸다. 그와 동시에
아래 숨겨져 있던 뽀얀 살결이 형체를 온전히 드러냈다. 문득 손
바닥에 찌르르한 전기가 통하는 느낌이 들어 석현은 저도 모르게
주먹을 그러쥐었다. 한 손에 가득 차는 여린 살을, 언젠가 그랬던

것처럼 질릴 때까지 희롱하고 싶은 충동에 휩싸였다.

브래지어를 내려놓은 그녀의 손이 팬티에 닿는 순간, 석현은 그녀의 손목을 낚아채 침실로 향했다. 그녀를 침대에 눕히는 손길이 다급했다. 새하얀 시트 위로 기다란 머리카락이 물결처럼 흐트러졌다. 가녀린 여체는 침실 형광등 아래에서 유리로 만든 조각품처럼 투명하게 반짝였다. 감상하듯 내려다보는 그의 목울대가 크게 일렁였다. 참기 힘든 유혹이었다.

그는 곧바로 새하얀 목덜미에 얼굴을 파묻었다. 그리운 냄새가 났다. 단내 나는 살점을 한입에 크게 베어 물었다. 축축이 젖은 혀가 뽀얀 살결 위를 유린했다. 다디달았다. 입술을 아래로 내렸다. 목덜미에서 쇄골로. 쇄골에서 가슴으로…… 끊임없는 희롱에 빳빳하게 굳어 있던 몸이 잘게 진동했다. 그와 동시에 죽은 조개처럼 꽉 다물린 입술 틈으로 억눌린 가느다란 신음이 새어 나왔다.

"아……."

그는 자꾸만 제 품에서 벗어나려는 여체를 붙들고 마음껏 탐했다. 뽀얀 피부 이곳저곳 불그스름한 열꽃이 피어났다. 그녀와 함께했던 몇 번의 밤을, 그 밤에 있었던 모든 것들을 생생하게 기억했다. 그녀만의 작은 버릇도, 흥분이 섞여 있던 신음 한 조각까지도. 가슴, 목덜미, 귓불, 배꼽…… 그녀는 같은 포인트에서 같은 반응을 보였다. 지겹게 꾸던 그 꿈인가, 헷갈릴 정도였다. 그러나 손바닥에 착 감기는 생생한 살결이 현실임을 알려 주고 있었다. 그 사실이 그를 참기 힘들 만큼 흥분하게 만들었다. 당장이라도 그녀의 안으로 들어가고 싶은 본능이 움찔거렸다. 팽팽해지다 못해 살 껍질이 찢어질 것 같았다.

"됐어요."

구석구석을 어루만지던 손이 아래에 닿았을 때, 그녀가 침입을 제지했다.

"그냥…… 해요."

수줍음을 애써 감추려는 듯 바짝 힘이 들어간 눈꼬리엔 눈물이 그렁했다. 알고 있었다. 그녀의 몸은 이미 충분한 준비가 되어 있다는 것을. 게다가 급하기로 따지자면 이쪽이 훨씬 더 급했다. 그러나 7년 만이었다. 첫 경험보다 더 간절하게 기다려왔던 순간. 허기를 채우기 위해 목구멍으로 음식을 꾸역꾸역 밀어 넣고 싶진 않았다. 재료 하나하나를 음미하며, 이 시간을 느긋하게 즐기고 싶었다.

"그렇겐 안 되겠는데?"

"……."

"적당히 하고 치울 생각이었으면, 지금이라도 그 마음 고쳐먹는 게 좋을 거야. 쉽게 끝내 줄 생각 없거든. 앞으로도."

석현은 손바닥만 한 천 조각을 단번에 끌어 내렸다. 체념한 듯 힘이 빠지는 가녀린 몸. 그는 타이밍을 놓치지 않고 열기를 듬뿍 머금은 살결을 제멋대로 휘저었다. 너무 달아 혀가 마비될 것 같았다. 한 방울도 남기지 않으려 게걸스레 삼켜 낼 때마다 그 틈에서 흘러나온 젖은 마찰음이 방 안을 가득 울렸다. 그 사이로 억눌린 신음이 섞여 들었다. 방 안을 부유하던 공기마저 삽시간에 뜨겁게 젖어 들어갔다.

"여전하네. 온몸이 단 건."

석현은 제 입가에 치덕치덕 묻은 액체를 혀끝으로 핥아 내며 고개를 들었다.

"지독하게 달아. 꼭 꿀을 퍼먹는 느낌이야."

한껏 부풀어 오른 살결을 손끝으로 부드럽게 쓸어내리며, 한없이 풀어지는 여자의 얼굴을 느긋하게 감상했다.

"참지 마, 희수야."

"윽……"

무감하려 애쓰던 얼굴이 쾌락으로 일그러져 갔다.

"오랜만에 듣고 싶어. 날 환장하게 만들던 네 목소리."

"하으읏……"

우린 이미 끝났다고. 제발 그만하라던. 그 입술이 달뜬 숨을 뱉어 냈다.

"들려줘. 응?"

"……하아아응. 선배, 제발……"

매정히 돌아서던 그녀가 제 팔에 매달려 애처롭게 무너져 내리고 있었다.

……젠장할.

그는 속으로 씹어뱉듯 욕지거리를 삼켜 냈다. 고작 한마디 들었을 뿐인데, 더는 참을 수가 없어졌다. 심장이 위치를 옮기기라도 했는지 아래가 물 밖에 나온 생선처럼 미친 듯이 팔딱거려 댔다. 이젠 정말로 한계였다.

허리춤에 감긴 샤워 가운의 끈을 풀어내는 손길이 다급했다. 샤워 가운을 바닥에 아무렇게나 내던지며 그는 다행이라 생각했다. 윗옷과 바지를 입고 있었다면 채 다 벗기 전에 싸 버렸을지도 모를 일이었다. 조금 전까지 부리던 여유는 오간 데 없이, 그는 성마르게 안으로 진입했다. 마치 그를 위해 준비돼 있던 것처럼 빈틈없이 딱 맞았다. 뜨겁다 못해 녹아내릴 것만 같았다. 육신뿐만 아니라 영혼까지.

그는 턱을 악다물며 흐트러지려는 정신을 다잡았다. 고개를 숙여 그녀의 도톰한 귓불을 깨물었다. 웃, 붉은 입술을 비집고 흘러나오는 옅은 신음과 함께 여린 몸이 바짝 경직됐다. 그와 동시에 석현 역시 탁한 신음을 흘리며 턱을 쳐들었다. 까맣게 잊고 있던 쾌락의 조각들이 파도에 실려 밀려들었다. 거대한 파도는 끊임없이 그를 향해 몰아쳐 왔다. 참을성은 이미 바닥난 지 오래였다. 그는 손바닥으로 감겨드는 보드라운 여체를 어루만지며 천천히, 그러나 확실하게 속도를 올렸다. 점차적으로 거칠어지는 움직임에 그녀가 헐떡이며 그의 등을 끌어안았다. 손톱이 단단한 살점을 파고들었다.

미미한 통증은 짙은 쾌락에 섞여 들어 그를 더욱더 달아오르게 만들었다. 그가 안으로 깊게 치달을수록 그녀의 손톱 역시 그의 살점을 깊게 파고들었고, 딱 그만큼 절정은 가까워지고 있었다. 이상한 일이 아닐 수 없었다. 그녀를 채우는 건 분명 자신이건만, 어째서 텅 비어 있던 제 안이 채워지는 느낌이 드는 건지. 물론 턱도 없이 미미한 양이었다. 몇 년째 이어지는 가뭄에 메말라 쩍쩍 갈라지는 논바닥에 내리는 찰나의 이슬비 같은.

네가 질리게 되는 날이 올 거라고 했던가⋯⋯. 깊이를 알 수 없는 깊은 수렁을 향해 내달리며 그는 생각했다. 이 갈증이 완벽하게 채워지는 날은, 어쩌면 영원히 오지 않을지도 모르겠다고. 이번 일에 대한 후회는, 제가 아닌 그녀의 몫이었다.

13. 정산

　테이블을 닦고 바닥을 쓸고, 오늘 쓸 원두를 미리 챙겨 두고. 영업을 위한 준비를 모두 끝냈을 때도, 시간은 아직 오픈까지 30분이나 남아 있었다.

　오늘 아침, 다리가 불편한 연수를 버스 정류장까지 부축했다. 학교까지 데려다주려고 했지만, 고맙게도 친하게 지낸다는 친구가 와서 연수를 데려갔다. 두 여고생을 태운 버스의 뒤꽁무니를 물끄러미 바라보다 그녀도 커피숍으로 향하는 버스를 탔다. 덕분에 출근이 평소보다 많이 일렀다.

희수는 오늘따라 느리게 움직이는 것 같은 초침을 빤히 노려보다 마른행주를 들었다. 이미 두 번이나 닦아 낸 반짝거리는 테이블 위를 행주로 벅벅 닦아 냈다. 가만히 있으면 여러 잡생각이 들어 머리가 지끈거렸다. 생각을 떨쳐 내려면 쉴 없이 움직여야만 했다. 물론 그런다고 해서 완전히 자유로울 수 있는 건 아니었다. 바람에 불어온 민들레 씨앗처럼 좁은 틈새에 닿은 생각들은, 방심하는 틈에 뿌리를 내리고 순식간에 곁가지들을 키워 냈다. 결국 희수는 백기를 들었다. 행주를 아무렇게나 던져두고 테이블 위에 이마를 가볍게 찧었다.

"하아……."

입술이 절로 벌어지고 한숨이 흘렀다. 깊은 한숨이었다. 희수는 뜨끈하게 열이 오른 목덜미에 손을 가져다 댔다. 손바닥에 닿는 건 열 오른 피부가 아니라 보드라운 스카프였다.

새벽녘 눈을 떴을 때, 그녀는 낯선 침대 위에 있었다. 잠까지 자고 갈 생각은 없었는데, 저도 모르게 잠이 들었던 모양이었다. 아니. 기절했다고 하는 편이 정답이리라.

간밤에 그는 정말로 오랫동안 굶주린 맹수 같았다. 침대에서 한 번. 씻으러 들어가려다 욕실 앞에서 붙들려서 한 번. 겨우 씻고 나왔을 때 젖은 머리를 말리지도 못한 채 침실에서 또 한 번……. 지치지도 않는지 몇 번이고 그녀를 탐했다. 마치 7년의 공백을 메우기라도 하려는 듯이 조급하고 또 조급한 몸짓이었다.

처음은 성마르고 과격했다. 짙은 욕망과 함께 얼핏 서려 있는 분노도 느껴졌었다. 하지만 두 번, 세 번. 거듭 반복될수록 그녀를 탐하는 행위는 점점 부드러워졌다. 마치 열렬히 사랑하는 연인들이 사랑을 나누는 것처럼. 돈을 받고 몸을 주는 계약 따위가 아니라, 사랑받는 것처럼……. 그래서 그녀는 뭐가 잘못된 건지 쉽게 인지하지 못했었다. 그를 몇 번이나 받아들이며 온몸을 관통하는 쾌락에 허우적거리는 것이, 그의 품에 안겨 까무룩 잠드는 것이, 그의 품을 편안하다 느끼는 것이…… 얼마나 말도 안 되는 일인 건지.

희수는 고개를 살짝 틀어 옆을 바라보았다. 잠든 석현의 얼굴이 시야 가득 들어찼다. 그는 평온해 보였다. 좋은 꿈이라도 꾸고 있는 걸까. 그림 같은 얼굴을 물끄러미 바라보고 있자니 문득 눈가가 시큰해져 와 희수는 아랫입술을 질끈 깨물었다. 꿈이 아니었구나. 현실이었구나. 내가 기어코 일을 저질렀구나……. 누가 떠미는 것 없이 오로지 제 손으로 결정한 선택이었음에도 뒤늦게 폭풍 같은 후회가 밀려들었다.

제 처지가 비참해서는 아니었다. 결국 이 남자에게 상처 주는 것을 또다시 제 손으로 선택했다는 것이 너무도 끔찍해서였다. 그러나 이제 와서 되돌릴 수 있는 일은 아무것도 없었다. 실수라는 말로, 내가 잠깐 미쳤었나 보다는 말로 용서받을 순 없는 일이었다. 이렇게 애써 자위하는 것 또한 못 견딜 정도로 가증스러웠다. 목구멍으로 치미는 울음을 애써 억누르며, 제 가슴께를 가로지르고 있는 남자의 팔을 밀어내고 조심스럽게 품에서 벗어났다.

숨죽인 채 옷을 꿰어 입고 도망치듯 현관을 나설 때까지 그는 깨지 않았다. 다행이었다. 아직 해가 채 뜨지 않은 어슴푸레한 새벽길을 추적추적 걸을 때, 몸속으로 지독한 한기가 파고드는 느낌이 들었다. 몸이 절로 움츠러들었다. 걸음을 뚝 멈추고 하늘을 올려다봤다. 울컥, 눈물이 차올랐다. 몸과 마음은 한없이 시리기만 한데, 눈물만큼은 뜨거워서 한층 더 서러워졌다. 그래도 눈물을 흘릴 순 없었다. 그럴 자격 따위 없었다. 손끝이 하얗게 질릴 정도로 주먹을 꽉 그러쥐고서 애써 눈물을 참아 내며, 희수는 속으로 빌었다.

제 선택이 틀리지 않았기를. 하루빨리 당신이 날 버리게 되기를. 이 관계가 끝날 때 끌어안아야 할 상처는, 부디 모두 내 몫이기를…….

석현은 커피숍 입구에서 걸음을 뚝 멈췄다. 유리문 너머로 테이블 위에 엎드려 있는 희수의 모습이 보였다. 아직 평소 출근 시간보다 30분이나 이른 시간이었다.

"성실하기도 하지."

그는 비죽 웃으며 혀를 낮게 찼다. 그러나 동시에 깊은 안도감을 느꼈다.

오랜만에 수면제 없이 숙면했다. 꿈을 꾸지 않고, 중간에 깨지도 않고. 오늘처럼 몇 시간 내도록 잠들었던 게 언제인지 기억도 나지 않을 정도로 그는 오랫동안 지독한 불면증에 시달려 왔다. 그러나 잠에서 깨자마자 그가 느낀 건 상쾌함이 아니라 불안감이었다.

휑한 옆자리를 더듬었다. 온기라고는 조금도 느껴지지 않았다. 집 안 곳곳을 살폈지만 그녀는 어디에도 없었다. 그녀의 부재를 인지하는 것과 동시에 혹시나, 하는 불안감이 그를 강타했다. 7년 전 어느 날이 떠올랐다. 그때와 같을 리 없다고 생각하면서도 스멀스멀 피어오르는 불안한 마음을 좀처럼 억누를 수가 없었다. 이 계절에 운전대를 잡은 손바닥에 땀이 찼을 정도였다. 그런데 유리문 너머의 그녀를 보는 순간, 이곳으로 오는 내내 불규칙적으로 뛰던 심장의 떨림이 거짓말처럼 뚝 멈춘 것이다. 떨칠 수 없는 트라우마였다. 그녀가 남긴.

"나쁜 계집애."

툭, 자조적으로 내뱉은 그는 쓰게 웃으며 유리문을 열었다.

딸랑. 머리 위에서 흐트러지는 풍경 소리에 웅크리고 있던 그녀의 몸이 곧게 펴졌다.

"아……."

그를 확인하고는 어색하게 굳는 입가가 또렷하게 눈에 들어왔다. 반대로 석현의 입가는 느슨해졌다. 그는 곧장 그녀의 앞으로 다가섰다. 움찔, 가볍게 떨리는 가녀린 어깨를 빤히 바라보다 입술 끝을 말아 올렸다.

"뭘 잘못했는지는 아나 보네."

"무슨 말을 하는 거예요?"

"모른다고?"

석현은 손을 뻗어 그녀의 목에 감겨 있는 스카프의 매듭 부분을 잡아당겼다. 스륵, 쉽게 풀어진 스카프가 그의 손끝에서 대롱거렸다.

"뭐 하는 거예요?"

그녀는 재빠르게 휑해진 자신의 목을 감쌌다.

"확인하는 거야."

석현은 무심한 손길로 그녀의 손을 떼어 냈다.

"어젯밤 일이 꿈이었나, 싶어서."

힘없이 떨어지는 작은 손. 그 아래에 숨겨져 있던, 눈처럼 새하얀 피부 위에 또렷하게 찍혀 있는 검붉은 자국을 바라보며 석현은 흡족한 미소를 지었다.

"다행히 꿈은 아니었던 것 같네."

탁. 붙들려 있지 않은 손이 석현이 쥐고 있던 스카프를 낚아챘다.

"이제 됐죠?"

뾰족하게 말하며 그녀는 자신의 목에 스카프를 감았다. 밤새도록 그가 애써 새겨 넣은 흔적은 한순간에 자취를 감추었다. 아쉽다는 듯 바라보자, 그 시선을 읽은 것처럼 그녀가 말을 덧붙였다.

"아직도 꿈인지 아닌지 헷갈리는 거면, 허락도 없이 남의 스카프에 손대지 말고 말로 해요. 기꺼이 뺨을 꼬집어 줄 테니까."

탄산음료처럼 톡 쏘는 말은, 그를 향한 경고였다. 물론 석현은 조금도 겁을 먹지 않았다. 그저 귀엽긴, 하고 웃었을 뿐.

그의 반응이 못마땅하다는 듯 눈을 흡뜨고 바라보던 그녀가 자리에서 벌떡 일어났다. 드르륵, 의자가 끌리는 신경질적인 마찰음 위로 커피숍 입구에서 나는 풍경 소리가 겹쳐졌다. 문득 소리가 나는 쪽을 향하던 그녀의 눈이 둥그렇게 커졌다. 놀란 것 같았다. 의아한 마음에 석현 역시 뒤늦게 몸을 틀어 입구 쪽을 바라보았다.

"혹시나 해서 와 봤는데. 입구에 적혀 있는 시간보다 일찍 문 열었네?"

커피숍 안으로 자연스럽게 들어오고 있는 건, 은성이 아니라 나정이었다.

"아침부터 무슨 일이야?"

"어제, 네 사무실에 두고 간 게……."

일순간 나정의 입이 딱 다물어졌다. 마치 어제 일 따위 잊은 것처럼 방긋 웃던 얼굴도 석고상처럼 딱딱하게 굳었다. 바람 앞의 등불처럼 거세게 흔들리는 나정의 두 눈동자는 석현의 뒤편을 향하고 있었다. 그에게 가려져 보이지 않던 다른 이를 뒤늦게 발견한 것이었다. 나정은 믿을 수 없다는 듯 눈을 느리게 껌뻑였다. 하지만 변하는 건 없었다. 그의 뒤에 숨어 얼굴만 빼꼼 내밀고 있는 이는, 자신이 알고 있는 얼굴이었다.

"……서희수?"

새된 목소리가 비명처럼 커피숍을 가로질렀다.

유리문이 열렸다. 성큼 안으로 들어가는 석현의 너른 등을 바라보다 나정은 뒤늦게 아슬아슬하게 닫히려는 문을 통과했다. 어제 왔을 땐 퍽 잘 꾸며진 공간이라고 생각했다. 하지만 지금 그녀의 눈에는 그 어떤 것도 눈에 들어오지 않았다. 꼭 한 평도 채 되지 않는 감옥에 갇힌 느낌이었다.

"대체 이게 어떻게 된 일이야?"

무심하게 멀어지는 석현의 어깨를 붙들어 세웠다.

"쟤가 왜 여기에 있어?"

입꼬리가 바르르 떨렸다. 꿈을 꾸고 있는 걸까. 제 두 눈으로 봤지만 아직도 믿을 수가 없었다.

"너 설마…… 갑자기 한국 들어온 이유가……."

말이 쉽게 나오지 않았다. 나정은 떨리는 입꼬리에 애써 힘을 주며 물었다.

"아니지? 우연이지?"

간절한 물음이었다. 제발 아니라고 해. 우연이라고 해. 원하는 대답을 해 주길 빌고 또 빌었지만, 석현은 대답 대신 무심한 음성을 흘려보낼 뿐이었다.

"놓고 간 거 있다며. 안 찾아봐도 돼?"

"내 질문에 대답부터 해."

"아침 댓바람부터 찾아올 정도로 중요한 물건은 아니었나 보네."

"최석현!"

더는 참을 수가 없어 있는 힘껏 소리를 내질렀다. 그제야 석현의 시선이 나정에게 온전히 닿았다.

"너 정말 제정신이야?"

"왜. 미친 것처럼 보여?"

"그래! 미친놈 같아. 미쳐도 단단히 미친!"

그의 대답은 들은 것이나 마찬가지였다. 나정은 단단한 가슴팍을 있는 힘껏 내쳤다. 하지만 석현은 조금도 밀려나지 않았다. 욕을 들어도, 맞아도. 그의 얼굴엔 조그마한 감정조차 섞여 들지 않았다. 제가 무슨 짓을 한다고 해도 그에겐 닿을 수가 없을 것 같았다. 그래서 나정은 더욱더 속이 답답했다. 그가 미웠다.

"벌써 다 잊었어? 저 계집애가 너한테 무슨 짓을 했는지! 널 어떻게 버렸는지!"

"생생하게 기억하고 있어. 어제 일처럼."

"그런데 도대체 왜!"

소리를 내지르는 나정의 목 위로 퍼런 핏대까지 섰다.

"이제 와서 복수라도 하려는 거야? 응? 그래?"

"복수?"

마치 세상에 존재하지 않는 말을 들은 것처럼, 되묻는 석헌의 목소리가 한없이 가벼웠다. 입가엔 옅은 미소까지 걸쳐져 있었다. 서희수에 대한 분노라고는 조금도 남아 있지 않은 얼굴이었다.

"미쳤어, 정말⋯⋯."

나정은 믿을 수 없다는 듯 고개를 내저었다. 다리에 힘이 풀려 저도 모르게 뒤로 주춤 밀려나기까지 했다.

"이래서⋯⋯ 어제 그런 말을 했니? 불쌍하다고. 답지 않게 신경 써 주는 척 동정했던 거야?"

처음엔 7년 공들인 대가가 겨우 동정이라는 것이 허망했고 화가 났었다. 그런데 곱씹어 볼수록 화를 낼 만한 일이 아닐지도 모른다는 생각이 들었다. 동정이라도. 무시를 받았던 지난날보단 나은 게 아닐까. 비록 원하는 건 아니었지만. 그래도 어쨌든 그의 감정 조각 하나 정도는 제게 닿긴 했다는 거니까. 이제야 그의 마음의 문이 열리기 시작한 거라고. 이제부터가 시작인 거라고. 밤새도록 헛된 희망 회로를 돌렸었다. 바보같이⋯⋯.

썰물처럼 밀려드는 비참함에 나정은 아랫입술을 질끈 깨물었다. 비릿한 피 맛이 입 안 가득 퍼졌다. 속이 울렁거렸지만 피 때문만은 아니었다.

"웃기지 마. 난 너희 두 사람, 절대 인정 못 해."

꽉 다물린 잇새로 분노에 찬 음성이 흘러나왔다. 음산하게 느껴지기까지 했다.

"네 허락은 필요 없어. 물론 네가 더 잘 알고 있겠지만."

석현은 여전히 냉랭했다.

"나만 이렇게 생각할 것 같아?"

나정의 눈에서 불꽃이 튀었다.

"너희 집은?"

"……."

"아주머니께서 알게 되면 어떻게 될지 생각 안 해 봤어? 지켜보기만 하실 것 같아? 7년 전 일을 다 아는데, 뻔뻔하게 네 옆에 있는 계집애를 가만히 두실 것 같으냐고!"

가만히 듣고 있던 석현의 한쪽 입꼬리가 삐딱하게 말려 올라갔다. 어쩐지 위험하게 느껴지는 미소였다. 나정은 저도 모르게 흠칫, 어깨를 떨었다.

"왜. 그때처럼 또 일러바치려고?"

고저 없는 단조로운 음성은 서늘했다. 앞뒤 다 잘린 말이었지만 그 뜻은 단번에 알아들을 수 있었다. 등허리를 타고 소름이 끼쳐왔다. 나정은 굳은 채 눈꺼풀만 느리게 깜빡였다. 설마…….

"어느 날 갑자기 의문이 들더라? 서희수가 돈이 필요하다는 걸 어머니가 어떻게 아셨을까. 나도 전혀 모르고 있던걸."

아주 오래전 일이었다. 애써 묻어 둔 채 잊고 지냈던 기억을, 평

생을 잊고 살아가려 했던 그 기억을, 그는 아주 가볍게 끄집어냈
다.

"서희수 삼촌의 친구이자 동업자였던 그 사람. 문 의원님 고향
후배더라?"

"……."

"내가 문 의원님을 한참 잘못 봤나 봐. 의리가 굉장하시던데? 기
껏 해봐야 접점 거의 없는 고향 후배일 뿐인데, 친구 뒤통수친 범
죄자한테 손수 도망 길까지 알아봐 주시고."

입은 웃고 있었지만, 나정을 바라보는 눈빛은 한겨울의 길바람
보다도 더 싸늘했다. 발끝부터 머리끝까지. 온몸이 얼어붙는 느
낌이었다.

"그건……."

나정은 얼어붙은 입술을 느리게 달싹였다. 하지만 금세 딱 달라
붙었다. 할 수 있는 말이 없었다.

"걱정하지 마. 이제 와서 네 탓하려는 거 아니니까."

석현이 퍽이나 다정하게 그녀를 바라보며 양어깨를 가볍게 붙
들었다.

"그때 일은, 내 잘못이 제일 크다는 거 인정해."

그는 웃었다. 이번엔 눈꼬리도 함께 휘어졌지만, 나정은 차라리
화를 내는 것이 덜 공포스러울 것 같다고 생각했다.

"그런데 앞으론 아니야."

그가 허리를 살짝 숙였다. 어깨에 힘이 들어가고 귓가에서 그의
숨결이 느껴졌다.

"두 번 다시 내 인생에 끼어들지 마."

서늘한 음성이 얼음송곳처럼 귓속을 아프게 파고들었다.

"더 이상은 안 봐줘."

뼛속까지 찬바람이 불었다. 마치 사형 선고를 받은 것 같은 느낌이었다.

컵을 정리하다가 흘긋. 원두를 챙겨 오다가 흘긋. 희수는 자꾸만 2층 계단으로 향하는 시선을 다잡느라 애쓰고 있었다. 신경을 쓰지 않으려 의식할수록 오히려 더 신경이 쓰이는 느낌이었다. 저를 보고 하얗게 질리던 여자의 얼굴을 기억하고 있었다. 나정이 단번에 알아본 것처럼, 희수 역시 나정을 단번에 알아본 것이었다.

'너, 정말로 최석현이랑 사귀는 거 맞아?'

가짜 연애가 시작된 바로 다음 날이었다. 교정을 거닐다 우연히 마주친 나정이 대뜸 희수의 앞을 가로막고 던진 질문이었다. 그녀의 눈에는 의심이 가득했다. 희수는 며칠 전 봤던 얼굴임을 바로 기억해 냈다. 잘은 모르지만, 아마도 자신이 하게 된 가짜 연애와 깊은 연관이 있는 인물이라는 것만큼은 확실했다.

'대체 언제부터? 얼마나 깊은 사이니?'

'그런 질문에 제가 꼭 대답해야 하나요?'

'왜. 기분 나쁘니?'

나정은 코웃음을 쳤다.

'그래도 참아. 기분 나쁘기로 치자면 내가 더 할 테니까.'
'그게 무슨…….'
'석현이랑 나, 알고 지낸 세월이 10년도 넘어. 그리고 며칠 전까
지만 해도 우리 사이엔 결혼 얘기가 오가고 있었지.'
'……'
'그런데 갑자기 생뚱맞게 네가 끼어들었어. 하루아침에 일방적
으로 혼담은 취소됐고. 지금 내가 너한테 예의 따위를 지킬 수 있
을 것 같니?'

결혼할 사이였다니. 금시초문이었다. 순간 너무도 당황스러웠지
만, 희수는 겉으로 티를 내지 않았다. 나정이 질투심에 거짓말하
는 거라 생각했다. 그럴 수밖에 없는 것이, 결혼을 얘기하기엔 너
무도 이른 나이지 않은가. 게다가 석현은 그녀에게 관심이 조금도
없는 것 같기도 했고.
그 당시엔 석현의 집안에 대해서 전혀 모르고 있었기에, TV에
서나 볼 법한 '정략결혼'의 가능성까지는 미처 생각하지 못했었
다. 나중에 당사자에게도 직접 확인을 했지만 그는 '걔 혼자 오버
하는 거야. 신경 쓸 필요 없어.'라고 얘기했었다. 어쨌든, 당시엔
아무것도 모르는 상태였으므로 희수는 그와 한 약속을 충실하
게 이행하고자 했다.

'글쎄요. 누가 끼어든 건지는, 석현 선배가 판단할 문제 같은데
요.'

대답이 못마땅했는지 나정은 불쾌한 기색을 숨기지 않고 드러
내며 희수를 훑었다. 머리끝부터 발끝까지. 적의가 가득 담긴 노
골적인 시선에 발가벗겨지는 듯한 기분이 들었지만 희수는 담담
하게 시선을 받아 냈다. 곧 나정은 흥, 콧방귀를 뀌고는 돌아섰다.
시야에서 나정의 모습이 완전히 사라졌을 때에서야 희수는 안도
의 한숨을 흘렸다. 이제 다 끝났나, 싶었다. 그러나 애석하게도 그
날이 시작이었던 것이다.

그 후로도 같은 과가 아님에도 불구하고 나정과는 우연히 마주
치게 되는 일이 잦았다. 구내식당에서, 학교 근처 커피숍에서, 도
서관에서. 그때마다 나정은 물론이고 그녀와 함께 다니는 친구들
까지 대놓고 적대감을 표출하기 바빴다. 지나치다 싶을 정도의 우
연이, 사실은 우연 같은 게 아니라 의도적으로 만들어 낸 필연이
었음을 먼저 눈치를 챈 건 동은이었다.

'반반한 얼굴만 믿고서 저렇게 싸가지 없는 건가 했더니, 믿는
구석이 따로 있었더라. 아버지가 정치인이래. 할아버지는 어느 부
서 장관이고. 집안이 예상했던 것보다도 훨씬 더 어마어마해. 더
재수 없지 않아?'

동은은 나정의 친구들이 희수에게 그러했듯이 마찬가지로 나
정을 싫어했다.

'뭐, 얘기를 들어 보니까 너한테 왜 저렇게까지 재수 없게 구는 지 이해가 되긴 하더라.'

'무슨 얘기를 들었는데?'

'석현 선배 따라 우리 학교 오려고 재수까지 했다더라고. 성적 맞 춰 들어오느라고 팔자에도 없는 철학과 들어온 거래.'

'그게 정말이야……?'

'생긴 걸 봐. 어딜 봐서 심도 있게 인생의 철학을 논하게 생겼니? 빼박 남자 하나 땜에 뛰어든 거지. 불나방처럼.'

'……'

'하긴. 돈 많은 집안이니까 과가 무슨 상관이겠어. 대충 4년 다 니다 졸업하면 앞길은 탄탄대로일 텐데.'

그때, 동은의 시샘 섞인 설명을 들으며 희수는 생각했다. 인형 같은 외모에 집안까지 빵빵한, 심지어 다른 남자들에겐 '여신'으 로 불리는 여자가 저렇게까지 좋다고 하는데. 왜 그 남자는 자신 과 가짜 연애라는 귀찮은 연기까지 해 가면서 굳이 떨어트리려고 하는 걸까. 그녀로서는 석현이 도통 이해가 되질 않았었다. 그리 고 그건 지금도 마찬가지였다.

나정은 여전히 반짝이고 있었다. 동은의 예상대로 나정의 인생 은, 시작도 채 해 보지 못하고 꼬꾸라진 저와는 달리 탄탄대로로 풀린 것 같았다. 입고 신고 든, 모든 것들이 누구나 알 만한 명품 이었다.

반짝이는 여자와 반짝이는 남자. 나란히 계단을 올라가던 두 사 람의 뒷모습이 퍽이나 잘 어울린다는 생각이 절로 들었다. 만약 그의 마음을 몰랐다면, 희수 역시 두 사람의 관계를 철석같이 오해했을 터였다. 심지어 나정은 아직도 그를 마음에 품고 있는 것 같았다. 저를 발견하곤 하얗게 질려 가던 그 얼굴이, 두 사람의 지난 7년을 설명해 줬다.

……7년. 그녀가 감히 상상도 하지 못할 지난 7년 동안의 최석현을, 나정은 속속들이 알고 있는 걸까. 그렇게 생각하니 어쩐지 가슴 한편이 먹먹해져 온다. 그리고 나정이라면, 그의 어머니가 반대하진 않을 테였다. 아니, 반대는커녕 환대받을지도 몰랐다. 결과가 어찌 됐든 두 사람은 집안에서 결혼 얘기까지 오갔던 사이였으니까.

"아."

저도 모르게 아랫입술을 세게 씹은 모양이었다. 비릿한 피 맛이 느껴졌다. 미간을 살짝 찌푸리는데 계단에서 인기척이 들렸다. 시선이 빠르게 계단을 향했다. 파리하게 질린 얼굴의 나정이 내려오고 있었다.

"……."

아까는 그가 중간에 끼어드는 바람에 타이밍을 완전히 놓쳤지만 이번엔 아니었다. 나정이 그랬던 것처럼 저 역시 아는 척을 해야 하는 건지. 아니면 모르는 척 고개를 돌려야 하는 건지. 너무도 어려운 문제가 아닐 수 없었다. 쉽게 선택하지 못하고 망설이는 사이 나정이 희수의 앞에서 걸음을 멈췄다. 빨갛게 핏발이 서 있는 두 눈이 희수를 향했다. 그녀를 담은 눈동자엔 그녀를 향한 짙은 감정이 넘칠 듯 넘실거렸다.

나정의 부정적인 그 시선이 익숙하면서도 한편으로는 또 낯설게 느껴지는 건, 그 속에 담긴 감정이 7년 전과 달리 미움을 넘어선 원망처럼 보이는 탓일 테다. 두 사람은 2층에서 무슨 대화를 나눈 걸까…… 심상치 않은 나정의 표정에 절로 의문이 들었을 때였다. 새빨간 립스틱을 빈틈없이 칠한 나정의 입술이 달싹인 건.

"……뻔뻔한 년."

흘리듯 뱉어진 말이었지만 뾰족한 바늘로 둔갑한 음성은 희수의 귓속으로 정확하게 파고들었다. 그리고 가슴에 쿡 박혔다. 희수는 아랫입술을 지그시 깨물었다. 대뜸 욕을 먹었는데 화를 낼 수도, 반박할 수도 없었다.

뻔뻔한 년.

이보다 더 제게 어울리는 말이 또 있을까. 아무래도 나정은 지난 일에 대해 다 알고 있는 모양이었다. 그래서 그런 눈으로 나를 보는 거구나. 희수는 전보다 더 짙어진 나정의 원망을 뒤늦게 이해했다. 죽은 조개처럼 딱 다물린 희수의 입술을 보며 나정은 낮게 조소했다. 그러곤 승리자 같은 얼굴로 그녀를 스쳐 지나갔다.

또각또각. 바닥 타일을 내리찍는 하이힐 소리가 커피숍에 잔잔하게 깔리는 음악을 비집고 희수의 청각을 자극했다. 조금만 높은 굽을 신어도 어설프게 비틀거리는 저와는 달리 자연스럽고 당당한 걸음걸이였다.

딸랑. 나정이 커피숍 입구에 막 섰을 때, 바깥에서 문이 열렸다. 아슬아슬하게 지각을 면한 은성이 거의 달리다시피 빠르게 들어오고 있었다. 제대로 앞을 못 본 모양이었다. 하마터면 문 앞에 서 있던 나정과 부딪힐 뻔했다. 뒤늦게 나정을 발견한 듯 은성이 반사적으로 몸을 피한 덕분에 충돌하는 불상사는 막을 수 있었다. 은성은 조금 놀란 얼굴로 나정을 바라보다 이내 고개를 꾸벅 숙였다.

"죄송합……."

"눈 좀 똑바로 뜨고 다녀요!"

나정은 사과를 제대로 듣지도 않고 신경질적인 목소리를 뱉어냈다.

"어찌 된 게 마음에 드는 구석이 하나도 없어, 여긴."

여전히 신경질적인 혼잣말과 함께 못마땅하다는 듯 혀를 크게 쯧, 차고는 커피숍을 나섰다.

"누나!"

길 가다가 대뜸 뒤통수라도 얻어맞은 듯 멍하게 있던 은성이 인상을 잔뜩 찌푸린 채 희수를 향해 걸어왔다.

"저 여자, 아침부터 여긴 왜 또 왔대요?"

"어떻게 알아?"

"뭘요? 아, 저 여자요?"

나정이 사라진 방향을 향해 턱짓을 한 은성이 말을 이었다.

"어제도 왔었거든요. 누나랑 사장님 나가고 얼마 안 됐을 때. 사장님 보러 왔다면서. 그런데 싸가지가 어찌나 없던지. 저한테 이래라저래라 종놈 부리듯이 부리더라니까요? 지가 로마 공주야, 뭐야."

어제 일이 떠올랐는지 은성은 씨근덕거렸다. 그러다 문득 생각났다는 듯 고개를 휙 돌려 희수를 바라본다.

"그나저나 누나는 괜찮아요? 어제 그렇게 나가서 얼마나 걱정했다고요. 전화도 안 받고."

"전화했었어?"

"세 통이나 했어요."

"미안. 정신이 없어서 몰랐네."

완전히 거짓말인 건 아니었다. 희수는 걱정 가득한 눈을 하고 있는 은성을 향해 옅게 웃어 보였다.

"걱정 끼쳐서 미안. 별일은 아니었어."

"누나 말은 못 믿겠어요. 무슨 일이었는데요?"

"동생이 조금 다쳤어."

"헐! 어디를요? 어쩌다가? 얼마나 다쳤는데요?"

"인대가 늘어났대. 심각한 건 아니야."

"다행이네요."

은성은 진심으로 안도하는 것처럼 보였다. 마치 제 일처럼 걱정해 주는 은성이 희수는 고마웠다. 웃으며 팔을 뻗어 그의 머리카락을 살짝 흐트러뜨렸다.

"근데 누나 감기 걸렸어요?"

"응?"

"목에."

은성이 그녀의 목에 감긴 스카프를 가리켰다. 그냥 목티를 입는 건데. 희수는 후회했다.

'언니! 목에 멍들었어.'

그가 새긴 흔적을 먼저 발견한 건 연수였다. 부딪혔어? 묻는 연수에게 희수는 글쎄. 잠결에 그랬나. 어색하게 대꾸했다.

뒤늦게 거울로 확인했다. 검붉은 흔적은, 왜 여태 몰랐나 싶을 만큼 눈에 띄었다. 급한 대로 스카프를 찾아 목에 둘러맸다. 의아하게 보는 연수에겐 보기 흉한 것 같아서, 하고 핑계를 댔다.

"으응. 조금. 감기 기운이 있는 것 같아서."

최대한 아픈 표정으로 콜록, 기침까지 쥐어짰다. 그러자 은성이 기겁하며 뒤로 물러난다.

"윽! 가까이 오지 말아요."

"뭐?"

"저 주말에 친구들이랑 놀러 가기로 했단 말이에요. 감기 옮으면 안 돼요. 절대!"

은성은 슬슬 뒷걸음질을 치더니 이내 재빠르게 창고로 향했다. 감탄스러울 정도로 날쌘 행동이었다.

"아까 감동의 눈물까지 흘렸으면 억울할 뻔했네."

가차 없이 닫히는 창고 문을 바라보며 희수가 피식, 웃으며 낮게 중얼거렸을 때였다. 2층 계단에서 인기척이 느껴졌다. 석현은 계단의 중간쯤에서 걸음을 뚝 멈추고 말했다.

"서 매니저, 잠깐 나 좀 봅시다."

대답을 듣지도 않고 그는 다시금 계단을 올랐다. 불과 몇 초 전까지만 해도 희수의 얼굴에 옅게 서려 있던 미소는 언제 그랬냐는 듯 완전히 사라졌다. 그녀는 낮게 한숨을 내쉬고는 2층을 향했다.

"아무 사이 아니야."

사무실로 들어갔을 때, 그녀를 기다린 것처럼 문 앞에 서 있던 그가 대뜸 말했다. 희수가 빤히 바라보자 그는 말을 덧붙였다.

"문나정 말이야. 혹시라도 오해할까 봐."

희수는 느리게 눈을 깜빡였다. 어쩐지 기시감이 느껴진 탓이었다. 아직 그와 자신이 아무 사이가 아니었을 때. 나정의 앞에서 갑자기 연인으로 둔갑하던 순간. 그때도 그는 그녀를 향해 그렇게 말했었다. 오해하지 마. 얘랑 나는 아무 사이 아니니까, 라고. 물론 지금과는 많이 다른 상황이었고, 진심으로 변명한 것 역시 아니었지만 말이다. 옛 기억을 떠올리자 괜스레 입 안이 쓰게 느껴졌다. 희수는 마른침을 삼켜 내곤 건조하게 말했다.

"이런 것까지 저한테 해명할 필요 없어요. 두 사람이 어떤 사이든, 상관없으니까."

"상관이 없다?"

"그래요."

덤덤한 대꾸가 기분 나쁘다는 듯 살짝 미간을 좁혔던 그는 이내 피식, 낮게 웃었다.

"너 말이야. 날 너무 믿는 거 아니야?"

생뚱맞은 말이었다. 의미를 쉽게 이해할 수가 없었다. 희수가 시선을 들자 그가 말을 덧붙였다.

"실은 내가 문나정이랑 결혼을 약속한 사이라면?"

"……."

"그때도 네가 상관없을 수 있을까?"

삐딱하게 기운 입술을 비집고 흘러나온 건 삐딱한 물음이었다. 일순 희수의 입이 딱 다물어졌다. 허를 찔린 기분이었다. 그의 말이 맞았다. 지금까지 희수는 그의 진심에 대해 조금의 의심도 해본 적이 없었다. 조금 전 적대감 가득한 나정을 보면서도, 같잖은 질투심을 느꼈을망정 그녀를 향해 미안한 마음 따위는 조금도 느끼지 않았다. 두 사람이 어떤 사이든 상관없는 게 아니었다. 두 사람이 아무 관계가 아니라고 확신했기 때문이었다.

'……뻔뻔한 년.'

저를 힐난하던 목소리가 빠르게 귓가를 스쳐 지나갔다. 희수는 떨리는 손끝에 힘을 줘 주먹을 꽈악 그러쥐었다. 저조차 외면하려 했던 추악한 속마음을 들킨 것 같아 부끄러워졌다. 마치 발가벗고 있는 느낌이었다.

"표정 풀어. 다행히도 정말로 아무 사이 아니니까."

그는 여유롭게 웃었다.

"상관없다고 했잖아요."

뒤늦게 표정 관리를 하며 차갑게 말했지만, 그의 입가에 걸린 미소는 그대로였다.

"뭐가 이렇게 냉정해? 간밤에 침대 위에선 그렇게 뜨겁더니."

그가 흐트러진 그녀의 긴 머리카락 끝을 붙잡아 자신의 입술로 가져갔다.

"조금만 부드럽게 굴어 줄 순 없어? 둘의 간극이 너무 심해서 적응이 잘 안 되는데."

결 좋은 머리카락에 닿은 입술이 나른하게 움직였다. 머리카락을 타고 뜨거운 숨결이 전해지기라도 하는 것처럼 희수는 아랫배가 조여드는 것을 느꼈다.

"계속 이렇게 나올 거예요?"

"내가 뭘 어쨌는데?"

"예를 들면, 이런 거."

능글맞은 질문에도 희수는 냉정함을 유지하며 그의 손에 붙들린 자신의 머리카락을 빼냈다.

"뭔가 단단히 착각한 것 같은데. 선배가 멋대로 해도 되는 건, 침대 위에서뿐이에요."

흐트러진 머리카락을 차분하게 정리하며 최대한 차갑게 말했다. 하지만 안타깝게도 그에겐 씨알도 먹히지 않은 듯했다. 그는 오히려 그녀의 반응이 재미있다는 듯 입꼬리를 느른하게 늘어뜨렸다.

"침대 위라……."

그가 별안간 그녀의 손을 덥석 잡더니 자신의 가슴팍에 가져다 댔다.

"지금 유혹하는 거야?"

"대체 뭘 어떻게 들으면 그렇게 해석이 돼요?"

정말이지 어이가 없었다. 희수는 짜증스레 붙잡힌 손을 빼내려고 했다. 그러나 단단하게 붙들린 손은 꼼짝도 하지 않았다.

"이거 놔요."

"싫은데."

"유치하게 왜 이래요?"

"그거, 귀엽다는 뜻이야?"

허! 희수는 꽉 막힌 숨을 뱉어 냈다. 아무래도 그는 제 약을 올리려고 작정을 한 것 같았다. 더 상대해 줘 봐야 의미 없는 말장난만 길어질 뿐이었다. 말을 말자. 말을 말아.

희수는 바짝 약이 올라 그에게 붙들린 손에 있는 힘껏 힘을 줬다. 그런데 그의 손아귀 힘이 아까와는 달리 스륵, 손쉽게 풀어지는 것이다. 덕분에 바짝 힘이 들어간 희수의 몸이 크게 휘청였다. 꼼짝없이 뒤로 넘어가겠구나, 생각했을 때였다. 그의 손이 그녀의 가녀린 허리를 빠르게 감았다. 뒤쪽으로 쏠려 있던 무게 중심이 순식간에 앞으로 향했다. 병 주고 약 주는 것도 아니고. 희수의 몸은 그의 너른 품에 쏙 안겨 들었다. 한쪽 뺨이 단단한 가슴팍에 뭉근히 눌러졌다.

"안 되겠다. 이틀 연속 외박은 좀 심한가 싶어서 피해 주려고 했는데……."

한껏 여유로운 표정과 달리 쿵쿵. 빠르게 뛰는 그의 심장 소리와 함께 탁한 음성이 귓속으로 파고들었다.

"퇴근하고 남아."

"문 큐레이터님?"

저를 부르는 목소리에 나정이 고개를 들었다. 직원들의 시선이 죄다 그녀를 향해 있었다. 그제야 나정은 지금 한창 회의 중이었다는 사실을 떠올렸다.

"미안해요. 어디까지 했죠?"

"김원흠 작가님이요."

그녀는 짧은 머리카락을 귀 뒤에 꽂으며 시선을 들었다.

"김 작가님이 왜?"

"두 점은 절대 못 주시겠다고요. 애초에 진행하기로 했던 한 점만 진행하든지, 아니면 그냥 빠지시겠다고……."

직원들의 표정을 보니 이미 같은 주제로 많은 이야기가 오간 뒤인 모양이었다. 물론 다른 생각에 빠져 있던 그녀는 한마디도 기억하지 못했다.

"김 작가님은 내가 설득할게요."

직원들은 시선엔 의심이 섞여 있었다. 나정은 속으로 낮게 한숨을 내쉬었다.

"잠깐 쉬었다 가죠."

일순간 직원들의 눈빛이 반짝였다. 나정은 일부러 작게 하품을 했다.

"점심을 너무 많이 먹었나 봐요. 자꾸 졸리네."

말이 끝나기가 무섭게 기다렸다는 하나둘 자리에서 일어났다. 회의실은 금방 텅 비었다. 나정은 다 식어 빠진 커피를 한입에 털어 넣었다. 향도 맛도 밍밍했다. 온기와 함께 카페인까지 휘발된 걸까. 커피를 마셔도 머릿속은 여전히 멍했다.

새해에 있을 전시회는 매우 중요했다. '은애 미술관'의 10주년 기념행사와도 겹치기 때문에 모든 직원이 이번 전시회에 공을 들이고 있었다. 특히나 나정이 가장 신경을 많이 쏟고 있었다. 수석 큐레이터 직함을 달고 처음으로 진행되는 행사였다. 어디 얼마나 잘하나 보자. 미술관 관장인 어머니의 백으로 낙하산을 타고 내려온 그녀를 지켜보는 눈은 한둘이 아니었다. 억울하진 않았다. 낙하산이었던 건 사실이었으므로. 하지만 가만두면 제 자리가 위협받을 터였다. 이번 기회에 성적으로 보여 줘야만 했다. 그런데 좀처럼 집중을 할 수가 없었다. 아침부터, 정확하게 말하면 석현을 만난 이후로…… 아니, 그보다 더 정확하게 말하자면 '그 얘기'를 들은 이후로 계속 이 상태였다.

'내가 문 의원님을 한참 잘못 봤나 봐. 의리가 굉장하시던데? 기껏 해 봐야 접점 거의 없는 고향 후배일 뿐인데, 친구 뒤통수친 범죄자한테 손수 도망 길까지 알아봐 주시고.'

꿈에도 상상하지 못했었다. 설마 그가 알고 있을 거라고는. 뒤처리까지 깔끔하게 끝냈다고 생각했었다. 완전 범죄라 믿었다. 그런데 이제 보니 완벽한 제 착각이었던 모양이다. 도대체 어디까지 알고 있는 걸까…….

허공을 응시하고 있던 나정의 눈동자가 바람 앞의 등불처럼 거세게 흔들렸다. 7년을 침묵한 그 속을, 이제 와 알 길이 없으니 너무도 불안했다. 혹시 다 알고 있는 건 아닐까. 그 남자가 그런 짓을 저지르는 데에 누구의 입김이 닿았는지. 아버지가 나선 것이, 발에 수도 없이 채는 고향 후배 따위를 위해서가 아닌 딸의 허물을 덮기 위해서였음을…….

아득한 기억을 떠올리던 나정은 재빠르게 고개를 내저었다. 아니. 거기까진 모르는 게 분명했다. 만약 이 모든 사태가 제 손끝에서 시작된 거라는 걸 알았다면, 지금까지 모르는 척했을 리가 없었다. 최석현의 잔인함에 대해선 누구보다도 그녀가 가장 잘 알고 있었다. 본인의 바운더리 안에 있는 이들에겐 든든한 편이었지만, 타인에겐 지독하리만큼 냉정했다. 내침에 가차 없었다. 그리고 자신은, 인정하고 싶지 않지만 최석현의 바운더리에서 한참

벗어난 존재였다. 만약 그가 이 모든 걸 알고 있었던 거라면, 자신
은 진작 내쳐지고도 남았다. 아마 발가벗겨져 비참한 꼴로 쫓겨
났을 테였다. 하지만 석현은 걱정하지 말라고 했다. 이제 와 네 탓
할 생각 없다고. 길바닥에 자빠져 있는 노숙자에게 적선하듯 얄
팍한 호의를 보였다.

"그래. 모르는 게 분명해……."

나정은 잘 다듬어진 손톱 끝을 잘근잘근 씹었다. 천만다행이었
지만 그렇다고 전처럼 마음을 놓고 살 수는 없었다. 그 여자는 이
미 눈앞에 나타났고, 그의 마음은 제가 생각했던 것보다 훨씬 더
깊은 것 같았다. 언제 어떻게 밝혀질지 모를 일이었다. 그리고 그
때, 아마 그는 저를 가만두지 않을 것이었다.

등줄기를 타고 소름이 쫙 끼쳤다. 저도 모르게 잘게 몸을 떤 나
정이 주먹을 꽉 그러쥐었다. 서희수를 그의 옆에서 떼어 내야 할
이유가 하나 더 추가됐다. 심지어 7년 전보다도 훨씬 더 절대적인
이유였다. 아주 잠깐 허공을 응시하던 나정은 이내 휴대폰을 들
고 어디론가 전화를 걸었다.

"어머니, 저예요. 드릴 말씀이 있어서 전화 드렸어요."

교활하게 움직이는 새빨간 입술이 뱀의 그것처럼 번들거렸다.

"언니?"

이제 막 현관으로 들어서는 그녀를 본 연수는 마치 저승사자라
도 마주친 것처럼 눈을 크게 떴다.

"이 시간에 어쩐 일이야?"

"너야말로 이 시간에 어쩐 일이야. 또 모의고사 쳤어?"

"담임쌤이 당분간은 야자 빼고 집에서 쉬라고 하셔서."

연수는 붕대가 감긴 발을 슬쩍 들어 올렸다.

"그게 정말이야? 다른 아르바이트 자리 알아보려는 건 아니고?"

의심의 눈초리를 보내자 연수가 억울하다는 듯 얼굴을 찌푸리며 다리를 바닥에 내려놓았다.

"안 해. 안 한다고 했잖아."

오늘 아침. 다리가 불편한 연수의 등교를 도와 이것저것 챙겨 주며, 희수는 어제 끝마치지 못한 이야기를 꺼냈었다.

'언니가 너한텐 정말로 다 미안해. 미안한 것투성이야. 그런데…… 아르바이트는 허락 못 해. 이것만큼은 양보할 생각 없어.'

애써 덤덤한 척 뱉은 말에 연수는 체념한 얼굴로 알았어, 대답했다. 간밤에 저도 많은 생각을 한 듯했다. 덕분에 아침은 평화롭게 지나갔다. 하지만 고집을 부리던 것에 비해 너무 쉽게 포기하는 것 같아 마음 한구석이 찜찜한 건 사실이었다.

"완전히 포기한 거야?"

"아, 진짜!"

연수가 너무한 거 아니야? 하고 짜증스레 꽥 소리를 내질렀다.

"어떻게 하면 믿을래? 속이라도 까뒤집어서 보여 줄까?"

희수는 방방 뛰는 동생 앞에 놓인 거실 테이블 위를 바라보았다. 조금 전까지 풀고 있었을 문제집들이 어지럽게 널려 있었다.

"알았어. 믿어."

연수는 흥, 콧방귀를 뀌었다.

"이젠 언니 차례야. 왜 이 시간에 집에 왔어? 또 어디 다친 거야?"

"일찍 마쳤어. 사장님 사정으로."

희수는 저를 훑어보는 연수의 시선을 뒤로한 채 주방으로 향했다.

"사장님이면 그 오빠?"

눈을 반짝인 연수가 그녀를 따라 주방으로 들어왔다. 절뚝절뚝. 보는 것만으로도 불편해지는 걸음걸이였는데, 정작 당사자는 전혀 개의치 않는 눈치였다.

"자세하게 얘기 좀 해 봐. 그 오빠가 왜 언니네 커피숍 사장이 된 거야? 원래 있던 사장님은 어디로 가고? 언제부터? 둘이 어떻게 돼 가고 있는 건데? 다시 사귀어?"

연수는 식탁 의자에 한자리를 떡하니 차지하고 앉아 질문을 퍼부어 댔다.

"대답 좀 해 주라. 응? 너무 궁금해서 공부가 안 된단 말이야."

동생의 억지에도 희수는 끝까지 못 들은 척 냉수 한잔을 벌컥벌컥 마셨다.

"어휴, 정말 독하다, 독해. 나라면 입이 근질거려서라도 얘기하겠구만. 왜 쓸데없이 동생한테까지 신비주의 콘셉트로 나가는 건지, 나는 도무지 이해를 못 하겠네."

결국 백기를 든 건 연수였다. 이번에도 역시 원하는 대답을 들을 수 없을 거라는 걸 직감한 듯 고개를 절레절레 흔들었다.

"그럼 다시 나가는 거야?"

"아니. 안 나가."

"오늘 쉬어?"

"그만뒀어."

가볍게 뱉어진 말에 연수는 잠깐 멈칫했다. 놀란 눈치였다. 희수
는 빈 잔을 개수대에 넣었다. 여전히 굳어 있는 연수를 지나쳐 주
방을 빠져나와 방으로 향했다. 이제 막 옷을 다 갈아입었을 때였
다. 방문이 벌컥 열리더니 연수가 절뚝이며 들어왔다.

"왜 갑자기? 나 때문이야? 내가 어제 한 말 때문에?"

연수는 어제 제가 한 말을 신경 쓰는 눈치였다.

"그런 거 아니야."

희수는 외출복을 정리하며 덤덤하게 대꾸했다.

"그 이유가 아주 없다곤 할 수 없지만, 너 아니어도 애초에 오래
할 생각 없었어."

그제야 마음이 편해졌는지 연수는 안도의 한숨을 살짝 내쉬었
다. 그러나 그것도 잠시. 이내 걱정스러운 얼굴로 조심스레 되묻
는다.

"근데…… 그래도 돼……?"

동생이 무슨 걱정을 하는지는 뻔했다.

"걱정하지 마. 그 돈 못 번다고 당장 굶어 죽거나 하진 않을 테
니까."

최대한 편안하게 말했지만 연수는 좀처럼 믿지 못하는 눈치였
다. 희수는 말을 덧붙여야 했다.

"물론 빚 갚는 건, 좀 더 오래 걸릴 거야. 그러니까 너는 공부를 지금보다 훨씬 더 열심히 하도록 해. 좋은 직장에 취업해서 돈 많이 벌어서 언니 도와줘야지."

솔직하게 상황을 설명할 순 없는 노릇이었다. 선의의 거짓말을 할 수밖에 없었다.

"내가 믿는 구석은 너밖에 없다는 거, 알지?"

안심시키기 위해 과장되게 웃어 보였다. 그제야 연수의 표정이 조금 풀어졌다.

"알았어. 나 진짜로 열심히 공부할게."

연수는 스스로 다짐하듯 양 주먹을 꽉 그러쥐고서 말을 이었다.

"대학교도 4년 내내 장학금 받고 다니고! 취업도 태광그룹 같은 대기업에 할 수 있게!"

하필이면 예를 들어도 태광일 게 뭐람. 일순 심장이 철렁했지만 티를 낼 순 없었다. 그래, 열심히 해. 어색하게 웃으며 응원의 말을 해 줬을 뿐.

연수는 의욕에 넘쳐 공부하겠다며 씩씩하게 방을 나섰다. 탁. 문이 닫히는 순간 살짝 말려 올라갔던 희수의 입꼬리는 금세 제자리를 찾았다.

"하아……."

한숨이 절로 흘렀다. 늘 웃는 게 일이긴 했지만, 그래도 역시나 집에서까지 억지웃음을 짓는 건 힘든 일이었다.물론 억지로라도 웃을 수 있었던 건, 더 이상 돈 걱정을 하지 않아도 되는 덕분이었다. 조금 전, 퇴근하고 집으로 돌아오는 버스에서 한 통의 전화를 받았다. 상대방은 본인을 태광그룹에 속한 변호사라고 소개했다.

- 서희수 씨의 이름으로 있던 사채 빚은, 오늘부로 깨끗하게 정산되었음을 알려 드립니다.

신뢰가 가는 차분한 목소리였지만, 쉽게 믿어지지 않아 희수는 멍청한 목소리로 되물었다. 정말인가요? 남자는 원한다면 자료를 보내 주겠다고 했다. 아뇨, 괜찮아요. 희수는 상대가 보지 못한다는 걸 알면서도 고개를 좌우로 크게 내저었다.

통화를 끝내고도 휴대폰을 손에서 내려놓지 못했다. 여전히 꿈을 꾸는 것 같았다. 볼을 아프게 꼬집어 본 후에야 현실이구나, 조금 실감했다. 평생 벗어날 수 없다고 생각했던 수갑이 한순간에 사라진 것이었다. 하지만 홀가분하지만은 않았다. 어쩌면 당연한 일인지 몰랐다. 또 다른 이름의 빚이 그 자리를 대신하고 있었으니까. 그래도 이전보다 상황이 나아진 것만큼은 확실했다. 만약 빚이 그대로 남아 있었다면, 조금 전 그녀는 동생을 안심시키기 위해 아무리 애를 써서 연기한다고 해도 이토록 맘 편히 웃을 순 없었을 것이다. 아니. 애초에 연수에게 들켰다고 해도 당장 bar를 그만두지는 못했을 테다.

침대에 풀썩 드러누웠다. 등허리를 받쳐 주는 침대의 폭신함이 오늘따라 낯설게 느껴졌다. 한동안 누워서 천장만 물끄러미 바라보았다. 시간이 생겼지만 뭘 해야 할지 알 수가 없었다.

"이래서 고기도 먹어 본 놈이 먹는다는 건가."

허탈하게 웃은 희수는 문득 떠오르는 생각에 휴대폰을 집어 들었다. 직업을 구하는 앱을 다운받았다. 시간이 생겼다고 해서 마냥 허비할 수는 없는 노릇이었다. 제겐 사치였다. 스크롤을 내리면 내릴수록 희수의 얼굴은 어두워져 갔다. 여자가 밤에 할 수 있는 일은 거의 없었다. 1년 전, bar를 선택한 것도 같은 이유 때문이었다는 것을 뒤늦게 떠올리곤 짙은 한숨을 내쉬었다.

"아무래도 편의점 야간 아르바이트가 최선인 것 같은데……."

커피숍과 병행하기엔 시간이 아주 빠듯하겠지만, 일 자체는 별로 어려울 게 없으니 어쩌면 괜찮을지도 모르겠다는 생각을 했을 때였다. 문득 다른 걱정 하나가 머릿속을 비집고 들어왔다. 그런데…… 밤에 일하게 되면, 그가 저를 찾을 땐 어떡하지? 그가 원할 땐 언제든지. 그가 질릴 때까지. 그게 지금 시간에 침대에 누워 이런 생각을 할 수 있게 된 대가였다. 결국 일자리를 찾는 건 포기하고 휴대폰을 내려놓았다.

천장을 빤히 바라보다 느리게 무거운 눈꺼풀을 내리깔았다. 감은 눈 위로 자연스레 석현의 얼굴이 떠오른다.

'퇴근하고 남아.'

분명 농담이 아니었다. 그래서 꼼짝없이 오늘 밤은 그와 보내게 될 거라고 생각했다. 그런데 가게 마감을 두 시간 남겨 뒀을 때, 2층에서 내려온 그는 급한 일이 생겨 먼저 가 봐야겠다고 했다. 능글맞게 웃으며 그녀에게 운 좋은 줄 알라는 말을 하는 것도 잊지 않았다.

표정이 안 좋던데. 무슨 일 있는 건 아니겠지…….

멋대로 흘러가는 생각을 곱씹던 희수는 별안간 헛웃음을 흘렸다. 지금 누가 누굴 걱정하는 건지. 쥐가 고양이 생각해 주는 꼴이었다.

"쓸데없는 생각은 말고 잠이나 실컷 자자!"

이불을 머리끝까지 끌어 올리고 이른 잠을 청했다. 어색하지만, 그래도 평온한 밤이었다.

14. 호출

벨을 누르기가 무섭게 기다렸다는 듯 대문이 활짝 열렸다. 석현은 마치 지옥 입구처럼 느껴지는 거대한 대문 안으로 무거운 걸음을 옮겼다. 대문에서 정원까지 이어지는 높은 돌계단. 사계절 푸른 잎을 자랑하는 나무들. 정원 구석에 자리한 잉어가 가득한 연못. 모든 것이 그가 마지막으로 떠나던 날 봤던 것과 별반 다르지 않았다. 그러고 보니 계절도 딱 이쯤이었던가.

그는 눈앞에 펼쳐진 풍경들을 무심한 눈길로 지나쳤다. 이 집에서 태어났고 미국으로 떠나기 전까지 쭉 살아왔었다. 긴 세월이었다. 그러나 향수 같은 건 조금도 일지 않았다. 그에게 이 집은 주거 공간, 그 이상도 이하도 아니있다. 보편직으로 '집'이라는 것에 느낄 안락함 따위를 단 한순간도 느껴 본 적이 없었다. 오히려 하루빨리 떠나고 싶을 뿐이었다. 윤희가 이 집에 집착하면 집착할수록 더 그랬다. 결국 그는 떠났고, 그녀는 안주인이 되었다. 그렇다면 이 이야기는 해피엔딩인 걸까.

"어서 오세요. 둘째 도련님이죠?"

대문과 마찬가지로 활짝 열려 있는 현관으로 들어서는 그를 반기는 건 젊은 여자였다. 원래 이 집안의 크고 작은 일들을 도맡아 하던 이는, 머리가 하얗게 세고 허리가 굽은 노파였다. 오 여사는 그치를 '밀양댁'이라 불렀다.

"사진으로 본 것보다 실물이 훨씬 더 미남이네요. 사모님이 자랑하실 만해요."

낯선 건 외모뿐만이 아니었다. 처음으로 받아 보는 환대가 훨씬 더 어색했다. 단 한 번도 겪어 보지 못했던 일이었다. 언뜻 눈에 들어오는 집안 분위기도 전과 달랐다. 구조는 그대로였지만 자잘한 인테리어들이 완전히 바뀌어 있었다. 그제야 조금 전까지는 느끼지 못했던 변화가 새삼 와닿았다. 이 집의 주인은 더 이상 오 여사가 아니었다.

"아, 외투는 이리 주세요."

"됐습니다."

"그러실래요?"

뻗었던 손을 거둬들이면서도 여자는 무안한 기색 없이 생글생글 웃었다.

윤희는 거실 소파에 앉아 있었다. 오 여사의 지정석이었던 자리였다. 물론 소파는 윤희의 취향이 백 퍼센트 반영된 새것이었다.

"사모님, 차 내어 올까요?"

그가 맞은편에 앉았을 때, 뒤따라 들어온 여자가 물었다.

"차 마실래?"

"아뇨."

"물은?"

"괜찮아요."

윤희는 그를 잠깐 못마땅한 눈으로 바라보다 이내 고개를 틀었다.

"아줌마, 카모마일 티만 한잔 내와 줘. 이번에 선물 받은 걸로. 참, 마시던 건 그냥 버려. 향이 영 덜한 게 잘못 산 것 같아."

"네, 사모님."

윤희의 안주인 행세는 제법 자연스러웠다. 하긴. 2년이면 짧은 시간은 아니었다.

"집이 많이 바뀌었네요."

"사람이 바뀌었으니까."

"2층은요?"

"거긴 그대로야."

따로 이유를 묻진 않았다. 그 답을 이미 알고 있기 때문이었다.

그가 미국으로 떠난 후 얼마 안 됐을 무렵 치원은 결혼과 함께 분가했었다. 그러나 결혼 생활은 채 1년을 넘기지 못했고, 이혼 도장을 찍은 후 도로 이 집으로 들어왔다. 자신이 생활하는 공간인 2층에 윤희의 손길이 닿는 걸 허락했을 리가 없었다. 아마

이 정도로 변화하는 동안에도 크고 작은 트러블이 수도 없이 있었으리라.

"네 방도 그대론데. 한번 가 보겠니?"

석현은 고개를 내저었다. 기대도 하지 않았던지 윤희 역시 실망하는 눈치는 아니었다.

"다들 아직인가 봐요."

"회장님은 늦으신다고 연락 왔어. 치원이는 집으로 퇴근하는 날이 일 년에 며칠 안 되고. 이럴 거면 밖에 나가서 살면 편할 텐데. 여러 사람 불편하게."

윤희는 혀를 쯧, 찼다. 하지만 그녀도 치원이 굳이 이 집에서 짐을 빼지 않는 이유를 모르진 않을 테였다. 일종의 시위였다. 윤희를 끝까지 인정하지 않겠다는. 두 사람의 보이지 않는 기 싸움이 얼마나 치열할지는 안 봐도 훤했다. 집터가 문제인 건가. 실없는 생각이 들어 석현은 속으로 낮게 웃었다.

"얼굴 뚫어지겠어요. 하실 말 있으시면 하세요."

그제야 그를 빤히 바라보던 윤희의 눈에서 힘이 풀렸다.

"나정이한테서 들었다."

윤희가 조금은 어렵게 입술을 뗐다.

"네가, 그 아이를…… 찾아냈다고."

그를 향한 눈빛이 불안정하게 떨리고 있었다.

"정말이니?"

"들으셨다면서 뭘 확인하세요."

"네 입으로 직접 듣기 전까진 믿고 싶지 않아서 기어코 묻는 거야. 그러니 잔말 말고 대답이나 해."

석현은 덤덤하게 대꾸했다.

"사실이에요."

한 시간 전 윤희의 전화를 받았을 때부터 이미 예상했던 전개였다. 허튼짓 말라 경고했지만 문나정이 어디 제 경고를 들을 사람이던가.

 — 지금 바로 집으로 오렴.

윤희의 한마디에 이유도 묻지 않고 바로 힌달음에 달려온 건, 피한다고 해결될 수 있는 게 아니라는 걸 알아서였다. 언제고 한 번은 부딪혀야 할 문제였다.

"……한국으로 돌아온 이유가, 그 아이 때문이었니?"

"네."

가차 없는 대답에 윤희는 하, 낮게 탄식하며 눈을 질끈 감았다 떴다. 무거운 인조 속눈썹이 파르르 떨려 왔다.

"다시 그 아이를 찾아갔다는 것도 기가 막힌데, 그 아이가 일하는 커피숍 건물까지 사들였다고?"

그를 향한 윤희의 눈이 문득 매섭게 번뜩였다.

"어떻게 그럴 수가 있니? 대체 어떻게 그렇게까지 할 수가 있어! 7년이나 지났는데! 심지어 그 아이가 너한테 어떤 짓을 했는데! 어떻게 너는……!"

하늘 높은 줄 모르고 치솟던 목소리는 절정에서 뚝 멎었다. 일하는 여자가 찻잔을 들고 거실로 나온 탓이었다. 윤희는 언제 그랬냐는 듯 평온한 얼굴로 찻잔을 받아 들었다. 그러나 향기조차

330

맡지 않고 그대로 찻잔을 테이블 위에 내려놓았다. 일하는 여자가 주방으로 사라졌을 때에서야 윤희는 못다 한 말을 미저 했다.

"기억상실증이라도 걸린 거야?"

석현은 하마터면 소리 내서 웃을 뻔했다. 어쩜 나정과 똑같은 말을 하는지. 둘이 쿵짝이 잘 맞는다고 생각하긴 했지만, 이쯤 되니기가 막히다 못해 무서울 지경이었다.

"걱정 마세요. 어제 일처럼 생생히 기억하고 있으니까."

같은 질문이었기에 그의 대답도 같을 수밖에 없었다. 두 번이나반복되는 말은 처음보다도 훨씬 더 건조했다.

"그런데 어떻게 그러니? 그런 끔찍한 일을 겪고도 어떻게?"

"맞아요. 끔찍한 일이었죠."

그의 동조에 윤희의 눈빛이 반짝였다. 그러나 이어지는 말에 윤희의 얼굴은 참담하게 일그러졌다.

"어머니가 나서지 않았다면 일어나지 않았을 일이기도 하고요."

"너 정말……."

"7년이에요. 7년 동안 매일을 떨쳐 내려고 했는데. 잊지 못할 거면 미워하기라도 하려고 했는데. 결국 안 됐어요. 그래서 이제 그만 인정하려고요. 아무리 노력해도 안 되는 건 안 되는 거라고."

"정말로 정상이라고 생각하는 거니? 그 지독한 집착이?"

미친놈 보듯 바라보는 시선이 낯설지가 않았다. 희수를 떠올린석현은 낮게 웃었다.

"그 여자도 그렇게 말하더라고요. 분명 후회하게 될 거라고. 못가진 미련이 집착으로 변한 것뿐이라고. 금방 질리게 될 거라고. 그때가 되면 가차 없이 버려 달라고. 깨끗하게 사라져 주겠다고."

일그러지는 윤희의 낯을 보면서도 석현은 기어코 말을 보탰다.

"혹시 알아요? 정말로 그런 날이 올지."

"그걸 지금 말이라고 하는 거야?!"

기가 막혀 하던 윤희의 눈이 이번엔 분노로 번쩍였다. 당장 앞에 놓인 찻잔을 집어 던지기라도 할 기세였다. 하지만 석현은 눈 하나 깜빡하지 않았다. 덤덤하게 제 할 말을 이어 갔다.

"늘…… 누군가가 목을 조르는 것 같았어요."

이제 막 찻잔에 닿은 윤희의 손이 멈칫, 굳었다.

"약 없으면 하루도 못 버텼을 거예요. 이미 잘 알고 계시겠지만."

"……."

"그런데 이제야 좀 숨통이 트여요. 어젠 처음으로 수면제 없이 잠도 잤어요. 나도 이제 사람답게 살 수 있겠구나, 희망이 생겼는데."

"……."

"이렇겐 못 끝내요, 저."

찻잔에서 완전히 손을 뗀 윤희가 그를 바라보았다. 조금 전까지만 해도 분노로 들끓던 눈빛이 고요하게 가라앉아 있었다.

"많은 거 안 바라요. 당장 결혼하겠다는 것도 아니고요. 그러니까 이번엔 제발 그냥 지켜보기만 해 주세요. 잘못도 없는 그 여자 찾아가서 괜히 또 상처 들쑤시지 말고……."

"……."

"저러다 말겠지. 제풀에 지쳐 후회하는 날 오겠지. 언제까지 저러나 어디 한번 두고 보자. 어머니 눈엔 같잖은 제 사랑, 실컷 비

웃으면서요. 그 정도는 해 주실 수 있잖아요."

윤희는 끝내 긍정도 부정도 하지 않았다. 그저 낮게 가라앉은 시선으로 그를 바라보기만 할 뿐.

"……."

"……."

고집스러운 두 모자 사이에 무거운 적막이 흘렀다. 침묵을 먼저 깬 건 석현이었다.

"그렇게만 해 주시면, 저도 어머니가 원하는 걸 드릴게요."

그의 눈빛이 결연하게 빛났다.

식어 버린 차에선 쓴맛이 났다. 미간을 찌푸린 윤희는 찻잔을 도로 내려놓았다. 노랗게 우러난 물이 찰랑거렸다. 조금 전까지 아들이 앉아 있던 빈자리를 빤히 바라보다 한숨을 길게 내쉬었다. 속이 답답했다.

몇 시간 전 나정의 전화를 받았을 때. 그러니까 '서희수'라는 이름을 들었을 때……. 가장 먼저 든 생각은 올 게 왔구나, 였다.

서희수.

그 이름 석 자를 아직도 기억하는 건, 제 손으로 두 사람을 떨어뜨려 놓았다는 것에 대한 죄책감 때문만은 아니었다. 지난 7년 동안 아들이 보여 준 모든 행동이, 그 아이를 떠올리지 않을 수 없게 만들었다. 아들이 주기적으로 은밀하게 정신과를 찾는 이유가 무엇인지. 1, 2년이 아니라 7년이나 약을 끊지 못하고 있다는 게 어떤 의미인 건지…….

사실 전혀 예상하지 못했던 건 아니었다. 아들이 갑자기 한국행을 결정했다고 했을 때, 윤희는 가장 먼저 그 아이의 말간 얼굴을 떠올렸었다. 내내 외면해 왔지만, 이제 그만 인정해야 할 것 같았다. 그때 그 일은, 제가 너무 성급했었던 거라고.

원래 사람 마음이라는 게 반대에 부딪힐수록 더 불타오르는 법이었다. 별거 아닌 감정도 역경을 겪을수록 괜스레 대단한 것처럼 포장되는 게 사랑인 법이었다. 그 사실을 누구보다 잘 알면서 실수를 했다. 어떻게든 모자를 내치려고 혈안이었던 시어머니로부터 아들을 지키기 위해서 어쩔 수 없이 한 선택이었다고 내내 자위했지만, 그보단 제 욕심이 더 컸다는 것을 모르지 않는다. 별볼 일 없는 조건의 그 아이가, 탄탄대로를 달려야 할 아들의 앞에 놓인 걸림돌이라 생각했다. 그걸 치워 주는 게, 아무것도 가진 것 없는 어미가 아들에게 해 줄 수 있는 유일한 일인 줄로만 알았다.

그땐…… 진심으로 그렇게 믿었었다. 제 아들이 그토록 상처받은 줄도 모르고. 이렇게나 오래 아파할 줄도 모르고.

'어머니의 자리를 지키는 것.'

조금 전, 내가 원하는 게 뭔 줄 아느냐는 물음에 아들은 한 치의 망설임도 없이 그렇게 대답했다.

'그게 지금까지 당신 아들인 제가 태광그룹에서 가장 높은 자리를 차지하길 원했던 이유였겠죠. 그렇게 되면 첩이 아닌 제 어머

334

니로서 사람들의 머리 위에서 군림할 수 있을 테고. 그동안의 치욕까지 한꺼번에 씻을 수 있을 테니까.'

'……그래서?'

'1년. 딱 1년만 주세요. 그 안에 성과를 내지 못하면, 그땐 군말 없이 어머니 뜻 따를게요.'

그녀의 입장에선 손해 볼 것 없는 거래 조건이었다. 여우 같은 아들 녀석은 그녀가 원하는 것을 확실하게 알고 있었다. 하지만 완벽하게 정답인 것은 아니었다. 반은 맞고 반은 틀렸다. 아니, 사실은 반도 맞았다고 해 주고 싶지 않았다.

"매정한 놈 같으니라고. 어미 마음을 어쩜 그리도 몰라……."

서운한 마음이 흘러넘쳤지만 아들을 원망할 수는 없었다. 아들을 그렇게 만든 건, 바로 자신이었으니까.

짙은 한숨을 내쉬며 윤희는 소파에 깊숙이 몸을 기댔다. 폭신한 쿠션이 몸을 부드럽게 감싸 안아 왔지만, 마음은 딱딱한 나무 의자에 앉은 것처럼 불편하기만 했다. 대단하다 생각했던 사랑도 시간이 지나면 별게 아니라고. 너무 아픈 사랑은 사랑이 아니라는 말처럼, 첫 단추를 잘못 끼우면 그 이후는 결국 엉망이 될 수밖에 없는 거라고. 그 단추를 엉망으로 만든 건 미안하지만, 그래서 네가 많이 억울하겠지만. 그렇다고 해도 이제 와서 되돌릴 수 있는 건 아무것도 없다고.

말로 하면 네가 알아들을까. 내가 직접 겪었노라고. 진심을 다해 얘기하면 들어나 줄까. 아니. 씨알도 먹히지 않을 게 뻔했다. 결국 직접 겪어 보고 피부로 느껴야 그제야 아, 그런 거였구나. 알게 될 것이다. 후회는 아무리 빨라도 늦을 수밖에 없는 거니까. 애석하게도 그녀의 아들은, 남편보다도 자신을 훨씬 더 많이 닮아 있었다.

[2001]
희수는 닫혀 있는 현관에 붙은 숫자를 빤히 바라보았다. 취소된 줄로만 알았던 '이틀 연속 외박'이 확정된 건, 지금으로부터 삼십 분 전이었다.

– 주소 문자로 보내 줄게. 집으로 와. 최대한 빨리.

여보세요. 말을 하기도 전에 그가 말했다.

– 참, 혹시라도 버스 탈 생각 말고 택시 타고 와. 차비는 내가 줄 테니까.

지금 당장이요? 갑자기? 왜요? 묻고 싶은 말은 많았지만 할 수 없었다. 제 할 말을 끝내자마자 그가 전화를 끊어 버린 탓이었다. 5초. 일방적이었던 통화의 기록이 깜빡이다가 사라졌다. 이럴 거면 그냥 문자를 하지. 조용해진 휴대폰을 어이없다는 듯 바라보다 지금 시간을 확인했다. 이제 막 11시를 넘어가고 있었다. 짜증이 치밀었지만 금세 푸시식 사그라들었다. 뒤늦게 자신도 어제 자정에 가까운 시간에 그의 집에 무턱대고 찾아갔었던 게 떠올라서였다. 무례하기로 따지자면 이쪽이 훨씬 과했음은 부정할 수 없는 일이었다. 그리고 그녀는, 그를 무시할 수 있는 처지가 아니었다.

"후……."

낮게 숨을 내뱉은 희수는 초인종을 눌렀다. 한 3초나 지났을까. 기다렸다는 듯이 문이 활짝 열렸다.

"빨리 왔네?"

어제에 이어 그는 또 샤워 가운 차림이었다. 머리카락도 아직 젖어 있는 걸 보니 이제 막 샤워를 끝낸 모양이었다. 어제는 그녀가 갑자기 들이닥쳤으니 그렇다 쳐도, 오늘까지 이 꼴로 마중을 나온 건 의도한 거라고밖에는 생각할 수가 없었다.

"최대한 빨리 오라면서요."

대충 여며진 가운 사이로 선명하게 드러나는 가슴 근육을 애써 외면하며 희수는 덤덤하게 대꾸했다.

"그렇게 말하긴 했지. 근데 설마 서희수가 내 말을 이렇게까지 잘 들을 줄은 몰랐네. 확실히 돈이 좋긴 좋아?"

능글맞은 미소를 입가에 걸친 그가 실내화를 건네주었다. 처음 그의 집에 왔을 때도 신었던 실내화였다. 그러고 보니 어제는 실내화 없이 맨발로 돌아다녔다. 아무래도 겉으론 티를 내지 않았지만 그 역시 많이 당황했었던 모양이다. 자연스럽게 실내화를 갈아신은 희수는 역시나 자연스럽게 집 안으로 들어섰다.

그의 안내를 받아 지정석처럼 느껴지는 소파에 앉아 주위를 둘러보았다. 오늘까지 포함하면 세 번째 방문이었다. 게다가 어젠 하룻밤을 보내기까지 했다. 그럼에도 여전히 희수는 깔끔하다 못

해 썰렁하게 느껴지는 커다란 이 집이 여전히 낯설고 불편하게만 느껴졌다.

"택시 타고 온 거지?"

그는 정말로 차비를 챙겨 줄 생각인지 거실 선반 위에 놓여 있던 지갑을 집어 들었다.

"차비는 됐어요."

"어째서?"

어려운 물음은 아니었다. 하지만 희수는 선뜻 대답할 수가 없었다. 어떤 이유로 건네는 돈이건 이제 와서 거절할 필요가 있을까. 이미 바닥까지 다 까발려졌으면서. 머뭇거리는 사이 그는 이미 5만 원짜리 몇 장을 꺼내 앞에 내려놓은 후였다.

"그냥 받아. 별로 큰돈도 아닌데."

여전히 희수가 머뭇거리는 모습을 보며 그가 건조한 음성을 뱉어냈다.

"그래야 앞으로도 내가 마음 편하게 널 부르지."

찬장을 열던 석현은 문득 거실 쪽으로 고개를 돌렸다. 그 어떤 소리도 없이 고요했다. 리모컨을 쥐여 주고 왔는데, TV를 볼 생각이 전혀 없는 모양이었다.

"하긴. 그렇게 뻔뻔한 성격은 못 되지, 서희수는."

그는 낮게 중얼거리며 티 세트를 꺼내 들었다.

사실 부른다고 바로 올 줄은 몰랐다. 시간이 너무 늦었으니까.

너무 갑작스러우니까. 거절할 이유는 충분했다. 조금 전, 인터폰에 비치는 얼굴을 보고 석현은 생각했다. 이런 관계도 나쁘진 않은 것 같다고. 그녀를 묶어 둔 3억은, 아마 평생 살면서 제가 쓴 돈 중 가장 가치 있는 돈이 아니었을까. 난생처음으로 제 손에 재력을 쥐여 준 부모가 고마웠다.

티백 하나를 이제 막 뜯었을 때였다. 문득 그의 시야에 와인 냉장고가 들어왔다. 그는 독한 위스키를 즐기는 편이었다. 와인에 관심이 많은 윤희가 멋대로 갖다 놓은 것이었다. 온통 윤희의 손길이 닿아 있는 집 안은, 딱히 그의 취향이 아니었지만 그렇다고 불만이 있는 것도 아니었다. 다만 하나가 거슬렸다. 주방 한쪽에 떡하니 자리를 잡고 있는 와인 냉장고였다.

그는 와인을 싫어했다. 처음부터 그랬던 건 아니었다. 명백히 뒤늦게 생긴 불호였다. 붉은 와인을 보고 있노라면, 자연스럽게 와인을 홀짝이던 붉은 입술이 떠오르는 탓이었다. 술이 약했던 그녀가 유일하게 즐기는 게 와인이었다. 그나마도 두 잔이 한계였지만.

"그러니 내가 상상이나 했겠어."

정말이지 꿈에서도 상상하지 못했다. 그랬던 서희수가 술 마시는 일을 할 거라고는. bar에서 제 앞에 앉아 말없이 술을 홀짝이던 그녀의 모습을 떠올린 그의 미간이 가차 없이 일그러졌다. 그 꼴을 조금만 더 봤다면 아예 bar까지 매입했을 게 분명했다.

"3억이면 싸게 친 건 맞네."

피식, 헛웃음을 흘린 그는 이내 들고 있던 티백을 쓰레기통에 버리고 와인 냉장고를 열었다. 맨 위에 놓여 있는 병 하나를 꺼내 들었다. 찬장을 뒤져 둥그런 와인 잔과 오프너를 찾았다. 안주로는 쿠키를 골랐다. 이 역시 모두 윤희가 사다 놓은 것이었다. 커다란 쟁반에 술상을 차려 나오는 석현을 그녀는 빤히 바라보았다.

"티가 다 떨어졌더라고."

뻔한 거짓말이었지만 그녀는 그래요. 대답했다. 아무래도 맨 정신보다는 술기운에 그를 상대하는 편이 더 수월할 거라고 판단한 것 같았다.

거실 테이블 위에 쟁반을 내려놓고 음악을 틀었다. 잔잔한 음악이 흘러나오자 경직됐던 분위기가 조금은 풀어지는 느낌이었다. 그는 그녀의 바로 옆에 자리를 잡았다. 주춤, 그녀가 엉덩이를 뒤로 빼는 게 보였지만 못 본 척 코르크 마개를 열었다. 쪼르르, 검붉은 액체가 둥근 잔으로 흘러들었다. 달큰한 포도 향이 두 사람의 사이로 은은하게 퍼져 나갔다.

"동생한텐 뭐라고 하고 나왔어?"

석현은 반쯤 채워진 잔을 건네며 물었다.

"친구 만난다고 했어요."

"이 시간에 친구를?"

잔을 받아 들며 그녀는 가볍게 고개를 끄덕였다. 제 잔을 마저 채우던 석현의 미간이 좁아졌다.

"평소에도 이랬어?"

"뭘요?"

"밤에 막 나가고 그랬냐고."

"그랬죠. 밤에 일했으니까."

아무래도 그의 질문을 이해하지 못한 것 같았다. 기울이던 와인 병을 탁, 소리 나게끔 테이블 위에 올려놓으며 석현은 다시 한 번 물었다.

"대체 어떤 친구길래 이 시간에 만난다는 말이 통하는 건데?"

여전히 그녀는 이해하지 못한 것처럼 눈을 깜빡였다. 너무 돌려 물었나. 결국 그는 가장 궁금한 부분을 솔직하게 물어야만 했다.

"남자야?"

이번엔 알아들은 모양이었다. 반듯한 미간이 살짝 찌푸려졌다.

"여자예요."

그제야 바짝 힘이 들어갔던 석현의 입매가 누그러졌다. 유치했고 야유까지 받았지만, 마음만큼은 편했다. 그는 한심하다는 듯 저를 바라보는 시선을 애써 외면한 채 와인 잔을 그녀의 앞으로 내밀었다. 건배를 요구하는 그를 그녀는 눈을 모로 뜨고 노려보았다. 하지만 고집스레 잔을 흔들자 결국 해탈한 얼굴로 잔을 부딪쳐 왔다. 쨍. 맑은 소리가 듣기 좋았다. 석현은 기분 좋게 와인을 한 모금 들이켰다.

"혹시 대학 다닐 때 매일 붙어 다니던 그 친구?"

희수의 눈이 둥그렇게 커졌다.

"기억해요?"

그는 대답 대신 쿠키 하나를 입으로 가져갔다. 기억하냐니. 대답할 가치도 없는 질문이었다. 서희수와 관련된 건 그 어떤 것도 잊지 못했다. 아주 작은 것까지도.

"그 친구는 요즘 뭐 해?"

"회사 다녀요."

"평범한 회사?"

그녀가 어이가 없다는 듯 되물었다.

"안 평범한 회사는 어떤 건데요?"

석현은 가볍게 어깨를 으쓱였다.

"그냥. 난 그 친구가 연기를 하든가. 하다못해 그쪽 관련된 일을 하고 있을 줄 알았거든."

"연기요?"

생뚱맞은 말에 그녀가 고개를 갸웃했다. 석현은 대답 대신 와인 잔을 한 번에 비워 냈다.

"커피숍으로 한번 오라고 해."

빈 잔에 와인을 다시금 채워 넣으며 말했다.

"동은이를요?"

"그래."

"왜요?"

"할 말이 있어서. 정확하게 말하자면 따질 게 있다고 해야겠지."

"따진다고요……?"

의미 모를 말에 그녀는 어쩐지 불안해하는 것처럼 보였다.

"7년 전에 말이야."

석현은 손목 스냅을 이용해 와인 잔을 가볍게 흔들며 입을 뗐다.

"네가 연기처럼 감쪽같이 사라지고 난 뒤에."

"……."

"아무리 찾아도 안 보여서 네 친구를 붙잡고 물었거든. 너 어디 있냐고. 근데 시침을 뚝 떼더라고. 정말 모른다고. 자기도 답답해 죽겠다고. 어찌나 연기를 잘하던지. 깜빡 속아 넘어갔지 뭐야."

옛 기억을 떠올린 석현이 입술 끝을 비틀자 그녀가 얼른 대꾸했다.

"오해하지 마요. 그땐 동은이도 정말 몰랐었으니까."

그는 코웃음을 쳤다.

"그걸 믿으라고?"

"못 믿어도 어쩔 수 없지만, 사실이에요."

저를 똑바로 바라보는 두 눈이, 거짓말을 하는 것 같진 않았다.

"알았어. 믿어 줄게."

삐딱하게 솟았던 그의 입술이 제자리를 찾았다.

"마음이 눈곱만큼. 아니, 먼지만큼이라고 치자. 어쨌든 아주 조금 풀리네. 나만 네 행방을 몰랐던 게 아니었다는 건."

석현은 그녀를 빤히 바라보았다. 잠깐 동안 시선을 맞받아치던 그녀는 계속되는 짙은 눈빛이 부담스러웠는지 이내 고개를 돌렸다.

"왜 피해?"

"뭐가요."

희수는 시침을 뚝 떼며 들고 있던 잔을 입으로 가져갔다. 찰랑대던 액체는 그녀의 입 안으로 거침없이 흘러들었다. 탁. 테이블 위에 놓이는 잔은 텅 비어 있었다.

"한 잔 더 마셔도 되죠?"

뭐라고 말을 하기도 전에 그녀가 와인 병을 집어 들었다.

"너무 무리하는 거 아니야?"

"이 정도는 괜찮아요."

그녀는 잔을 가득 채운 후에야 병을 내려놓았다.

"내가 안 괜찮아서 그래."

"선배가 왜요?"

"너 와인 두 잔이면 꼭 술주정 부렸잖아. 뺨이 발그레해져서는. 눈도 풀리고, 혀도 꼬이고. 가끔은 삿대질도 하고……."

그가 짓궂게 웃으며 옛날 일을 상기시키자, 그녀는 대체 언제 적 얘기를 하느냐며 눈을 치떴다.

"이젠 안 그래요. 술 많이 늘었어요."

"그래?"

"그래요."

그녀는 증명이라도 해 보이려는 듯 술잔을 입으로 가져갔다. 꼴 깍꼴깍. 와인은 처음보다 더 빠른 속도로 줄어들었다. 깔끔하게 두 번의 원샷을 끝낸 그녀는, 빈 잔을 내려놓고서 그를 바라보았 다. 거봐요. 잘 마시죠? 기세등등한 표정이었다. 그러나 애석하게 도, 본인 의지와는 상관없이 정직한 피부는 벌써부터 발갛게 달 아오르기 시작했다. 안 그래도 붉던 입술은 와인에 적셔져 더욱 더 선명하게 붉은빛을 내고 있었다. 그런 그녀를 바라보던 석현의 새카만 눈동자가 문득 짙어졌다.

"한국 사람들은 이게 문제야."

쯧, 낮게 혀를 차며 그는 손을 들어 그녀의 얼굴을 감싸며 엄지 로 입술을 스윽, 훑었다. 맺혀 있던 붉은 물방울이 손끝으로 빠 르게 스며들었다.

"술 잘 마시는 게 자랑인 줄 알잖아. 오히려 무식해 보일 뿐인 데."

"아니, 이건 선배가 먼저……."

그녀는 억울함에 항변하려고 했지만 말을 채 끝마칠 순 없었다. 그가 자신의 얼굴을 그녀의 코앞까지 바짝 들이댄 탓이었다.

"내가 뭘?"

코끝이 스쳤다. 놀란 듯 그녀의 눈이 둥그렇게 커졌다.

1초. 2초. 3초.

뒤늦게 현실을 직시한 그녀가 주춤, 몸을 뒤로 피하려고 했다. 하지만 석현이 조금 더 빨랐다. 다른 한 손으로 옴짝달싹도 할 수 없게 허리를 단단하게 감싸 안았다.

"내가 뭘 어쨌는데. 응?"

그는 입꼬리를 말아 올리고 능글맞게 되물었다.

"술주정한다고……."

그녀는 바짝 얼어붙은 상태에서 입술만 느릿하게 달싹였다. 아직 입가에 닿아 있는 손끝이 간질거렸다. 이번에도 역시 그녀는 말을 끝마치지 못했다. 차마 뱉지 못한 말이 그의 입 안에서 잘게 부서졌다.

자연스레 벌어지는 입술 틈으로 달큰하고 뜨거운 숨이 밀려들어 왔다. 뒤늦게 열기를 머금은 혀가 밀려들어 와 점막을 섬세하게 훑어 내렸다. 온몸으로 퍼지는 열기에 머릿속이 아찔해졌다. 마치 뙤약볕 아래에 놓인 눈사람이 된 것만 같았다. 머리끝부터 발끝까지 서서히 녹아내리는 느낌이었다.

키스는 점점 더 짙어졌다. 혀가 얽혀 들고 질척이는 마찰음이 틈을 비집고 조금씩 새어 나와 청각을 자극했다. 어느덧 완전히 섞여 버린 타액과 열기, 옅은 신음까지. 그는 남김없이 집요하게 빨아들였다. 그의 무게를 느끼며 희수는 뒤로 밀려났다. 소파 쿠션 위로 등이 닿고 완전히 누운 자세가 될 때까지도 맞붙은 입술은 떨어지지 않았다.

그의 손이 니트 안으로 훅 들어왔다. 커다란 손바닥이 옆구리를 스쳐 납작한 배를 부드럽게 쓸어 올렸다. 발끝부터 피어오르는 야릇한 감각에 희수는 두 눈을 질끈 감았다. 불규칙적으로 빠르게 뛰는 가슴이 부풀어 올랐다. 미미하던 술기운이 뒤늦게 끓어오르고 있었다. 부드럽게 위로 올라온 손이 브래지어에 닿는 순간이었다. 집요하게 붙어 있던 입술이 떨어진 건.

"하아……."

갇혀 있던 뜨거운 숨이 허공에서 흩어졌다. 빤하게 느껴지는 시선에 희수는 감은 눈을 천천히 떴다. 그가 짙은 눈으로 그녀를 내려다보고 있었다. 뜨겁게 얽혀 드는 시선에 주위 공기마저 달아오르는 듯했다.

"……."

"……."

조금 전까지 질펀한 키스까지 해 놓고 이제 와서 부끄러운 건 또 뭔지. 희수가 시선을 스리슬쩍 피했을 때였다. 별안간 그가 몸을 일으켰다. 몸을 누르던 무게와 온기가 사라져 허전함을 느끼는 것도 잠시. 그가 그녀의 허리와 다리 사이로 팔을 집어넣더니 번쩍 안아 들었다. 꺄아, 부르튼 입술을 비집고 짧은 비명이 터져 나왔다. 갑작스러운 상황에 놀란 그녀는 저도 모르게 바동거렸다.

"지금 뭐 하는 거예요? 내려 줘요."

그는 오히려 그녀를 안은 팔에 힘을 더 줬다.

"얌전히 있어. 무거우니까."

"그러니까 내려 달라고…… 아!"

그가 고개를 숙여 그녀의 코끝을 이로 살짝 깨물었다.

"한마디만 더하면 집어 던진다?"

씁! 경고하듯 그가 눈을 치떴다. 설마, 하는 마음이 들었지만 확신할 순 없었다. 희수는 본능적으로 아랫입술을 지그시 깨물었다. 그제야 그는 만족스럽다는 듯 웃으며 걸음을 옮겼다. 패배감과 함께 굴욕감마저 살짝 들어 희수는 아예 눈을 감아 버렸다.

의외로 그의 너른 품은 안락했다. 체념하고 완전히 그에게 몸을 맡겨서일까. 둥실둥실. 구름 위를 떠다니는 기분이었다. 그는 그녀를 침대 위에 내려 주었다. 막무가내로 안아 들 때와는 달리 조심스러운 손길이었다. 희수는 등에 닿는 폭신함에 눈을 떴다가 코앞까지 다가온 그의 얼굴에 재빨리 두 눈을 질끈 감았다. 작은 웃음소리가 들리더니 이내 다시금 니트 안으로 손이 들어왔다.

그는 망설임 없이 니트와 속옷을 한꺼번에 벗겨 냈다. 눈이 번쩍 뜨였다. 니트와 속옷이 눈앞에서 포물선을 그리며 바닥으로 떨어졌다. 희수는 무방비하게 드러난 가슴을 재빨리 양손으로 가렸지만, 잠시일 뿐이었다. 석현이 곧바로 그녀의 양팔을 붙들고는 가볍게 하나씩 떼어 냈다.

"가리지 마. 이렇게 예쁜데."

들끓는 짙은 시선과 달리 목소리는 나긋하기 그지없었다. 일순간 등허리를 타고 소름이 쫙 돋아났다. 원래도 예쁘다는 칭찬은 민망했지만, 침대 위에서 듣는 건 민망한 정도를 넘어선 것이었다. 새빨갛게 달아오르는 그녀의 양 볼을 보며 그가 입꼬리를 말아 올리며 싱긋, 미소 지었다. 어쩐지 악마의 미소처럼 사악해 보였다. 희수는 갈 곳 잃은 팔을 들어 눈을 아예 가려 버렸다.

"넌 어쩜 이렇게 나를 모를까."

쯧, 낮게 혀를 차는 소리가 귓속을 파고들었다.

"네가 그럴수록 나는 오히려 더 널 괴롭히고 싶어지는데 말이야."

탁한 음성이 끝나자마자 순식간에 목덜미가 뜨거워졌다. 놀랄 새도 없이 젖은 혀끝이 가냘픈 목선을 길게 훑어 올렸다.

"흐읏……."

입술이 벌어지고 옅은 신음이 절로 흘렀다. 몸이 바짝 경직되며 솜털이 쭈뼛 섰다. 몸을 비틀었지만 그가 그녀의 위에 올라타듯 가두고 있어서 옴짝달싹도 할 수가 없었다. 흐트러진 샤워 가운 안에 가려져 있던 단단한 근육들이 보드라운 살결을 뭉근히 눌러 왔다.

"희수야."

그가 귓가에다가 다정하게 속삭였다.

"난 진짜 미친놈일지도 모르겠어."

탁한 숨과 함께 음습한 음성이 귓바퀴를 휘감았다.

"네가 괴로워하는 모습이, 이렇게 흥분되는 걸 보면."

그가 귓불을 머금었다. 혀로 건드리고 잇새로 잘근잘근 씹으며 빨아 당기기도 했다. 그녀가 가장 약한 곳이었다. 그리고 그는, 그것을 정확하게 기억하고 있는 것 같았다. 작정한 것처럼 그 포인트들만 집요하게 괴롭혀 댔다. 좀처럼 정신을 차릴 수가 없었다.

아홋, 하아, 하웃. 벌어진 입술 틈으로 귀를 막고 싶을 정도로 야릇한 신음이 흘러나왔다.

희수는 그의 아래에 깔린 채 연신 바르작댔다. 하지만 그는 멈출 생각이 전혀 없어 보였다. 오히려 손까지 이용해 매끈한 살결을 부드럽게 매만지고 예민한 포인트들을 끊임없이 희롱해 댔다. 집요한 애무에 잠깐 식는가 싶었던 몸은 금세 전보다 훨씬 더 뜨겁게 달아올랐다. 점차적으로 치솟던 긴장감은 어느 순간 극한에 달하는가 싶더니, 마치 팽팽하게 늘어난 고무줄이 뚝 끊어지는 것처럼 한꺼번에 풀어져 버렸다.

그 순간이었다. 문득 그의 입과 손이 뚝 멈췄다. 풀썩, 이불에 닿는 묵직한 마찰음과 함께 옆자리가 출렁였다. 그의 손은 여전히 그녀의 살결을 한가득 움켜쥐고 있었지만, 단지 그뿐이었다. 몇 초간은 상황 파악이 되지 않았다. 질끈 감고 있던 눈꺼풀을 들어 올리려는데, 그가 그녀를 자신의 품으로 바짝 끌어안았다.

"오늘은 여기까지만."

귓가에서 아직 열기 그득한 숨이 흩어졌다.

"피곤해서 더는 안 되겠어. 오늘은 그냥 이렇게 자자."

희수는 눈을 번쩍 떴다. 분명 저를 놀리는 걸 거라 생각했지만 그는 진심인 것 같았다. 흥분으로 거칠었던 숨이 점점 고르게 펴지고 있었다. 아니. 이거야말로 저를 놀린 건가…….

"진심이죠?"

"왜. 실망했어? 계속할까?"

능글맞은 음성에 문득 짜증이 치밀어 올랐다. 희수는 팔꿈치로 자신의 등에 바짝 닿아 있는 그의 가슴팍을 있는 힘껏 밀어냈다.

무방비 상태로 당해서 그런 건지. 아니면 명치를 제대로 맞은 건지. 으, 하는 신음과 함께 그녀를 가두고 있던 팔에 힘이 풀렸다.

"용무는 끝난 것 같으니 이만 가 볼게요."

상체를 일으켰다. 그러나 딱 거기까지였다. 금세 정신을 차린 그가 그녀의 팔목을 붙들고 잡아당긴 탓이었다. 풀썩, 겨우 일으켰던 몸이 보람도 없이 희수는 그의 품으로 쏙 들어갔다.

"가긴 어딜 가."

이번엔 아예 다리까지 올려 단단히 그녀를 속박했다.

"안고 잘 거야. 오늘은 섹스 파트너 말고 곰돌이 인형 해."

"그게 무슨……."

"침대 위에선 내 마음대로 해도 된다며. 여기 침대 위거든?"

"그런 뜻이 아니잖아요."

"너무 비싸게 굴지 말지? 마음 달라는 것도 아니고 몸만 안고 자겠다는데."

희수는 입술을 물었다. 그는 조금 더 바짝 그녀를 끌어안았다.

"어차피 네가 원하는 건 내가 하루라도 빨리 너한테 질리는 거잖아."

"그래서요?"

"죽고 못 살아 결혼한 부부들까지 나중엔 무뎌지고 심지어는 갈라서네, 마네, 하는 이유가 뭐겠어. 이렇게 계속 맨살 부대끼면서 살다 보니 서로한테 질린 거지. 아쉬움이 없을 테니까."

아주 청산유수였다. 게다가 나름대로 논리까지 있었다. 희수는 반박할 말을 떠올리지 못하고 체념해야만 했다. 그녀가 몸에 힘을 빼자 그가 목덜미에 깊게 얼굴을 묻으며 입술을 달싹였다.

"어머니가 아셨어."

흠칫, 희수의 어깨가 떨렸다. 심장이 낭떠러지로 뚝 떨어진 느낌
이었다. 갑자기 급한 일이 생겼다더니. 어머니를 만나고 온 걸까.
딱 한 번 본 것뿐이지만 여전히 생생하게 기억나는 얼굴이 떠올
랐다. 우리 아들에게서 당장 떨어지라던 얼굴은 고고하고 또 냉
정했다. 네 처지에 무슨 사랑이냐고. 사랑은 밥 먹여 주지 않는다
고. 같잖은 자존심 세우지 말고 돈을 선택하라고⋯⋯. 결국 그 말
대로 사랑을 버리고 돈을 택했던 그 순간 역시 어제 일처럼 생생
했다. 그때 느꼈던 비참함까지도.

"⋯⋯어디까지요?"

꽉 다물린 입가가 바르르 떨렸다.

"어디까지 알고 계시는데요⋯⋯?"

"7년이 지나도 여전히 내가 널 못 잊고 있다는 거. 그래서 팔자
에도 없는 커피숍 사장 노릇까지 해 가며 네 치맛자락 붙들고 매
달렸다는 거."

"⋯⋯."

"돈 문제는 걱정하지 않아도 돼."

그는 마치 그녀의 속마음을 읽은 것처럼 말을 덧붙였다.

"너랑 나, 그리고 임 변을 제외하고는 그 누구도 알 수 없을 테
니까."

불행 중 다행이었다. 그러나 웃을 순 없었다. 그 사실을 제외한
다고 해도 그다지 좋은 상황은 아니었으니까.

"아마 이번엔 그런 일 없을 테지만, 혹시 찾아와도 그냥 무시해.
무슨 말을 해도 한 귀로 듣고 한 귀로 흘려. 나한테 바로 연락하

는 것도 잊지 말고."

　과연 그럴 수 있을까. 나조차도 내가 당신 옆에 서 있는 이 상황
이 우스운데…….

　희수는 두 눈을 질끈 감았다. 끝을 알 수 없는 어둠이 그녀를 서
서히 잠식해 갔다.

〈2권에 계속〉